회상 속의 살인

애거서 크리스티 추리 문학 23

회상 속의 살인

이가형 옮김

■ 옮긴이 이가형

동경제국대학 불문과, 미국 윌리엄스 대학 수학. 전남대학교, 중앙대학교,
국민대학교 교수 역임. 한국영어영문학회, 한국추리작가협회 회장 역임.
국민대학교 대학원장 역임

회상 속의 살인

초판 발행일	1986년 10월 30일
중판 발행일	2010년 12월 30일
지은이	애거서 크리스티
옮긴이	이 가 형
펴낸이	이 경 선
펴낸곳	해문출판사
주 소	서울시 서초구 서초동 1328-11 도씨에빛 2차 1420호
TEL/FAX	325-4721 / 325-4725
출판등록	1978년 1월 28일 (제3-82호)
가격	6,000원
ISBN	978-89-382-0223-9 04840
	978-89-382-0200-0(세트)

※ 잘못된 책은 구입하신 곳에서 바꾸어 드립니다.

차 례

칼라 레마천트— 포와로에게 16년 전 사건을 조사해 달라고 찾아온다.

에이미어스 크레일— 16년 전, 아내에게 독살당한 저명한 화가.

캐롤라인 크레일— 남편을 독살한 죄로 재판을 받고 복역 중에 죽었다.

엘사 그리어— 크레일의 젊은 연인. 현재는 디티샴 경의 아내.

메러디스 블레이크— 크레일의 이웃이자, 필립의 형.

필립 블레이크— 크레일의 친구. 16년 전 사건 현장에 같이 있었다.

안젤라 워렌— 캐롤라인의 이복동생.

세실리아 윌리엄스— 안젤라의 가정교사.

에르큘 포와로— 벨기에 출신 사립탐정.

제1장

　에르퀼 포와로는 방금 방으로 안내되어 들어온 젊은 여성을 감상이라도 하듯이 관심을 두고 찬찬히 살펴보았다.

　일전에 그녀가 보냈던 편지에는 특이할 만한 사항이 전혀 없었다. 단순히 시간 약속을 청하는 편지로, 무엇 때문에 만나자는 것인지에 대해서는 아무런 언급이 없었다. 간결하고 사무적인 편지였다. 다만 또렷한 필체로 봐서 칼라 레마천트가 젊은 여성일 거라는 것 정도밖에는 알 수가 없었다.

　이제 이곳에 모습을 나타낸 그녀는 20대 초반의 늘씬한 아가씨였다. 누구라도 한 번 더 눈길을 주게 될 그런 아가씨였다. 멋지게 디자인된 고급 코트와 스커트에 화려한 모피를 두르고 있었다. 그녀의 머리는 늘씬한 어깨 위에 잘 균형이 잡혀 있었는데, 시원스런 이마와 예민해 보이는 오똑 선 콧날, 그리고 아무져 보이는 턱을 가지고 있었다. 그녀는 아주 활기에 넘쳐 있었다. 보는 이들을 압도케 하는 것은 그녀의 미모보다는 오히려 그녀의 생기발랄함이었다.

　그녀가 들어서기 전까지만 해도 에르퀼 포와로는 자신이 늙었다는 서글픈 감상에 젖어 있었는데—이제 그는 자신이 다시 젊어진 기분을, 그것도 아주 생생하게 느끼게 되었다. 그녀에게 인사를 하려고 다가섰을 때, 그는 그녀의 짙은 회색빛 눈동자가 자신을 주의 깊게 살펴보고 있다는 것을 깨달았다. 그녀의 시선은 아주 진지했다.

　그녀는 자리에 앉아서 그가 권한 담배를 받아 들었다. 담배에 불을 붙이고 나서도 한동안 그를 주의 깊게 살펴보며 앉아 있었다.

　포와로가 점잖게 이야기를 꺼냈다.

　"자, 어느 쪽이 되든 마음을 결정해야겠군요. 그렇지 않습니까?"

　그녀는 흠칫했다.

"무슨 말씀이신지요?"

그녀의 목소리는 약간 허스키한 감이 있는 매력적인 목소리였다.

"아가씨는 어떻게 해야 할까 생각 중이지요, 그렇지 않습니까? 내가 엉터리 협잡꾼에 지나지 않을지, 아니면 당신에게 필요한 사람인지를 저울질해 보는 게 아닌가요?"

그녀는 미소를 지어 보이고 나서 말했다.

"사실은, 그와 비슷한 것이라고 할 수 있어요. 실은, 포와로 씨, 선생님은, 뭐랄까? 제가 기대하던 그런 분으로 보이지는 않거든요."

"게다가 너무 늙었지요, 그렇지 않습니까? 아가씨가 생각했던 것보다 훨씬 늙었지요?"

"그래요. 그런 점도 있어요." 그녀는 잠시 망설였다.

"사실 저는 솔직한 편이에요. 저는, 그래요, 최고를 원하고 있거든요."

"아직은 속단하지 말아요." 에르퀼 포와로가 서둘러 말했다.

"나는 최고입니다!"

칼라가 말했다.

"선생님은 겸손하시지가 않군요. 하지만 저는 선생님의 호언장담을 그대로 받아들이고 싶어요."

포와로가 침착하게 말했다.

"잘 알고 있겠지만, 근력만이 능사가 아니지요. 발자국을 재거나 담배꽁초를 수집하기 위해 몸을 굽히든가 아니면 술잔에 남아 있는 지문 따위를 조사하는 일은 나에겐 아무런 의미도 없답니다. 이렇게 의자에 기대어 앉아서 생각하는 것만으로도 충분하지요. 모든 것은 여기……."

그는 달걀 모양을 하고 있는 자신의 머리를 가볍게 두드리며 말했다.

"이것이 그런 모든 것들을 대신해 준다 이 말입니다."

"그건 저도 잘 알고 있답니다." 칼라 레마천트가 말했다.

"바로 그렇기 때문에, 제가 이렇게 찾아온 겁니다. 저는 선생님께서 다분히 공상적인 일을 해주시길 바라거든요."

"그런 일이라면……." 포와로가 자신있게 말했다.

"마음 놓아도 좋습니다!"

그는 격려하는 듯한 시선으로 그녀를 바라보았다.

칼라 레마천트는 깊이 숨을 들이마셨다.

"제 이름은……." 그녀가 말했다.

"칼라가 아니랍니다. 캐롤라인이에요. 제 어머니 이름과 같아요. 어머니 이름을 따랐거든요." 그녀는 잠시 하던 말을 중단했다.

"줄곧 레마천트라는 성을 써왔는데, 사실은 진짜 성이 아니에요. 진짜 성은 크레일이지요."

에르큘 포와로는 잠시 어리둥절한지 이마를 찌푸리더니 중얼거렸다.

"크레일이라, 어디선가 들어본 것도 같은데……."

그녀가 다시 말을 이었다.

"제 아버지는 화가, 상당히 유명한 화가였어요. 어떤 사람들은 그분이 위대한 화가였다고도 하더군요. 저도 그랬을 거라고 생각한답니다."

"에이미어스 크레일을 말하는 건가요?"

"예." 그녀는 잠시 생각에 잠겼다가 다시 말을 이었다.

"그리고 제 어머니 이름은 캐롤리인 크레일인데, 어머니는 제 아버지를 살해한 죄로 재판을 받았어요!"

"아하―." 포와로가 말했다.

"이제야 생각이 나는군요. 하지만 거기에 대해서는 별로 아는 바가 없어요. 그 당시 나는 외국에 나가 있었지요. 상당히 오래된 일인데……."

"16년 전 사건이에요." 그녀가 말했다.

그녀의 안색은 몹시 창백했고, 두 눈은 타오르듯이 이글거렸다.

"기억나세요? 어머니는 재판을 받고 유죄 판결을 받았어요. 하지만 교수형을 당하지는 않았는데, 그건 정상을 참작할 만한 여지가 있다고 해서 종신형으로 낮추어 형을 선고했기 때문이죠. 어머니는 복역한 지 1년 만에 돌아가셨어요. 생각나시죠 그게 전부예요―그렇게 끝나 버렸단 말이에요."

포와로가 조용하게 말했다.

"그런데요?"

자칭 칼라 레마천트라는 이 아가씨는 두 손을 꼭 움켜쥐었다. 그녀는 천천히, 띄엄띄엄, 그렇지만 또렷하고 강한 어조로 말했다.

"선생님이 제가 처한 입장을 정확히 이해해 주셨으면 합니다. 당시(그 사건이 일어났을 때), 저는 불과 다섯 살이었어요. 그 일이 어떻게 된 것인지를 알기에는 너무 어렸지요. 저는 어머니와 아버지에 대해서는 아직도 기억이 나요. 그리고 갑자기 집을 떠나서 시골로 가게 된 것도 기억하고 있어요. 돼지들과 마음씨 좋은 뚱뚱한 농부 아내도 생각이 나는데—모두들 친절했지요. 그리고 그것도 아주 생생하게 생각나요. 이상한 눈초리로 저를 바라보던, 모두가 몰래 제 눈치를 살피던 그 모습들이 말이에요. 심지어 아이들까지도 그러했다는 것을 알고 있어요—뭔가 잘못되었구나 싶었지만, 그게 무엇인지는 알 수가 없었어요.

그런 뒤에 저는 배를 타고(그건 무척 신나는 일이었답니다), 며칠 동안 여행을 해서 캐나다에 닿았고, 사이먼 삼촌이 저를 마중 나왔지요. 그래서 저는 삼촌과 루이스 아주머니와 함께 몬트리올에서 살게 되었고, 제가 아빠와 엄마에 대해서 묻자 그분들은 곧 올 거라고 말했지요. 그러고는, 그러고는 곧 잊어버렸나 봐요—다만 아무도 제게 실제로 그런 말을 해준 기억이 없었지만, 막연히 부모님이 돌아가셨다는 사실만은 알고 있었던 것 같아요. 왜냐하면 그 뒤로는 더 이상 어머니와 아버지에 대해서 생각하지 않았거든요.

저는 무척 행복하게 지냈지요. 사이먼 삼촌과 루이스 아줌마는 저를 자상히 보살펴 주셨고, 저는 곧 학교에 들어가게 되어 많은 친구를 사귀게 되었답니다. 저에게 레마천트 말고 다른 이름이 있다는 사실을 까맣게 잊고 말았어요. 사실 루이스 아줌마는 캐나다에선 늘 그것이 제 이름이라고 말씀하셨고, 저 역시 그 당시는 그 이름이 제법 어울리는 듯싶었거든요. 물론, 그것이 순전히 캐나다에서만 통용되는 제 이름이었지만. 앞서도 말했듯이 결국 제게 다른 이름이 있었다는 사실은 잊어버리게 된 것이었어요."

그녀는 갑자기 그 고집 세어 뵈는 턱을 치켜들며 말했다.

"저를 보세요. 선생님께선 아마 이렇게 생각하셨을 거예요. 저를 처음 보셨을 때 '근심거리라곤 전혀 없어 보이는 아가씨로구먼!' 하고 말이에요. 그야 저는 부유하고 몸도 무척 건강해요. 게다가 그리 보기 싫은 용모도 아니어서 그런대로 인생을 즐기기에 부족함이 없지요. 스무 살이 될 때까지는 부족할 게 없는 아가씨였어요.

하지만 전 오래전부터 하나의 의문을 품고 있었는데 그것은 어머니와 아버지에 대한 것이었어요. 어떤 분들이셨으며, 또 어떻게 되신 것인지 말이에요. 결국에는 어쩔 수 없이 모든 사실을 알게 되었지요. 삼촌 내외께서 말씀해 주셨던 거예요. 제가 스물한 살이 되었을 때였어요. 제가 재산을 물려받게 되자 그분들도 어쩔 수가 없었던 거죠. 그리고 편지도 보여 주시더군요. 어머니가 돌아가실 때 저에게 남기신 편지였지요."

그녀의 표정은 이제 침울하게 바뀌었다. 그녀의 두 눈은 더 이상 빛을 발하지 않고, 침침하게 가라앉았다. 다시 그녀가 말을 이었다.

"그때야 비로소 진실을 알게 된 거예요. 제 어머니가 살인범이었다는 사실을. 그건, 그건 너무도 끔찍한 사실이었어요."

그녀가 잠시 말을 멈추었다.

"선생님께 말씀드릴 것이 또 있답니다. 저는 약혼했어요. 삼촌 내외는 우리에게 좀더 기다리라고 했어요—제가 스물한 살이 될 때까지는 결혼할 수 없다고 하셨지요. 모든 사실을 알게 되자, 저는 어째서 그런 말씀을 했는지 이해할수가 있었어요."

포와로는 그녀를 가만히 주시하다가 이윽고 입을 열었다.

"아가씨의 약혼자는 어떤 반응을 보이던가요?"

"존? 존은 상관하지 않았어요. 그이는 그 일로 해서 달라지는 것은 하나도 없다고 말했답니다—그이에게 있어서는 말이에요. 그이와 저는 여전히 존과 칼라였고, 지나간 과거는 문제가 안 된다면서요."

그녀는 상체를 내밀었다.

"우리는 지금도 약혼한 사이예요. 하지만 그 일은 문제가 돼요. 제게는 말이에요. 그리고 존에게 있어서도 마찬가지로 문제가 되는 거예요. 우리에게 중요한 것은 과거가 아니라, 미래예요." 그녀는 두 손을 꼭 움켜쥐었다.

"우리는 아이들을 갖고 싶어요. 우리 둘 다 아이들을 원해요. 하지만 아이들이 자라서 할머니와 할아버지 일로 고민하게 되는 것을 보고 싶진 않답니다."

"아가씨는 누구에게나 조상 중에 포악하고 사악한 사람이 있다는 것을 모릅니까?" 포와로가 말했다.

"선생님은 이해를 못 하세요. 그야 물론 그렇죠. 그렇지만 누구나 흔히 그런 사실을 잊고 있죠. 그렇지만 우리는 그렇지가 않아요. 그 끔찍한 기억이 늘 우리를 따라다니고 있는 거예요. 그리고 이따금씩, 저를 바라보는 존의 시선에서, 그런 걸 깨달을 수가 있어요. 그렇게 쏘는 듯이 바라보는 시선에서, 마치 섬광처럼 번득이는 시선에서 말이에요. 그런 상태에서 우리가 결혼하게 되면 자주 마찰을 일으키게 될 거예요. 그리고 저는 그가 어떤 심정으로 저를 바라보는지 알게 되었어요. 이게 어찌 범상한 일이라고 할 수 있겠어요?"

에르퀼 포와로가 말했다.

"아버님은 어떤 식으로 살해당하셨습니까?"

칼라의 목소리는 분명하고 단호했다.

"독살당하셨어요."

"알았습니다."

잠시 침묵이 흘렀다.

이윽고 그 아가씨가 침착하고 냉정한 목소리로 말했다.

"그렇게 말씀하시니 정말 다행이군요. 그게 문제인데—무엇을 의미하는 것인지 선생님께선 잘 아실 거예요. 선생님께서는 그 사실을 그럴듯하게 꾸미시거나 쓸데없는 위로의 말을 늘어놓으시지도 않는군요."

"나는 충분히 이해가 갑니다." 포와로가 말했다.

"다만 내가 아직 알 수가 없는 것은, 아가씨가 내게서 원하는 것이 무엇인가 하는 거요."

"저는 존과 결혼하고 싶어요." 칼라 레마천트가 간단하게 대답했다.

"저는 존과 결혼할 작정이에요! 그리고 적어도 2남 2녀의 자식을 갖고 싶어요. 선생님께선 그 일이 가능하도록 해주셔야 해요!"

"그렇다면, 내가 중간에 나서서 아가씨 약혼자에게 대신 말해 달라는 겁니까? 아, 그게 아닐 테죠. 내가 바보 같은 소리를 했구면. 아가씨가 원하는 것은 뭔가 아주 다른 일일 텐데. 자, 마음속에 있는 것을 내게 털어놔 보세요"

"저, 포와로 씨, 제 부탁은 바로 그 살인사건을 조사해 주셨으면 하는 거예요"

"아가씨 말은……."

"예, 바로 그거예요. 어제 일어났건, 아니면 16년 전에 일어났건 살인사건임에는 틀림없잖아요"

"하지만, 아가씨……."

"잠깐만요, 포와로 씨, 선생님께선 아직 모든 것을 이해하시지 못해요. 한 가지 아주 중요한 점이 있어요"

"예?"

"저의 어머니는 결백하셨어요" 칼라 레마천트가 말했다.

에르큘 포와로는 코를 문지르며 중얼거렸다.

"그야, 당연히……, 나도 그 심정을 이해하는 바이지만."

"그건 단순한 감상이 아니에요. 어머니의 편지가 있어요. 돌아가시기 전에 제게 남기신 거예요. 제가 스물한 살이 되면 볼 수 있게 해놓으셨던 거죠. 어머니가 편지를 남기신 것은 한 가지 이유밖에 없다고 전 확신해요. 어머닌 맹세코 결백하다는 내용이었어요. 어머니가 한 범행이 아니었고, 어머니는 결백하셨어요.. 저는 그것을 확신할 수 있어요"

에르큘 포와로는 자신의 얼굴을 그토록 진지한 표정으로 응시하는 그 젊고 생기에 넘치는 얼굴을 주의 깊게 지켜보았다. 그가 천천히 말했다.

"그렇다고 볼 수도……."

칼라는 미소를 지었다.

"아니에요, 어머니는 그런 분이 아니셨어요! 선생님께선 그것이 거짓말일 수도, 감상적인 거짓말일 수도 있다고 생각하시는군요"

그녀는 진심을 호소하듯이 상체를 앞으로 내밀었다.

"보세요, 포와로 씨, 어떤 것들은 아이들이 보다 잘 알고 있을 수도 있어요. 저는 어머니의 모습을 생각해 낼 수 있어요—물론 단편적인 기억이기는 하지만, 어머니가 어떤 분이었는지는 잘 기억하고 있어요. 거짓말, 거짓말 같은 것은 하지 않으셨어요. 뭔가 가슴을 아프게 하는 일이 있으면, 그대로 솔직하게 말씀하시곤 했답니다. 이가 아프다거나, 손가락을 바늘에 찔렸다든가 할 때와 같은 거예요. 진실은 하나의—어머니에게 있어서는 본능적인 충동 같은 것이 었어요. 제가 어머니를 특별히 사랑했다고는 생각하지 않지만, 그러나 어머니를 신뢰했지요. 아직도 전 어머니를 신뢰하고 있어요! 어머니가 아버지를 살해하지 않았다고 말한다면, 그건 살해하지 않은 거예요! 돌아가실 때에 이르러서까지 거짓말을 하신 그런 분이 아니었어요."

천천히 거의 내키지 않는 듯이 에르큘 포와로는 고개를 끄덕였다.

칼라가 계속 말을 이었다.

"그것이 존과 결혼하는 데 있어서 제가 떳떳한 이유예요. 저는 틀림없다고 생각해요. 하지만 그이는 그렇지가 않거든요. 그이는 제가 어머니의 딸이니까 당연히 어머니가 결백하다고 여길 거라고 생각해요. 진실은 밝혀져야만 해요. 포와로 씨, 바로 선생님께서 그 일을 해주셔야 해요!"

에르큘 포와로가 천천히 말했다.

"가령, 아가씨 말이 사실이라고 하더라도 이미 16년이나 지난 일이 아닌가요?"

"오, 물론 어려운 일임에는 틀림없어요. 아무도 할 수 없겠지만, 선생님만은 그 일을 해내실 수 있을 거예요!"

에르큘 포와로는 슬쩍 눈을 찡긋해 보였다.

"이거 너무 비행기 태우는 게 아닌지 모르겠습니다그려." 그가 말했다.

"선생님에 대한 얘기는 이미 많이 들었어요." 칼라가 말했다.

"선생님께서 하신 일들도 말이에요. 어떤 식으로 일하시는지도 잘 알고 있답니다. 선생님께서는 심리학적인 문제에 관심이 많으시죠? 그건 시간과는 무관한 일이 아닌가요? 물리적인 단서들은 이미 사라졌어요—담배꽁초라든가, 발자국, 유리잔 등. 그런 것들은 더 이상 찾아보실 수 없을 거예요. 하지만 그 사건에 관계된 사실들은 모두 검토하실 수 있어요. 아마도 그 당시 관계했던 사람들로부터 이야기를 들으실 수 있을 테죠(그들은 아직도 살아 있을 테니까). 그리고 나서, 방금 말씀하셨듯이 의자에 깊숙이 앉아서 생각하실 수 있을 거예요. 그러면 선생님께서는 진실로 무슨 일이 일어났었는지를 모두 아시게 될 테죠"

에르큘 포와로는 자리에서 일어났다. 한 손으로 콧수염을 조심스럽게 쓰다듬으며 그가 말했다.

"마드모아젤, 내 명예를 걸고 말하건대, 나에 대한 아가씨의 믿음을 결코 헛되게 하지 않겠소! 아가씨가 의뢰한 살인사건을 조사해 보지요. 16년 전에 있었던 사실들을 다시 파헤쳐서 그 진상을 밝혀내도록 하겠소."

칼라도 따라서 자리에서 일어났다. 그녀의 눈은 초롱초롱 빛났지만, 단지 이렇게만 말했다.

"좋아요."

에르큘 포와로는 과장된 몸짓으로 둘째손가락을 흔들었다.

"잠깐, 한 가지 짚고 넘어갈 것이 있습니다. 내게는 편견이 없어요. 아가씨 어머니가 결백했다는 당신의 주장을 일방적으로 받아들일 수만은 없는 형편이다. 그 말입니다. 만일에 아가씨 어머니가 유죄였다면……, 그렇다면 어떻게 할까요?"

칼라의 고개가 발딱 젖혀졌다.

"저는 그분의 딸이에요." 그녀가 말했다.

"제가 원하는 것은 진실이에요!"

"그렇다면 좋습니다. 다만 내가 말할 수 있는 것은 그렇지 않을 수도 있다는 겁니다. 그 반대의 결과가 나올 수도 있는 법이니까 말이오."

"크레일 사건을 기억하느냐고?" 몬태규 디플리치 경이 물었다.

"물론 기억하고말고. 아주 잘 기억하고 있다네. 대단히 매력적인 여인이었지. 비정상적인 정신 상태이긴 했지만, 자제력이 없었던 게야."

그는 곁눈질로 포와로를 슬쩍 훔쳐보았다.

"그런데 무슨 일로 그 사건에 대해서 묻는 건가?"

"그냥 관심이 있어서."

"그렇게 얼버무리려고 하지 말게나, 이 사람아."

이렇게 말하고 디플리치는 증인들을 오싹하게 했던 그 유명한 '늑대의 미소'를 지으며 이빨을 드러내 보였다.

"자네도 알겠지만, 그건 내가 실패한 사건 중 하나였지. 나는 그녀의 혐의를 벗겨 주지 못했거든."

"그건 나도 잘 알고 있다네."

몬태규 경은 어깨를 으쓱해 보였다. 그가 말했다.

"나는 그 당시만 해도 지금처럼 노련하지가 못했지. 하지만 나로서는 최선을 다했다고 생각하네. 서로 간에 협조가 이루어지지 않고는 그리 신통한 결과를 얻어낼 수가 없는 법이거든. 우리는 형량을 종신형으로 낮추게 한 것에 만족해야 했다네. 그 사건은 굉장한 물의를 일으켰지. 많은 정숙한 부인네들과 어머니들이 탄원서를 제출했다네. 크레일 부인은 많은 동정심을 불러일으켰던 게지."

그는 뒤로 기대어 앉으며 긴 다리를 죽 뻗었다. 그는 마치 피고를 관찰하는 판사 같은 표정을 지으며 말을 이었다.

"자네도 알다시피, 그녀가 총이나 칼로 그를 살해했다면, 과실치사 정도로 사건을 처리할 수도 있었을 걸세. 하지만 독살인 경우에는, 어떻게 해볼 도리가 없지. 그건 어려운, 정말 어려운 문제라고."

"피고 측 주장은 어떤 것이었나?" 에르큘 포와로가 물었다.

그는 신문을 통해 이미 그 사실을 알고 있었지만, 몬태규 경에게는 전혀 모르는 것처럼 보이게 하는 것도 그리 나쁠 것은 없다고 생각했다.

"어, 자살이라고 주장했지. 자네도 아마 짐작했을 거야. 하지만 그건 설득력이 없는 주장이었다네. 크레일은 도무지 자살할 타입의 사람이 아니었거든! 자넨 그를 한 번도 본 적이 없지, 아마? 그렇지? 뭐랄까, 그는 대단히 활동적이고 정력적인 사람이었다네. 굉장한 애주가이기도 했고 세속적인 향락을 몹시 탐닉한 인물이었다네. 그런 사람이 어떻게 의자에 앉아서 조용히 독약을 마시고 주저없이 목숨을 끊었다고 배심원들을 설득할 수 있겠나? 그건 도무지 어울리지가 않는 행동이지. 그래, 난 처음부터 그 사건이 승산 없는 싸움이라고 생각했다네. 게다가 그녀의 행동 역시 결코 바람직하다고 할 수 없었지. 그녀가 증인석에 앉자마자 곧 나는 우리가 졌다는 것을 알 수 있었다네. 그녀는 전혀 대항해 보려고도 하지 않았거든. 하지만 그렇다고 해서—의뢰인을 증인석에 앉히지 않으려고 한다면 배심원들은 자기들 나름대로의 결론을 이끌어내게 되는 법이자—우리에게 불리한 방향으로 말일세."

포와로가 말했다.

"그래서 자네가 방금 서로 간에 협조가 이루어지지 않고는 그리 신통한 결과를 얻어낼 수가 없다고 한 것인가?"

"바로 그런 뜻이었다네. 알다시피, 우리는 마술사가 아니거든. 반쪽 싸움은 오히려 배심원들에게 유죄라는 인상만 주게 마련이지. 배심원들이 판사의 약술과는 정반대 평결을 내리는 수가 있다는 사실을 난 익히 알고 있다네. '피고가 그 일을 저지른 게 분명해'—배심원들은 이렇게 생각하거나, '피고가 범행을 절대로 저지르지 않았다고 할 순 없잖아.' 하고 생각하지. 캐롤라인 크레일은 도무지 항의하려 들지를 않았다네."

"그건 대체 무슨 까닭에?"

몬태규 경은 어깨를 으쓱해 보였다.

"내게 묻지 말게나. 그녀는 그를 무척 사랑했지. 자기가 무슨 짓을 저질렀는지 깨닫고 정신을 차렸을 때는 이미 돌이킬 수 없는 지경에 빠져 있었던 게야. 그녀는 그 충격에서 계속 벗어나지 못했던 걸세."

"그렇다면 자네는 그녀가 유죄였다고 생각하는가?"

디플리치는 다소 뜻밖이라는 표정을 지으며 말했다.

"어, 글쎄, 나야 뭐 당연한 일이라고 생각했네만."

"그녀가 직접 자네에게 자신이 유죄임을 인정한 적이 있었나?"

디플리치는 충격을 받은 모양이었다.

"물론, 인정한 적은 없었지. 하지만 관례에 따르게 되는 법이라네. 결백하다는 것은 항상, 어, 염두에 두게 마련이지만. 자네가 그 사건에 대해서 그토록 관심이 많은데, 메이휴를 만나볼 수가 없어서 유감이로구먼. 메이휴 집안이 바로 나에게 그 사건을 의뢰했던 변호사 집안이라네. 메이휴라면 나보다 더 많은 사실을 자네에게 들려줄 수 있었을 텐데. 하지만 그는 이제 고인이 되었거든. 물론 젊은 조지 메이휴가 있긴 하지만 그 당시에는 소년에 불과했지. 그건 상당히 오래된 사건이라서 말이야."

"물론 나도 알고 있어. 자네가 그토록 많은 사실을 기억하고 있다는 것은 나에게 있어서는 참으로 다행한 일이 아닐 수가 없구먼. 자넨 정말 놀라운 기억력을 가지고 있어."

디플리치는 흡족한 모양이었다. 그가 중얼거리듯 말했다.

"아, 그야 누구나가 중요한 골자는 대부분 기억하게 마련 아닐까? 특히 그것이 중대한 사건일 경우에는 말일세. 그리고 크레일 사건은 신문마다 서로 뒤질세라 연일 크게 보도했거든. 그 여인은 상당히 인상적이었다네. 냉정한 심성의 여자라고 나는 생각했지."

"내가 너무 끈덕지게 물고 늘어지는 것 같아서 좀 미안하네만."

포와로가 말했다.

"한 번 더 묻겠는데 자네는 캐롤라인 크레일의 유죄에 대해서 한 번도 의심해 보지 않았나?"

디플리치는 어깨를 으쓱해 보이며 말했다.

"솔직히 말해서 내 개인적으로는 그 점에 대해서 의심할 바가 없다고 생각하네. 그녀가 범인이었다는 것은 틀림없는 사실이거든."

"그녀에게 불리한 증거는 어떤 것들이 있었나?"

"지나치게 많았다고 할 수 있지. 우선 동기가 있었다네. 그녀와 크레일은 몇 년 동안 마치 고양이와 개처럼 끊임없이 다투며 지내 왔었거든. 그는 언제나 많은 여자들과 어울려 다녔다네. 도저히 구제불능이었지. 그는 그런 사람이었어. 그녀는 그런대로 잘 참고 지내 왔었지. 그의 어쩔 수 없는 예술적인 기질 탓으로 돌리고 말일세—사실 자네도 알다시피 그는 일급 화가였거든. 그의 작품들은 정말 입이 벌어질 정도로 고가(高價)에 팔렸다네—정말 입이 벌어질 정도로. 내 취향에는 전혀 맞지 않는 괴상하고 극단적인 그림이었지만, 걸작이라는 것은 의심할 나위가 없지.

아무튼 앞서 말했듯이 그는 여자 문제로 끊임없이 말썽을 일으켰다네. 크레일 부인은 조용히 그런 말썽들을 감수하는 온순한 여인이 아니었어. 그들의 불화는 당연한 것이었지. 하지만 그는 결국에는 그녀에게 다시 돌아오곤 했다네. 그의 연애 행각들은 흐지부지 끝나 버리곤 한 거지. 그러나 그 마지막 행각은 전혀 다른 것이었다네. 젊은 아가씨—그것도 아주 새파란 아가씨였지. 당시 스무 살밖에 되지 않았다네.

엘사 그리어라는 아가씨인데, 어느 요크셔 공장주의 외동딸이었지. 그녀는 돈과 결단력이 있었고, 자신이 무엇을 원하는지도 잘 알고 있었다네. 그녀가 원했던 것은 바로 에이미어스 크레일이었던 거야. 그녀는 그에게 자기 초상화를 그리도록 했는데—그는 '핑크색 공단 드레스에 진주 목걸이를 한 블링커티 블랭키 부인'의 초상화 같은 것을 그리는 전문적인 사교 초상화가는 아니었지만, 인물화는 종종 그렸지. 얼마나 많은 여성들이 그의 모델이 되고 싶어 했는지는 알 수 없지만, 아무튼 그는 그런 일에 시간을 낭비하지는 않았다네! 그런데도 그는 그리어란 아가씨의 초상화를 그리게 될 정도로 그녀에게 완전히 빠져 버리고 만 것이었다네. 사실 그는 사십 줄에 접어들고 있었지만, 그런대로 결혼생활을 잘 유지해 왔다네. 그런데 풋내기 아가씨에게 푹 빠져 자신을 얼간이로 만들게 될 줄이야. 그는 엘사에게 완전히 미쳐서 아내와 이혼을 하고 오로지 그녀와 결혼할 생각만 하게 되었던 거야.

캐롤라인 크레일은 그걸 도저히 참을 수가 없었지. 그래서 그녀는 그를 위협했다네. 만일, 그 아가씨를 포기하지 않으면 아예 그를 죽여 버리겠다고 말하는 걸 어떤 두 사람이 엿듣게 되었지. 그게 사건 바로 전날이었는데, 이웃사람이 크레일 부부 가까이에서 차를 마시고 있었다네. 그 이웃은 집에서 술을 빚거나 약초를 달이는 취미를 갖고 있었다더군. 그가 가지고 있던 약초 중에는 얼룩독당근이라는 독초가 있었다네. 치명적인 독초라고 하더군.

그 다음 날 그는 그 독즙이 반이나 들어 있던 병이 없어졌다는 사실을 발견했다네. 깜짝 놀랄 만한 일이었지. 나중에 경찰은 크레일 부인의 방에서 그 빈병을 찾아냈는데, 옷장 바닥에 감춰져 있었다고 하더군."

에르퀼 포와로는 불편한 듯이 몸을 꿈틀거리며 말했다.

"누군가 다른 사람이 그곳에 넣어 두었을 수도 있었을 텐데."

"그녀는 자기가 한 짓이라는 걸 경찰에 인정했다네. 정말 어리석기 짝이 없는 일이었지만, 당시에는 그녀에게 충고해줄 변호사가 없었으니. 경찰이 그 일에 대해서 질문하자 그녀는 자기가 가져온 것이라는 걸 아주 솔직하게 인정했다더군."

"대체 뭘 하려고?"

"그녀가 직접 마실 생각으로 가져왔다고 진술했다네. 하지만 그 병이 비게 된 사실에 대해서는 모르는 일이라고만 한 걸세. 또한, 거기에는 그녀의 지문밖에 없었다는 사실에 대해서도 말이야. 그 점이 가장 치명적인 급소였다네. 그녀는 처음부터 에이미어스 크레일이 자살했다고 주장했거든. 하지만 그가 크레일 부인의 방에 숨겨져 있던 그 병의 내용물을 마셨다면 당연히 그녀의 지문과 마찬가지로 그의 지문도 남아 있어야 했단 말일세."

"그는 맥주를 마셨다고 하던데, 사실인가?"

"그렇다네. 그녀가 냉장고에서 맥주병을 꺼내어 정원에서 그림을 그리고 있던 그에게 갖다 주었다네. 그녀가 직접 그것을 따라서 그에게 주었고, 그가 마시는 것을 지켜보았다더군. 그리곤 그를 남겨 두고 모두 점심을 먹으러 갔다네—종종 그는 식사를 거르곤 했거든. 나중에 그녀와 가정교사가 그가 죽은 것을 발견했지. 그녀의 말에 의하면 그에게 맥주를 주었을 때는 아무런 이상도 없었다는 게야. 우리는 그가 갑자기 견딜 수 없는 후회와 가책을 느껴서 스스로 독약을 마셨을 거라고 생각해 보았지만, 그건 말도 안 되는 소리였지—그는 도저히 그럴 사람이 아니었단 말일세! 그리고 그 지문에 대한 증거가 가장 불리한 것이었어."

"그 맥주병에서 그녀의 지문이 발견되었나?"

"아니, 크레일의 지문만 발견되었는데, 조작된 거라고 하더군. 사실은 말이야, 가정교사가 의사에게 전화를 걸러 간 동안 시체 곁엔 크레일 부인 혼자만 있었거든. 그때 그녀가 맥주병을 깨끗이 닦아내고 대신 그의 지문을 찍어 둔 것이라고 말일세. 그녀로서야 뭐 병에 전혀 손을 대지 않았던 것처럼 보이고 싶었을 테지. 하지만 소용없는 짓이었다네. 당시 검시를 맡았던 루돌프라는 의사가 대뜸 한 마디로 일축해 버렸거든. 정상적인 사람이라면 도저히 그런 식으로 병을 잡을 수가 없다는 것을 법정에서 실연까지 해서 아주 분명하게 입증해 보였다네! 물론 우리는 그가 죽음으로 인한 고통으로 그렇게 잠을 수도 있다는 것을 입증하려고 최선을 다했지만. 그러나 솔직히 말해서 우리 주장은 하나도 설득력이 없었어."

"맥주병에 독약을 탄 것은……." 포와로가 말했다.

"그걸 정원으로 내가기 전에 한 짓이었겠군."

"맥주병 속에는 독약이 전혀 없었다네. 잔 속에만 들어 있었지."

디플리치는 말을 중단하고는(갑자기 그 커다랗고 잘생긴 안색을 바꾸고서), 고개를 홱 돌렸다.

"여보게." 그가 말했다.

"그런데 포와로, 자넨 어째서 그토록 그 사건에 관심을 보이는 건가?"

포와로가 말했다.

"만일 캐롤라인 크레일이 결백했다면, 맥주 속에 들어 있던 독약은 어떻게 된 것일까? 변론에서 자네는 에이미어스 크레일이 그것을 넣었다고 했다고? 하지만 자네 생각엔 그건 극히 있을 수 없는 일이란 말이지? 나 역시 그 점에 대해서는 동감일세. 그는 그런 짓을 할 사람이 아니었지. 그렇다면 만일 캐롤라인 크레일이 하지 않았다면, 누군가 다른 사람이 했을 테군."

디플리치는 침을 튀길 정도로 흥분해서 말했다.

"오, 빌어먹을, 죽은 말에 채찍질할 수는 없는 법이야! 그건 이미 10여 년 전에 다 끝나 버린 일이라네. 그녀가 범인이었음에는 반론의 여지가 없어. 그 당시에 그녀를 보았다면 자네도 그걸 충분히 알 수가 있었을 걸세. 그녀가 직접 모든 걸 털어놓았단 말일세! 평결이 그녀에게는 하나의 구원이었던 듯싶네. 그녀는 전혀 두려워하지 않았거든. 아주 태연했다네. 단지 재판이 빨리 끝나기만 바랐고, 또 그렇게 되었지. 실로 냉정한 여인이었다네."

"하지만……." 포와로가 다시 말했다.

"그녀는 죽음이 임박했을 때 자신이 결백하다는 사실을 적은 편지를 딸에게 남겼다네. 지금 그녀의 딸은 진실을 알고 싶어 하고 있거든."

"흠, 그녀가 달갑지 않은 진실을 알게 되지나 않을까 싶구먼. 솔직히 말해서, 포와로, 거기에 달리 의심이 갈 만한 점이 있다고는 생각되지 않는다네.

그녀가 남편을 살해한 거야."

"용서하게나, 친구. 그 점에 대해서는 나 스스로 확인해 봐야 직성이 풀릴 것 같구먼."

"어쨌거나, 자네가 더 이상 무엇을 알아낼 수 있을지는 모르겠어. 그 재판에 관한 사실들은 신문을 통해서 알아볼 수 있을 걸세. 험프리 루돌프는 이미 고인이 되었지. 그의 차석이 누구였더라? 포그 군이었던가? 맞아, 포그였지. 그 사람하고는 몇 마디 나누어 볼 수 있을 걸세. 그리고 그 당시 그곳에 있었던 사람들도 있지. 자네가 온통 들쑤시고 다니며 이것저것 캐묻는 것을 그들이 달가워할 거라고는 생각할 수 없지만, 자네라면 그들로부터 원하는 것을 얻어 낼 수 있을 걸세. 자네는 그야말로 교활한 악마이니까 말씀이야."

"아, 그리고 거기에 관계된 사람들이 있었지. 그건 정말 중요한 일일세. 그들이 누구인지 자네 기억하고 있겠지?"

디플리치는 잠시 생각에 잠겼다.

"글쎄, 오래된 일이라서. 실제로 그 사건에 관계된 사람은 다섯 명이라고 할 수 있지. 다시 말해서, 그 하인들, 겁먹은 표정을 띤 충직한 그 노부부들은 관계가 없을 거라고 보네―그들은 아무것도 아는 게 없었거든. 누구도 그들을 의심할 수는 없었다네."

"다섯 사람이라고 했겠다. 그들에 대해서 말해 주게나."

"우선 필립 블레이크란 사람이 있었지. 그는 크레일과는 절친한 사이로, 죽마고우라고 할 수 있었네. 그는 그 당시 크레일의 집에서 지내고 있었지. 아직 살아 있다네. 세인트 조지 힐에서 살고 있지. 주식 중개인이라네. 투기를 하는데, 재수가 좋은 편이지. 꽤 성공한 사람이며, 제법 수완이 뛰어나다고 할 수 있다네."

"알겠네. 그리고 다음은?"

"블레이크의 형이 있었지. 시골 지주로 집 안에만 틀어박혀서 지내는 위인이었다네."

문득 어떤 동요가 떠올랐지만 포와로는 눌러 참았다. 그가 늘 동요를 염두에 두었던 것은 아니었지만, 최근에는 마치 악령처럼 머릿속을 떠나지 않는 것 같았다. 그 동요가 늘 머릿속에 맴돌고 있었다.

'작은 돼지는 시장에 갔다네. 작은 돼지는 집에 있다네……?'

그가 중얼거렸다.

"그는 집에 있었다, 이건가?"

"그는 약품, 그리고 약초, 화학 약품 따위에 묻혀서 지내는 친구였다네. 그것이 그의 취미였지. 이름이 뭐였더라? 어떤 문학가의 이름과 같았는데……, 맞았어. 메리디(1828~1909; 영국의 시인, 소설가)였지. 메러디스 블레이크. 그가 살아 있는지 죽었는지에 대해서는 모르겠네."

"그리고 다음은?"

"다음? 그렇군. 그 문제의 씨앗이 된 아가씨가 있지. 엘사 그리어 말일세."

"작은 돼지가 로스트 비프(구운 쇠고기)를 먹었군." 포와로가 중얼거렸다.

디플리치가 그를 멍하니 쳐다보았다.

"그들이 그녀에게 고기를 먹였다는 것이 옳지." 그가 말했다.

"그녀는 솜씨가 좋다네. 지금까지 남편을 셋이나 갈아치웠거든. 자네만큼이나 이혼 법정을 들락날락한 게야. 매번 좀더 나은 자들로 갈아치우는 거지. 디티샴 부인, 이것이 그녀의 현재 이름일세."

"그리고 다른 두 사람은?"

"여자 가정교사가 있었지. 그녀 이름은 생각나지가 않는구먼. 훌륭한 여성이었어. 톰슨, 존스……, 아무튼, 그 비슷한 이름이었네. 그리고 캐롤라인 크레일의 이복 여동생이 있었지. 그때 열다섯 살인가 그랬었네. 그녀는 이름하고는 별로 어울리지가 않았지. 땅이나 파헤치며 온갖 곳을 나돌아다닌다는 뜻인데. 워렌(토끼 사육장이라는 뜻)이 그녀 이름일세. 안젤라 워렌. 요즘에는 상당히 보기 드문 아가씨였지. 그 뒤에도 그녀를 본 적이 있었다네."

"그렇다면 그녀는 '꿀꿀꿀' 하고 외치며 다니는 작은 돼지는 아니구먼."

몬태규 디플리치 경은 수상쩍다는 듯이 그를 쳐다보았다. 그리고는 무뚝뚝한 어조로 말했다.

"그거야 자기 인생에 대해서 꿀꿀 외쳤다고 할 수 있지! 흉측한 외모를 하고 있거든. 그녀의 한쪽 뺨에는 끔찍한 흉터가 남아 있다네. 그녀는, 이런 제기랄, 아무튼 자네는 그 사건에 대해서 모든 걸 들을 수가 있을 걸세."

포와로가 자리에서 일어서며 말했다.

"고맙네, 자넨 정말 친절한 친구일세. 크레일 부인이 남편을 살해하지 않았다면……."

디플리치가 그의 말을 가로막았다.

"아니야, 그녀가 한 짓이 틀림없어, 이 친구야. 내 말을 믿으라고."

포와로는 그의 말에는 전혀 개의치 않고 계속 말을 이었다.

"그렇다면 그 다섯 사람 중 누군가가 범행을 저질렀다고 보는 것이 논리적인 것 같은데."

"그들 중 누군가가 범인이었을 수도 있겠지."

디플리치가 의심스럽다는 투로 말했다.

"하지만 무슨 이유에서 그럴 수가 있었는지는 알 수가 없구먼. 전혀 근거가 없는 일일세! 사실 난 그들 중 아무도 그 일을 하지 않았다는 것을 확신하는 바이네. 여보게, 자넨 정말이지 너무도 고집불통이야!"

하지만 포와로는 괘념치 않고 미소를 지으며 고개를 저을 뿐이었다.

"유죄였음이 틀림없습니다." 포그 씨가 간단하게 말했다.

에르퀼 포와로는 그 법정 변호사의 마르고 윤곽이 뚜렷한 얼굴을 주의 깊게 살펴보았다.

왕실 고문 변호사인 퀜틴 포그는 몬태규 디플리치와 전혀 다른 타입의 사람이었다. 디플리치는 활달하고 매력적이며, 거만하고 다소 허풍이 센 인물이었다. 갑자기 극적으로 태도를 돌변시키는 것이 그의 특기였다. 예의 바르고 지적이며 매력적인 태도를 보이다가도, 일순간 거의 마술사처럼 안색을 바꾸어 냉혹한 미소를 지음으로써 상대방을 완전히 얼어붙게 하는 것이었다.

반면에 포그는 깡마르고 창백한 얼굴에 이상할 정도로 개성이 없어 보이는 사람이었다. 그의 질문은 조용하고 단조롭기는 했지만, 끈질기게 물고 늘어지는 점이 있었다.

에르퀼 포와로는 그를 주의 깊게 살펴보았다.

"그렇다면, 당신은 그런 생각이 들었다는 겁니까?"

포그는 고개를 끄덕였다. 그가 말했다.

"당신도 증인석에 있던 그녀의 모습을 보았어야 했습니다. 험피 루돌프(당시 수석 검사였지요)가 그녀를 간단하게 요리해 버렸지요. 간단하게 말입니다!"

그는 잠시 멈추었다가 갑자기 말했다.

"대체로 너무 지나치게 쉬웠다고 할 수 있겠지요."

"무슨 말을 하는 건지 잘 모르겠군요." 에르큘 포와로가 말했다.

포그는 가느다란 눈썹을 찌푸리고는 가냘픈 손으로 매끈한 코밑을 어루만 지며 말했다.

"그걸 어떻게 표현해야 할까요? 아주 영국인다운 관점이라고 할 수 있을 겁 니다. '멍청하게 앉아 있는 새를 맞히는 것'이라고나 할까요. 아시겠습니까?"

"당신 말대로 아주 영국인다운 관점이로군요. 아무튼 알 것도 같습니다. 애 지스 법정에서도, 이튼 운동장에서 시합할 때나 사냥터에서처럼 영국인들은 희생물에게 대응할 기회를 주기를 좋아하지요."

"바로 그렇습니다. 하지만 이 사건에서 피고는 전혀 기회가 없었지요. 험피 루돌프는 그녀를 마음대로 다루었던 겁니다. 디플리치가 그녀에게 질문하는 것으로부터 시작됐지요. 그녀는 마치 파티에 참석한 순진한 아가씨처럼 디플 리치의 질문에 암송이라도 하듯이 기계적으로 답변했답니다. 아주 순진하게, 대사를 읊듯이—전혀 설득력이 없이! 그녀는 미리 어떻게 대답할 것인지 지시 받고 그대로 읊었던 거죠. 그건 디플리치의 잘못이 아니었습니다. 그 늙은 사 기꾼은 자기 역할을 완벽하게 수행했지요—하지만 그 상황에서 필요한 것은 두 사람의 배우였는데, 혼자서는 제대로 그 일을 해낼 수가 없었던 겁니다. 그 녀는 그의 주문에 따라 주지 않았던 거죠. 그게 배심원들에게 가장 나쁜 영향 을 미치게 되었던 것 같습니다. 그러고 나서 험피 노인이 일어났지요. *그분을* 본 적이 있으시죠? 그를 잃은 것은 참으로 커다란 손실입니다. 그는 법복을 뒤로 획 젖히며 매섭게 추궁해 나갔지요.

앞서 말했듯이 그는 그녀를 마음대로 요리했답니다! 이리저리 끌고 다니며, 줄곧 그녀를 곤궁에 빠지도록 했던 거죠. 그는 그녀 스스로 자신의 진술이 불합리함을 인정토록 했고, 자기모순에 빠지도록 함으로써, 그녀는 더욱더 곤경에 처하게 되었던 겁니다. 그러고 나서 다시 평소의 태도로 돌아왔지요. 아주 확신에 차고 설득력 있는 목소리로 그가 말했습니다. '당신에게 한 말씀 드리겠소이다, 크레일 부인. 자살하기 위해서 그 독약을 가져왔다는 부인의 진술은 순전히 거짓말에 지나지 않습니다. 그것은 당신을 버리고 다른 여인에게로 가려고 하는 당신 남편에게 먹이려고 가져왔던 거요. 그러고는 그 독약을 남편에게 먹였던 것이오.' 그러자 그녀가 그를 쳐다보았지요(아주 애처롭고 우아하며 미묘한 시선으로). 그러고는 말했습니다. '오, 아니에요, 그렇지 않아요. 저는 그러지 않았어요.' 아주 평범하고, 극히 설득력이 없는 말이죠. 나는 디플리치 노인이 자리에서 꿈쩍거리는 것을 보았습니다. 그는 그걸로 모든 게 끝났다는 것을 알았던 겁니다."

포그는 잠시 멈추었다가 다시 말을 이었다.

"배심원의 표결은 불과 30분밖에 걸리지 않았습니다. 그들은 그녀에게 유죄라고 평결을 내렸지요. 신의 은총이 있기를 빌면서 말입니다.

그건 그렇고, 한편 그녀는 사건의 또 다른 주인공인 여성과 좋은 대조를 보였지요. 그 문제의 처녀 말입니다. 배심원들은 처음부터 그 아가씨에게는 냉담한 반응을 보였지요. 그녀는 까딱하지 않았지만. 상당히 아름답고 냉정한 현대적인 여성이었습니다. 법정에 참관했던 여성들에게 그녀는 가정 파괴범으로 비쳤을 테죠. 그런 여자들이 활개치고 다니는 한 가정도 결코 안전한 것이 못되었거든요. 오로지 섹스에 대한 욕망으로 가득 차 있고, 아내와 어머니의 권리에 대해서는 털끝만큼도 관심이 없는 그런 여자들 말이죠. 그녀는 그런 일에는 전혀 흥미가 없었던 모양입니다. 솔직했지요. 놀라울 정도로 뻔뻔스러웠다고나 할까요. 그녀는 에이미어스 크레일을 사랑했고, 그를 차지하는 것 이외에는 그를 아내와 자식으로부터 떨어지게 하는 일에 대해서는 일말의 가책도 느끼지 않았던 겁니다.

나는 그녀에 대해서 꽤 감탄했지요. 두둑한 배짱이 있었거든요. 디플리치는 반대 심문을 하면서 그녀에게 추잡한 언사를 썼지만, 그녀는 잘 받아넘겼답니다. 하지만 법정은 그것에 대해선 동정하지 않았지요. 판사 역시 그녀를 좋아하지 않았습니다. 에이비스 판사였지요. 그도 젊어서는 상당히 난봉꾼이었지만 —일단 법복을 입게 되면 엄격한 도덕주의자가 된답니다. 캐롤라인 크레일에 대한 그의 논고는 상당히 관대한 것이었죠. 범행 사실을 부정한 것은 아니었지만, 배심원들의 도덕심에 강력히 호소하는 내용이었답니다."

에르쿨 포와로가 물었다.

"그는 자살이라고 내세웠던 피고 측 주장을 지지하지 않았습니까?"

포그는 고개를 저었다.

"사실 한쪽 다리만 가지고는 오래 지탱할 수가 없는 법입니다. 디플리치가 최선을 다하지 않았다고는 생각지 않아요. 그는 아주 훌륭한 변론을 했습니다. 고결하고 아름다운 예술가적인 심성을 가진 남자가 갑자기 한 젊은 아가씨를 열렬히 사랑하게 되어 양심의 가책을 느끼면서도, 그 열정을 도저히 억누를 수가 없는 광경을 감동적으로 그려냈지요. 그러다가 제정신을 차린 그는 자신에 대한 혐오감과 아내와 자식에게 몹쓸 짓을 했다는 가책을 느끼고는 갑자기 자살을 결심하게 된 거라고 열변을 토했답니다.

대단히 감동적인 연기였다고 할 수 있지요. 디플리치의 열변은 좌중의 눈물을 자아냈습니다. 자신의 열정과 고결한 양심을 갈가리 찢긴 불쌍한 남자의 한 모습이 눈에 선했던 거죠. 그 효과는 엄청난 것이었습니다. 그러나(그 열변이 끝나자마자) 마법의 주문이 깨지면서 신화 속의 에이미어스 크레일의 모습은 종적을 감추게 된 거죠.

사람들은 크레일에 대해서 너무나도 잘 알고 있었습니다. 그는 그와 같은 일을 할 위인이 아니지요. 그리고 디플리치는 크레일이 자살했나는 것을 입증할 만한 아무런 증거도 제시할 수 없었던 겁니다. 나는 크레일이 기본적인 양심조차도 없었던 사람이라고 생각합니다. 그는 냉혹하고, 격정적이며, 자신만 아는 이기주의자였지요. 윤리라는 것을 자신의 작품 활동에 유리하게 적용시켰던 겁니다. 그는 값싸고 조잡한 그림은 결코 그리려 하지 않았을 거라고 나는 확신해요—어떤 상황에서일지라도. 그런 반면에 그는 다혈질적이고, 인생을 즐겼던 사람이었습니다—삶에 대한 흥취가 있었던 거죠. 그런데 자살이라니? 그건 말도 안 되는 소리였습니다!"

"아니면, 변론의 초점이 제대로 맞지 않았던 모양이죠?"

포그는 마른 어깨를 으쓱해 보였다.

"그 밖에 달리 무슨 방도가 있었겠습니까?" 그가 다시 말을 이었다.

"팔짱을 끼고 앉아서 배심원들에게는 씨도 안 먹힐 변론을 할 수는 없었을 테니. 검사 측에서는 피고의 유죄에 자신만만해했을 겁니다. 증거야 너무 많아서 탈이었죠. 그녀가 독약에 손을 댔다는 것—그 독약이 든 병을 가져왔다는 사실은 그녀도 시인했습니다. 수단, 동기, 기회—모든 조건이 완벽하게 갖춰져 있었던 거죠."

"그런 것들이 누군가에 의해서 교묘하게 꾸며졌던 것일 수도 있다는 점을 내세워 볼만도 했을 텐데요?"

포그가 무뚝뚝하게 말했다.

"그녀가 직접 그런 사실을 대부분 인정했는데요. 또한 그 사건에서 당신의 생각은 너무 터무니없는 착상인 것 같군요. 당신 생각은 누군가 다른 사람이 그를 살해하고 그녀에게 죄를 뒤집어씌웠을 수도 있다는 말씀 아닙니까?"

"그것이 전혀 불가능한 일이라고 생각합니까?"

"나는 그렇게 생각합니다만." 포그가 천천히 말했다.

"당신은 베일에 싸인 인물 X가 범인이었을 수도 있다고 생각하시는 모양인데, 그렇다면 어디서 그자를 찾아야 하죠?"

포와로가 말했다.

"물론 그 주변에서 찾아야지요. 거기에는 다섯 사람이 있었습니다. 그렇지 않은가요? 사건과 연관된 사람 말입니다."

"다섯이라? 흠, 약초 연구에 골몰하던 괴짜 노인이 있었죠. 위험한 취미였지만—약간 멍청했으나 좋은 사람이었지요. 그를 X로 볼 수는 없어요. 그리고 문제의 그 아가씨가 있는데—그녀는 캐롤라인을 없애려고 했는지는 몰라도, 그 대상이 에이미어스가 아니었음은 틀림없어요. 다음에는 주식 중개인이 있는데, 크레일의 가장 친한 친구였지요. 그가 범인이라는 것은 추리소설에나 나올 일이지, 실제로 그럴 수도 있다고는 믿지 않습니다. 그밖엔 아무도 없는데…… 아, 그렇지, 그녀의 어린 여동생이 있었죠. 하지만 그녀에 대해서는 생각해볼 것도 없습니다. 이상 네 명이로군요."

에르퀼 포와로가 말했다.

"가정교사를 빼놓았습니다."

"아, 그렇군요. 비천한 사람들, 가정교사—사람들은 그런 이들을 종종 잊어버리는 법이지요. 나 역시 그녀를 희미하게밖에 기억할 수 없군요. 중년의 평범하고 침착한 여인이었다는 것밖에는. 심리학자들은 그녀가 크레일에게 은밀한 열정을 품고 있다가 결국 그를 살해하게 되었다고 생각할 수도 있을 겁니다. 억눌린 노처녀! 하지만 천만에—나는 그런 건 믿지 않습니다. 내가 기억하기로 그녀는 절대 신경쇠약에 걸릴 여자가 아니었지요."

"그건 상당히 오래된 일입니다."

"15년인가 16년쯤 되었지요, 아마. 맞아요, 그쯤 되었을 겁니다. 그 사건에 대해서 내가 정확하게 기억하고 있으리라고는 기대하지 마십시오."

에르퀼 포와로가 그를 쳐다보며 말했다.

"아니오, 그 반대로 당신은 놀라울 정도로 생생하게 기억하시는 것 같은데요. 그 점이 나에게는 놀랍기만 하외다. 당신도 그걸 아실 테죠? 말씀하실 때 보니까, 마치 눈앞에 보이듯 생생하게 그 광경을 떠올리더군요."

"그건 맞는 말입니다." 포그가 신중하게 말했다.

"나도 그걸 알 수 있어요—아주 분명하게."

다시 포와로가 말했다.

"어째서 그토록 생생하게 기억할 수가 있는지 무척 궁금하군요."

"어째서라니요?" 포그는 그 문제를 곰곰이 생각해 보았다.

이윽고 그의 마르고 이지적인 얼굴에 호기심이 떠올랐다.

"그렇군요. 그런데 어째서 그럴까요?"

포와로가 물었다.

"그토록 생생하게 보이는 것이 대체 무엇입니까? 증인들? 아니면 변호사? 판사? 피고석에 서 있는 피고의 모습?"

포그가 재빨리 말했다.

"바로 그겁니다! 제대로 지적하셨습니다. 나는 언제라도 그녀의 모습을 생생하게 떠올릴 수 있어요. 그녀에게는 일종의 로맨스 같은 것이 있었습니다. 실제로 그녀가 아름다웠는지는 잘 모르겠군요. 그리 젊지는 않았고, 좀 지친 모습이었죠—눈 가장자리가 거무스름하고 푸석푸석해 있었고요. 하지만 그녀 가 주인공이었습니다. 무슨 드라마이기라도 한 것처럼 말입니다. 그런데 어느 정도 시간이 흐르자, 그녀는 그곳에 존재하지 않았어요. 어딘가로 아주 멀리 사라졌던 겁니다—입가에 차분한 미소만 남긴 채. 그녀는 마치 명암으로만 구 성된 망판화 같은 존재였습니다. 그런데도 그녀는 그 무엇보다도 생생한 분위 기를 풍겼지요. 그 완벽한 몸매와 아름다운 얼굴, 그리고 자연스런 싱그러움을 지닌 그 엘사라는 아가씨보다도 더욱 생생한 분위기를 지녔었다는 말입니다.

나는 엘사 그리어가 배짱을 가지고 자신을 추궁하는 사람들에 대해 조금도 굽히지 않고 맞서 싸우는 것에 감탄했었지요! 하지만 캐롤라인 크레일이 전혀 대항하려고 하지도 않고, 자신의 명암의 세계로 빠져들어 가는 모습에 더욱 감명을 받았습니다. 그녀는 맞서 싸울 일이 없었기에 전혀 대항하지도 않았던 거죠." 그는 잠시 멈추었다가 다시 말을 이었다.

"나는 한 가지만은 확신합니다. 그녀는 자신이 살해한 그 남자를 진심으로 사랑했었다는 것을. 그를 그토록 사랑했기에 그의 죽음과 함께 그녀의 절반도 죽었던 것이지요."

왕실 고문 변호사인 포그 씨는 다시 말을 멈추고는 안경을 닦았다.

"제기랄!" 그가 말했다.

"내가 생각해도 아주 이상한 이야기를 하는 것 같군요! 당시에 나는 젊은이 에 불과했습니다. 야망에 불타는 젊은이였죠. 나에게는 상당히 인상에 남는 사 건이었습니다. 아무튼 나는 캐롤라인 크레일이 몹시 인상적인 여인이었다고 생각해요. 절대 그녀의 모습을 잊지 못할 겁니다. 결코, 그녀의 그 인상적인 모습을 결코 잊지 못할 겁니다."

조지 메이휴는 조심스러워하며 별로 참고가 될 만한 이야기를 해주지 않았 다. 그도 물론 그 사건을 기억하고 있었지만 확실하게 기억하는 것이 없었다. 그의 아버지가 사건 의뢰를 맡았을 때, 그 당시 그는 열아홉 살에 불과했었다.

사실, 그 사건은 굉장한 소동을 불러일으켰었다. 그건 크레일이 아주 유명한 사람이었기 때문이었다. 그의 그림들은 대단히, 실로 대단히 훌륭한 작품들이었다. 그중에서도 두 개의 작품은 테이트 갤러리(런던에 있는 영국 국립 미술관)에 걸려 있었다. 그것이 모든 것을 대변해 주는 것은 아니었지만.

포와로가 그를 다그친다고 해도, 그는 대체 포와로가 그 사건에 있어서 무엇을 알고 싶어 하는지 전혀 몰랐을 것이다.

"오, 딸이 있었군요! 그렇습니까? 그래요? 캐나다라고요?"

그는 여태까지 그것이 뉴질랜드인 줄 알고 있었다고 했다.

그때야 조지 메이휴가 굳었던 태도를 풀면서 마음을 터놓았다.

한 아가씨의 기구한 인생이 그에게 충격을 주었던 것이리라. 그는 그녀에 대해서 깊은 동정심을 보였다. 사실, 그런 일을 전혀 모르는 것이 그녀를 위해서 더 좋았을 거라고 했다. 하지만 이제는 다 소용없는 일이 아닌가?

"그녀가 알고 싶어 한다고요? 하지만 대체 무엇을 알고 싶다는 거죠? 재판 기록을 보면 되는데." 그 자신도 사실 아는 것이 별로 없었다.

아니, 그는 크레일 부인이 유죄라는 것에 대해서는 의심할 바가 없는 것 같다고 말했다. 그녀에게는 나름대로 어쩔 수 없는 사정이 있었던 거라고 했다. 예술가들이란—같이 살기가 어려운 사람들이라며. 그 밖에 그는 크레일에게 끊임없는 여성 편력이 있었다고 알고 있었다.

그리고 그녀는 아마도 소유욕이 강한 여자였을 거라고 말했다. 그래서 그런 사실들을 용납할 수가 없었던 거라고. 요즘 같으면 간단히 이혼해 버림으로써 모든 걸 끝냈을 거라고 하며 조심스럽게 덧붙였다.

"그러니까, 저, 디티샴 부인이 그 문제의 아가씨였다고 알고 있습니다만."

포와로가 아마 맞을 거라고 말했다.

"신문들이 그녀에 대해 끊임없이 떠들어댄답니다." 메이휴가 말했다.

"그녀는 분주하게 이혼 법정을 들락날락하는 모양입니다. 상당히 부자라고 하더군요. 디티샴과 결혼하기 전에 그녀는 어떤 탐험가와 결혼했었죠. 그녀는 늘 세인들의 이목을 받고 있답니다. 풍문을 즐기는 여성인 것 같습니다만."

"아니면 영웅 숭배자일 수도 있겠지요." 포와로가 넌지시 한마디 던졌다.

그 말이 조지 메이휴를 당황하게 하였다. 그는 그 말을 미심쩍게 받아들였다.

"글쎄요, 아마도—뭐 그럴 수도 있을 거라고 생각합니다."

포와로가 말했다.

"당신네 법률 사무소는 크레일 부인을 위해 오랫동안 일해 왔습니까?"

조지 메이휴는 고개를 저었다.

"그렇지 않습니다. '조나산 앤드 조나산'이 크레일 집안의 고문 변호사 사무실이었죠. 하지만 그런 상황에서 조나산 씨는 자신이 크레일 부인을 위해 제대로 일할 수 없을 거라고 생각하고는 우리에게, 제 아버지에게 그녀의 사건을 의뢰하게 되었던 겁니다, 포와로 씨. 그분은 현역에서 물러났지요(일흔이 넘었을 겁니다). 하지만 크레일 집안에 대해서는 아주 잘 알고 있지요. 저보다는 그분이 훨씬 더 많은 것을 들려줄 겁니다. 사실 저는 알려 드릴 것이 전혀 없군요. 그 당시에 저는 소년에 지나지 않았답니다. 제가 그 법정에 있었는지조차도 의심스럽거든요."

포와로가 일어서자, 조지 메이휴도 따라 일어서며 덧붙였다.

"저희 사무장 에드먼즈와 말씀을 나누어 보시죠. 그는 그 당시에 그 법률 사무소에 근무했었는데, 그 사건에 대해 상당한 관심을 두고 있었거든요."

제2장

에드먼즈는 말이 느린 사람이었다. 그의 눈은 법률적인 호기심으로 반짝거렸다. 그는 본격적인 대화에 들어가기에 앞서 포와로를 재듯이 살펴보았다.

"아, 크레일 사건이라면 저도 알고 있습니다." 그러고는 신중하게 덧붙였다. "그리 유쾌하지 않은 사건이었지요."

그의 날카로운 시선이 의중을 떠보기라도 하듯 포와로의 얼굴에 머물렀다. 그리곤 다시 말했다.

"그 사건을 다시 끄집어내기에는 너무 많은 세월이 흘렀지요."

"법정이 평결을 내렸다고 해서 항상 사건이 마무리되는 것은 아니올시다."

에드먼즈의 네모난 머리가 천천히 끄덕거렸다.

"선생님 말씀이 틀렸다고는 생각지 않습니다."

에르퀼 포와로가 계속해서 말했다.

"크레일 부인에게는 딸이 하나 있었소."

"아, 저도 그 아이에 대해서는 알고 있습니다. 외국에 있는 친척에게 맡겼다고 하던데요."

"그 딸은 자기 어머니가 결백하다는 것을 굳게 믿고 있어요."

에드먼즈가 더부룩한 눈썹이 치켜세웠다.

"그래요?"

포와로가 물었다.

"그 믿음을 지지해줄 수 있는 사실을 아무 거라도 좋으니 얘기해줄 수 있겠소?"

에드먼즈는 곰곰이 생각해 보고 나서는 천천히 고개를 저었다.

"뭐 이렇다 할 게 없군요. 저도 크레일 부인을 존경했습니다. 그녀가 무슨 짓을 했던 간에, 그녀야말로 진정한 숙녀였지요. 또 다른 여자와는 전혀 달랐어요. 염치없는 계집, 그 이상도 그 이하도 아니었습니다. 그야말로 뻔뻔스럽기 짝이 없었지요! 벼락부자, 그 계집의 집안은 바로 그러했고, 그걸 여지없이 보여 주었지요! 하지만 크레일 부인은 기품이 있었습니다."

"그러나 그녀는 살인자였지 않습니까?"

에드먼즈는 이마를 찌푸렸다. 그러고 나서는 지금까지 보다도 더 아무 거리낌 없이 자기 심정을 토로했다.

"그 점이 바로 제가 저 자신에게 늘 묻는 말입니다. 그녀는 매우 정숙하고 기품 있게 피고석에 앉아 있었지요. '저 여자가 살인자라니, 믿을 수가 없어.' 하고 저는 마음속으로 중얼거렸습니다. 하지만 그렇다고 해서, 포와로 씨, 믿지 않고서 달리 해답을 찾을 수가 있겠습니까? 그 독당근의 독액은 우연히 크레일 씨 맥주에 들어간 것이 아니었습니다. 누가 거기에 탄 것이지요. 그러나 크레일 부인이 하지 않았다면 대체 누가 했단 말입니까?"

"바로 그것이 문제입니다." 포와로가 말했다.

"대체 누가 그랬을까요?"

다시 그의 예리한 눈빛이 포와로의 얼굴을 주시했다.

"당신도 그렇게 생각합니까?" 에드먼즈가 물었다.

"당신은 어떻게 생각합니까?"

대답하기에 앞서 잠시 생각해본 뒤에 그가 말했다.

"그럴 수도 있을 가능성을 보여 주는 증거는 전혀 없었습니다, 전혀."

포와로가 말했다.

"당신은 재판이 열리는 동안 내내 법정에 있었소?"

"그렇습니다."

"증인들의 증언을 모두 들었겠군요."

"물론입니다."

"그중에서 그러니까……, 뭔가 비정상적이거나 불성실하다고 여겨지는 증언은 없었습니까?"

"그들 중 누군가가 거짓말을 했다는 말씀인가요?"

에드먼즈가 퉁명스럽게 말했다.

"그들 중 누군가가 크레일 씨가 죽기를 바라는 이유라도 가지고 있었다는 겁니까? 죄송하지만, 포와로 씨, 그건 너무 멜로드라마 같은 생각이 아닐까요?"

"적어도 심사숙고해볼 만한 가치는 있다고 생각합니다."

포와로가 말했다. 그는 그 영민한 얼굴과 생각에 잠긴 듯 잔뜩 찌푸리는 눈을 곰곰이 주시했다. 천천히, 유감스럽다는 듯이 에드먼즈는 고개를 저었다.

"그리어 양은……." 그가 말했다.

"그녀라면 아주 무정하고, 원한을 품고도 남을 여인이었지요! 그녀가 한 증언 중에서도 그런 점은 충분히 엿볼 수가 있다고 생각합니다만, 좌우지간 그녀가 원한 것은 살아 있는 크레일 씨였지요. 죽은 에이미어스 크레일은 그녀에겐 아무 쓸데도 없었을 겁니다. 그녀가 크레일 부인이 교수당하기를 원한 것은 틀림없겠지만—그러나 그것은 그를 죽임으로써 그녀에게서 크레일을 빼앗아 갔기 때문일 겁니다. 그녀는 마치 먹이를 놓친 암호랑이 같았거든요! 아무튼 앞서 말했듯이 그녀가 원한 것은 살아 있는 크레일이었지요. 필립 블레이크 씨 역시 크레일 부인에게 악감이 있었습니다. 편견이라고나 할까. 할 수만 있었다면 그녀의 심장에 칼을 꽂았을 겁니다. 하지만 그는 나름대로 솔직했다고 생각합니다. 그는 크레일 씨의 절친한 친구였지요. 그의 형 메러디스 블레이크 씨는 그리 호감이 가는 증인이 못되었지요. 모호하고, 더듬거리며, 도무지 자신의 대답에 확신이 없어 보였습니다.

저는 그런 증인들을 자주 보아 왔지요. 그들은 진실을 말하고 있는데도, 늘 거짓말을 하는 것처럼 보이게 마련이죠. 어쩔 수 없는 것 외에는 아무것도 말하고 싶지 않았을 테지만, 메러디스 블레이크는 그럴 수 없었습니다. 변호인은 그 점을 물고 늘어져서 그에게서 더 많은 사실을 알아냈죠. 그는 쉽게 남의 기분에 휩쓸리는 그런 맥없는 사람이었습니다. 그리고 가정교사가 있었는데, 그녀는 꽤 당당하게 질문에 응했지요. 필요 없는 말은 한마디도 하지 않고 꼭 필요한 대답만 했거든요. 그런 그녀를 두고 너무 몸을 사렸다고야 할 수 없는 거죠. 그녀는 요령을 알고 있었고, 그대로 한 것뿐입니다. 꽤나 활발한 여인이었지요." 그는 잠시 멈추었다가 다시 말을 이었다.

"그 사건에 대해서 자신이 진술한 것보다 더 많은 사실을 그녀가 알고 있었다고 해도 이상할 것은 없다고 생각합니다만"

"나 역시 이상할 게 없다고 생각합니다." 에르큘 포와로가 말했다.

그는 앨프리드 에드먼즈의 주름진 영민한 얼굴을 재빨리 살펴보았다. 극히 평범하고 온화한 표정을 짓고 있었다. 하지만 에르큘 포와로는 그가 어떤 중요한 단서를 제공해줄 수 있으리라고 여겼다.

캘립 조나산 씨는 에식스에 살고 있었다. 몇 차례의 정중한 편지가 오고 간 다음에 포와로는 와서 함께 지내자는 분에 넘친 초대를 받았다. 그 노신사는 상당히 특이한 인물이었다. 무미건조한 젊은 조지 메이휴에 비하면 조나산 씨는 마치 좋은 포도로 담근 한 잔의 오래된 포도주 같았다.

어떤 문제에 접근하는 데 있어서 그는 나름대로의 독특한 방법을 사용했다. 한밤중이 되도록 그 문제에 대해서는 언급을 회피하다가, 향기가 좋은 오래된 브랜디를 한잔 마시고서야 비로소 의중을 털어놓기 시작했다. 그는 서두르지 말라는 포와로의 조심스러운 제의에 동양식으로 정중하게 감사를 표했다. 이제 때가 되었다고 느끼자, 그는 크레일 가족에 대한 문제를 기꺼이 털어놓기 시작했다.

"우리 법률 사무소는 물론 크레일 가문과 여러 세대에 걸쳐 알고 지내왔소. 나는 에이미어스 크레일과 그의 부친 리처드 크레일을 잘 알고 있고, 또한 그의 조부인 에녹 크레일도 기억하고 있지요. 대대로 시골 지주를 지냈는데, 사람들보다는 말과 더 친했답니다. 늘 말을 타고 달리며, 여인들을 좋아하고 생각하는 일과는 거리가 먼 사람들이었지요. 그런 생각을 한다는 것조차 끔찍하게 여겼답니다. 하지만 리처드 크레일의 아내는 아주 이성적이었지요—감정보다는 이성을 중시했던 겁니다. 그녀는 시적이고 음악을 좋아했지요—하프를 연주하곤 했다오. 자신의 허약한 건강과 소파에 누워 그림처럼 보이기를 좋아했지요. 또한 킹슬리(1830~1876; 영국의 작가)를 좋아했는데, 그것이 아들의 이름을 에이미어스라고 짓게 된 이유였지요. 그의 아버지는 그런 이름을 경멸했지만—결국에는 승복하고 말았답니다.

에이미어스 크레일은 이 양가의 핏줄을 골고루 이어받았지요. 허약한 모친으로부터는 예술적인 기질을 이어받고, 부친에게서는 격정적인 성격과 무자비한 이기심을 이어받았지요. 크레일 가문은 대대로 이기주의자였다오. 자신들 이외에 다른 데는 전혀 관심을 두지 않았어요."

노인은 기다란 손가락으로 의자 팔걸이를 톡톡 두드리며 예리한 시선을 포와로에게 던졌다.

"내가 잘못 생각한 거라면 말해 보시오, 포와로 씨. 하지만 나는 당신이, 그러니까 사람들의 성격에 대해서 상당히 많은 관심을 둔 줄로 알고 있는데."

"바로 보셨습니다." 포와로가 대답했다.

"모든 사건에서 가장 흥미 있는 관심거리는 바로 인간의 성격이라고 할 수 있지요."

"충분히 이해가 갑니다. 범인의 가죽 밑에 숨어 있는 것을 끄집어낸다는 것. 정말 흥미진진한 작업이지요! 그야말로 매력적인 작업입니다! 물론 우리 법률 사무소는 형사 사건을 다루어 본 적이 없었지요. 설사, 우리가 그 사건을 맡았나고 하더라도 크레일 부인을 위해 제대로 일하지 못했을 게요. 하지만 메이휴 사무소는 그 일에 아주 적격이었지요. 그들은 디플리치를 내세웠는데(아마도 상상력이 부족했나 봅니다만), 아무튼 그는 명성도 높았고, 극적인 분위기도 잘 연출해 낼 수 있었소. 그들이 미처 예기치 못했던 것은 캐롤라인이 그들이 원하는 대로 따라 주지 않을지도 모른다는 사실이었지. 그녀는 연기력이 그리 풍부한 여인이 아니었거든."

"크레일 부인은 어떤 여인이었습니까?" 포와로가 물었다.

"그것이 내가 가장 알고 싶은 점입니다."

"그렇지—물론 그러실 테죠. 어떻게 그녀가 그런 일을 하게 되었는가? 그것이야말로 가장 중요한 문제이지요. 나는 그녀를 결혼하기 전부터 알고 있었소. 그때는 캐롤라인 스폴딩이라 불렸지요. 불행한 아가씨였지. 하지만 매우 발랄했어요. 그녀의 어머니는 일찍 과부가 되었지만 캐롤라인을 헌신적으로 보살폈지요. 그러다가 그녀의 어머니는 재혼해서, 아이를 또 낳았던 거요. 그래요, 바로 그것이 비극적인, 매우 비극적인 사건의 발단이었던 겁니다. 어리고 몹시 질투심이 많은 아이에게는."

"그녀가 질투했습니까?"

"몹시 질투했지요. 유감스러운 사건이 있었소. 불쌍한 것, 그녀는 나중에 끔찍한 자책감에 시달렸다오. 하지만, 포와로 씨, 그런 일들은 흔히 있을 수 있는 일이잖소? 자제심이 없을 나이에는 말이오. 자제심이란, 어른이 되어서야 제대로 발휘되는 법이라오."

"그런데 도대체 무슨 일이 있었던 겁니까?" 포와로가 물었다.

"그녀가 그 배다른 동생을 때리고 무거운 문진을 집어던졌던 거요. 그 때문에 그 여자 아이는 한쪽 시력을 잃어서 영영 회복하지 못하게 되고 말았지."

조나산 씨는 한숨을 내쉬고서 다시 말을 이었다.

"당신도 그런 과거의 일이 재판에 어떤 영향을 미쳤을지 상상할 수 있을 거요." 그는 힘없이 고개를 흔들었다.

"캐롤라인 크레일은 도저히 자신을 억제치 못하는 성격의 여자라는 인상을 주었던 거지요. 하지만 사실은 그렇지가 않았소."

그는 잠시 멈추었다가 다시 말을 이었다.

"캐롤라인 스폴딩은 종종 올더버리에 내려와서 지냈지요. 그녀는 말을 잘 탔어요. 리처드 크레일은 그녀를 좋아했지요. 그녀는 크레일 부인(에이미어스의 어머니)을 잘 모셨고―크레일 부인도 그녀를 좋아했지요. 그 아가씨는 자기 집에 있을 때는 불행했지만, 올더버리에서는 행복하게 지냈답니다. 그녀는 에이미어스의 누이동생인 다이아나 크레일과 친구였지요. 그리고 이웃 별장에 사는 필립과 메러디스 블레이크 형제들도 올더버리에 자주 놀러 왔었지요. 필립은 정말 지독하게 돈을 밝히는 꼬마 수전노였지요. 솔직히 말해서 나는 늘 그를 싫어했소. 하지만 그는 이야기를 아주 잘했고, 또한 믿음직한 친구라는 평판을 얻고 있었지요.

메러디스는 지나치게 감상적인 소년이었다고 할 수 있을 거요. 식물과 나비를 좋아하고 새와 동물들을 관찰하며 지냈지요. 오늘날에는 그걸 자연 연구라고 합디다만. 아, 그 젊은이들은 모두 부모를 실망시켰지요. 그들 중 누구도 전형적인 시골 생활을 좋아하지 않았거든요―사냥하고, 낚시를 즐기는 등. 메러디스는 사냥보다는 사냥감인 새와 동물들을 관찰하기를 더 좋아했지요. 그리고 필립은 도시로 가서 돈을 버는 사업을 하고 싶어 했는데, 결국엔 그렇게 되었어요. 다이아나는 신사라고는 할 수 없는, 용병 장교와 결혼했답니다. 그리고 에이미어스—튼튼하고 씩씩하며 잘생긴 에이미어스는 하고많은 직업 중에서 하필이면 화가가 되었던 겁니다. 이건 내 생각이지만, 리처드 크레일은 그 충격으로 죽었을 겁니다.

결국 에이미어스는 캐롤라인 크레일과 결혼하게 되었죠. 그들은 자주 다투었지만, 그건 사랑싸움이었던 게요. 둘 다 서로를 끔찍이 사랑했다오. 그러나 에이미어스도 다른 크레일과 마찬가지로 이기주의자였지요. 캐롤라인을 사랑했지만, 한 번도 그녀의 입장을 생각해 본 적이 없었지요. 그는 자기가 하고 싶은 대로 했던 겁니다. 내 생각이지만, 그는 누구보다도 그녀를 사랑했어요— 하지만 그녀는 오랫동안 그의 예술 뒷전으로 물러나 있었던 겁니다. 그것이 비극이었소. 게다가 그의 마음속에는 한 번도 자신의 예술을 대신해서 어떤 여성이 자리를 잡았던 적이 없었을 거라고 생각합니다.

그는 많은 여성 편력을 만들었고, 그 여인들은 그에게 자극을 주었지만 볼일이 끝나면 그는 미련 없이 그들을 떠났습니다. 그는 감상적이거나 로맨틱한 사람이 아니었지요. 물론 호색가도 결코 아니었소. 그가 진심으로 관심을 기울였던 여인은 그의 아내뿐이었지요. 그리고 그녀도 그것을 알았기 때문에 많이 참고 견뎠던 겁니다. 그는 아주 훌륭한 화가였어요, 아시다시피. 그녀는 그것을 알고 그를 존경했던 거죠. 그는 연애 행각을 끝내게 되면 다시 그녀에게 돌아오곤 했고—대개는 그 결과를 보여 주는 작품을 가지고 말입니다.

그것은 엘사 그리어가 나타나지 않았다면 계속 반복되었을 겁니다. 엘사 그리어는……." 조나산 씨는 고개를 설레설레 흔들었다.

포와로가 말했다.

"엘사 그리어는 어떤 여자였습니까?"

"그녀는 그러니까 미숙하다고나 할까요. 인생에 대해서는 전혀 모르는 여자였지요. 그리 매혹적인 여인이라고는 생각지 않습니다. '흰 장미 같은 싱싱한 젊음, 열정, 창백한 얼굴 등등.' 그런 것들을 빼고 나면 과연 무엇이 남을까요?

단지 어딘가 좀 모자라는 듯한 젊은 여성이 껍데기에 불과한, 속이 빈 영웅상을 찾아 헤매는 것에 불과하지."

포와로가 말했다.

"만일에 에이미어스 크레일이 유명한 화가가 아니었다면……."

조나산 씨가 재빨리 동의했다.

"그야, 물론입니다. 정말 잘 지적해 주셨소. 엘사 같은 여인들은 영웅 숭배자라 할 수 있지요. 상대방이 무엇을 하든, 어떤 남자이든 상관없이. 반면에 캐롤라인 크레일에게서는 은행원이나 보험회사 외무원의 자질 같은 것이 있다는 것을 알아볼 수가 있었소. 캐롤라인은 에이미어스 크레일이라는 남자를 사랑한 것이지, 화가로서 에이미어스 크레일을 사랑한 것은 절대로 아니었지요. 캐롤라인 크레일은 사리에 아주 밝았지요. 거기에 비해 엘사 그리어는 아주 미숙하고 조잡했었소." 그러고는 다음과 같이 덧붙였다.

"하지만 그녀는 젊고 아름다웠으며 확실히 감상적인 마음을 불러일으켰지요."

헤일 전 총경은 파이프를 물고 신중하게 말했다.

"이건 좀 지나친 상상인 것 같군요, 포와로 씨."

"글쎄요, 다소 상식에서 벗어난 일이기는 합니다만."

포와로가 조심스럽게 동의했다.

"아시다시피, 그건 아주 오래된 일입니다." 헤일이 말했다.

에르퀼 포와로는 그가 그 문제를 좀 짜증스럽게 받아들이리라는 것을 이미 예상하고 있었다. 그가 정중하게 말했다.

"물론 그 때문에 더욱 어려운 일일 테지요."

"과거를 다시 들추어낸다는 것은……." 헤일이 명상에 잠기며 말했다.

"무슨 목적이 있다면 몰라도……."

"분명한 목적이 있지요."

"그게 뭡니까?"

"누구나 나름대로의 목적을 위해서 진실을 밝히고자 할 수 있습니다. 내가 그렇죠. 그리고 그 젊은 처녀가 있다는 것도 잊으면 안 됩니다."

헤일이 고개를 끄덕였다.

"물론, 나도 그녀의 입장을 이해합니다. 하지만, 이렇게 말하는 걸 용서하십시오. 당신은 교활한 사람입니다. 당신이 그녀에게 그럴듯한 이야기를 꾸며댔을지도 모르는 일 아닙니까?"

포와로가 대꾸했다.

"당신은 그 아가씨를 전혀 모르는군요."

"오, 물론, 당신은 기막히게 노련한 분이죠!"

포와로는 안색을 바꾸며 자세를 고쳐 앉았다.

"이보시오. 물론 내가 교활하고 능란한 거짓말쟁이일 수도 있소—당신은 그렇게 생각하는가 보구려. 하지만 나에게 있어서는 윤리적인 행동에 대한 고정관념 따위는 없소. 나에게도 나름대로의 기준이 있다는 말이오."

"죄송합니다, 포와로 씨, 당신 기분을 상하게 할 생각은 없었습니다. 하지만 소위 말해서, 그건 순전히 요망사항일 수도 있다는 거죠."

"오, 그래요? 정말로 그럴까요?"

헤일이 천천히 말했다.

"자기 어머니가 살인자였다는 사실이 밝혀진다는 것은 결혼을 바로 눈앞에 둔 행복하고 순결한 아가씨에게는 더할 나위 없이 불행한 사태임은 틀림없지요. 내가 당신이라면 그녀에게 가서 이렇게 말하겠습니다. 결국 그것은 자살이었다고, 그리고 디플리치가 사건을 잘못 다룬 것이라고 크레일이 자살했다는 것이 분명한 사실이라고 말입니다."

"하지만 내 마음은 온통 의심으로 가득 차 있는데! 나는 한 번도 크레일이 자살했을 거라고는 생각해 보지 않았소. 당신은 그것이 논리적으로 있을 수 있는 일이라고 생각합니까?"

헤일은 천천히 고개를 저었다.

"아니에요, 그것이 사실이라면 나는, 그야말로 기가 막힌 거짓말을 늘어놓아야 할 거요."

헤일이 포와로를 돌아보며 말했다.

"당신은 진실에 대해 언급했었는데, 나는 이 점을 분명히 해두고 싶습니다.

크레일 사건에 있어서 우리는 진실을 밝혔다고 생각한다는 것을 말이오."

"당신의 말은 듣기에 따라서는 많은 의미를 내포할 수 있는 거요."

포와로가 재빨리 말했다.

"나는 당신을 잘 알고 있습니다—정직하고 유능한 분이라는 것을. 자, 말해 보시오. 당신은 정말로 크레일 부인이 유죄라는 것에 대해서 한 번도 의심해 보지 않았습니까?"

총경은 재빨리 대답했다.

"전혀 의심하지 않았습니다, 포와로 씨. 모든 상황이 그녀가 범인이라는 것을 가리키고 있었고, 또한 우리가 밝혀낸 개개의 사람들도 그 생각을 뒷받침해 주었지요."

"그녀에게 불리한 증거들을 말해 줄 수 있겠소?"

"물론이죠. 당신 편지를 받고 나서 나는 그 사건을 다시 조사해 보았었죠."

그는 조그만 수첩을 집어들었다.

"나는 여기에다 중요한 사실들을 모두 정리해 놓았습니다."

"고맙군요, 총경. 어서 들어 보고 싶군요."

헤일은 목청을 가다듬고서 어딘지 관료적인 냄새를 풍기는 억양으로 이야기를 시작했다.

"8월 18일 오후 2시 45분, 콘웨이 경감은 앤드루 포세 박사의 전화를 받았습니다. 올더버리의 에이미어스 크레일이 갑자기 사망했다는 포세 박사의 신고와 그의 죽음이 뜻하는 상황의 심각성 및 그 집에 손님으로 머물고 있는 블레이크 씨의 진술로 보아서, 그는 그것이 경찰이 개입해야 할 사건이라고 생각했지요.

콘웨이 경감은 경위 한 사람과 검시의를 대동하고 곧바로 올더버리로 향했습니다. 그곳에 도착하자 포세 박사는 아무도 손을 대지 못하게 조치해 둔 크레일 씨의 시체가 있는 곳으로 그를 안내했지요.

크레일 씨는 사방이 담장으로 둘러싸인 조그만 정원에서 그림을 그리고 있었는데, 그 정원은 바다가 내려다보이고 총안(총포를 사격할 수 있도록 토치카·엄폐호·장갑차 등에 내놓은 구멍)에 정교한 모형 대포들이 장치되어 있어서 '배터리 가든'이라 불리고 있었지요. 그곳은 집에서부터 걸어서 4분가량 걸리는 곳에 위치하고 있었습니다. 크레일 씨는 점심을 먹으러 집으로 올라가지 않았는데, 그것은 그가 바위에 비치는 어떤 광선 효과를 포착하기 위해서였고—그때가 지나면 소용이 없기 때문이었지요. 그래서 그는 혼자서 그림을 그리며 배터리 가든에 남아 있게 되었습니다. 그런 일은 흔히 있는 일이었죠. 크레일 씨는 식사 시간에 대해선 별로 신경 쓰지 않았었습니다. 가끔 그에게 샌드위치를 갖다 주러 사람을 보내는 일도 있었지만, 그는 혼자서 방해받지 않고 있기를 더 좋아했지요.

그가 살아 있는 것을 마지막으로 본 사람은 엘사 그리어 양(그 저택에 머물고 있었소)과 메러디스 블레이크 씨(가까운 이웃 사람)였지요. 이들 두 사람은 함께 저택으로 올라가서 크레일 씨 가족과 함께 점심을 들었습니다. 점심 뒤에 그들은 테라스에서 커피를 마셨죠. 그때 크레일 부인이 커피를 마시고 나서는, '내려가서 에이미어스가 어떻게 하고 있는지 봐야겠어요.'라고 말했죠. 그러자 가정교사인 세실리아 윌리엄스 양이 일어나서 그녀와 함께 내려갔습니다. 그녀는 자기가 가르치던 안젤라 워렌 양(크레일 부인의 여동생)이 해변에 누고 왔을지도 모르는 스웨터를 찾아보기 위해서였습니다.

이 두 사람은 함께 출발했습니다. 배터리 가든에 이르는 길은 작은 숲으로 덮여 있었습니다. 숲이 끝나는 곳에서 배터리 가든으로 들어가든지, 아니면 계속해서 해변으로 내려갈 수도 있었죠.

윌리엄스 양은 계속해서 해변으로 내려갔고, 크레일 부인은 배터리 가든으로 들어갔습니다. 바로 그때 크레일 부인의 비명소리가 나서 윌리엄스 양은 서둘러 돌아왔습니다. 그러자 크레일 씨는 의자에 앉은 채로 죽어 있었던 겁니다.

크레일 부인의 요청에 따라 윌리엄스 양은 배터리 가든을 떠나 의사에게 전화를 걸기 위해 집으로 돌아갔습니다. 하지만 가는 길에 그녀는 메러디스 블레이크를 만나서 그 일을 대신 부탁하고 크레일 부인에게 돌아왔는데, 그것은 누군가 크레일 부인과 같이 있어 주어야 할 것 같다는 생각이 들었기 때문이었죠. 15분 뒤에 포세 박사가 현장에 도착했습니다. 그는 즉시 크레일 씨의 사망 시각을 추정해 보았는데—대략 오후 1시에서 2시 사이가 될 거라고 보았습니다. 크레일 씨의 시체에는 전혀 상처가 없었죠. 그렇지만 크레일 씨의 평소 건강 상태에 대해서 잘 알고 있는 포세 박사는 그가 질병이나 그런 류의 병에 의해 죽은 것이 아니라는 확신을 하고는 중대한 상황이라고 판단하기에 이르렀던 겁니다. 이 점에 대해서는 필립 블레이크도 포세 박사의 의견과 같았죠."

헤일 총경은 잠시 멈추고는 숨을 깊이 들이마신 뒤에, 다음 장으로 넘어갔다.

"따라서 블레이크는 다음과 같은 사실을 콘웨이 경감에게 진술했습니다. 그는 그날 아침에 형인 메러디스 블레이크로부터 전화를 받았습니다(메러디스 블레이크는 그곳에서 1마일 반가량 떨어진 핸드크로스 장원에서 살고 있었죠). 메러디스 블레이크는 아마추어 화학자, 아니 식물학자로서는 최고라고 할 수 있었습니다. 그날 아침 자기 연구실에 들어가 본 메러디스 블레이크 씨는 독당근의 원액이 들어 있던 병이 하루 전만 해도 가득 차 있었는데 거의 비어 있다는 사실을 발견했습니다.

그는 걱정이 되어서 어찌해야 좋을지 물어보려고 동생에게 전화했습니다. 필립 블레이크는 형에게 즉시 올더버리로 건너 와서 그 문제를 의논해 보자고 했죠. 그러고는 형을 마중 나가서 함께 저택으로 돌아왔습니다. 그들은 그 문제를 어떻게 처리해야 할지 의논해 보았지만, 아무런 결론을 내리지 못하고 점심 뒤에 다시 생각해 보자고 했습니다. 더 자세히 알아본 결과, 콘웨이 경감은 다음과 같은 사실을 확인하게 되었습니다. 그 전날 오후에 올더버리에서 있던 다섯 사람이 핸드크로스 장원으로 차를 마시러 건너갔죠. 그들은 크레일 부부, 안젤라 워렌 양, 엘사 그리어 양, 그리고 필립 블레이크였죠. 그곳에서 지내는 동안, 메러디스 필립은 자신의 연구 논문을 읽어 주고는 일행을 조그만 연구실로 안내해 그곳을 보여 주었습니다. 그러는 동안 그는 여러 가지 약들을 보여 주었는데—그중에는 얼룩독당근의 원액도 있었습니다. 그는 그 약 성분을 처방전에서도 찾아볼 수가 없게 되었다는 사실을 애석해하며, 그것이 해소 천식에는 아주 효과가 좋다는 사실을 자랑스럽게 털어놓았습니다. 그러고 나서 그 약의 치명적인 독성에 대해서 언급하며, 실제로 그리스 학자가 그 독성에 대해서 기술해 놓은 것을 읽어 주기까지 했죠"

헤일 총경은 다시 파이프를 빨고 나서 다음 장으로 넘어갔다.

"결국 경찰서장 프레어 대령이 그 사건을 내 손에 넘기게 된 겁니다. 검시 결과 의문점이 나타났죠. 내가 알기로는 그 코닌이라는 물질은 검시를 해도 전혀 나타나지 않는 것이지만, 의사들은 어떻게 하면 그 약 성분을 다시 검출해 낼 수 있는지 알고 있었지요. 의사의 말에 의하면 그것은 죽기 두세 시간 전에 투여된 것이라고 했습니다. 크레일 씨 앞에 있던 테이블 위에는 빈 잔과 맥주병이 있었지요. 분석해 본 결과, 맥주병 속에는 코닌이 전혀 없었고, 잔 속에서 그것이 검출되었습니다. 좀더 자세히 수사해 본 결과, 나는 크레일 씨가 작업 도중 갈증이 날 경우를 대비해서 배터리 가든에 딸린 작은 여름 별채에 맥주 상자와 잔들을 준비해 놓고 있었고, 사건 당일 크레일 부인이 별채 냉장고에서 맥주병을 꺼내어 왔다고 하더군요. 그녀가 크레일 씨에게 갔을 때 그는 열심히 그림을 그리고 있었고, 그리어 양이 총안 위에 걸터앉아 그를 향해 포즈를 취하고 있었답니다.

크레일 부인이 맥주병을 따고 잔에 부어서 이젤 앞에 서 있던 남편에게 주었지요. 그는 그것을 단숨에 들이켰는데 그렇게 마시는 것이 평소 그의 습관이었다고 하더군요. 그러고는 상을 찌푸리고는 잔을 테이블 위에 내려놓으면서 이렇게 말했답니다. '오늘은 모든 게 다 쓰구먼!' 그러자 그리어 양이 웃으며 말했지요. '대단한 미식가로군요!' 크레일 씨가 다시 말했습니다. '그래도 시원은 하구먼.'" 헤일은 잠깐 말을 멈추었다.

"그때가 몇 시였습니까?" 포와로가 물었다.

"11시 15분경이었죠. 크레일 씨는 계속 그림을 그렸다는군요. 그리어 양에 따르면, 그는 나중에 사지가 뻣뻣하다고 하면서 류머티즘에 걸린 모양이라고 불평했답니다. 하지만 그는 자신이 아프다는 사실을 남에게 밝힐 사람이 아니었고, 따라서 그런 사실을 될 수 있는 대로 감추려고 했을 게 틀림없습니다. 다른 사람들이 점심을 먹으러 갈 때도 자신은 혼자 남아 있겠다고 고집을 피웠던 것도 그 사람의 성격을 단적으로 보여 주는 사실이었다고 봅니다."

포와로는 고개를 끄덕였다.

헤일이 계속했다.

"그래서 크레일은 배터리 가든에 혼자 남아 있게 되었던 겁니다. 혼자 있게 되자 그는 긴장을 풀고 의자에 주저앉았겠죠. 그러고는 근육마비가 일어났던 겁니다. 그렇게 해서 그는 혼자서 죽어갔던 것이죠."

다시 포와로가 고개를 끄덕였다.

헤일이 말했다.

"아무튼 나는 의례적인 수시를 진행했습니다. 사실을 알아내는 일은 그다지 어렵지 않았지요. 사건 전날 크레일 부인과 그리어 양 사이에는 심한 말다툼이 있었습니다. 그리어 양이 아주 건방진 말투로 가구 배치를 바꾸는 일에 대해서 말했답니다. '내가 이곳에 살게 되면……' 그러자 크레일 부인이 따지듯 물었지요. '그게 무슨 말이에요? 당신이 이곳에서 살게 되다니.' 그리어 양이 대답했습니다. '내 말이 무슨 뜻인지 모르는 체하지 말아요, 캐롤라인. 당신은 마치 모래 속에 고개를 처박은 타조 같군요. 당신도 잘 알 거예요. 에이미어스와 내가 서로 사랑하고, 결국 결혼하게 될 거라는 사실을 말이죠.' 그러자 크레일 부인이 말했지요. '난 그런 일에 대해서는 전혀 몰라!' 다시 그리어 양이 말했습니다. '그렇다면 이제 알게 되었을 거예요.' 그때 마침 방으로 들어온 남편을 돌아보며 크레일 부인이 말했지요. '그게 사실인가요, 에이미어스, 당신이 엘사와 결혼한다는 것이?'"

포와로가 궁금한 듯이 물었다.

"그래 크레일 씨는 그 말에 대해서 뭐라고 했답니까?"

"그는 그리어 양을 쏘아보며 이렇게 소리쳤답니다. '대체 어쩌자고 그런 말을 꺼낸 거지? 당신은 그 혓바닥 좀 조심할 수 없나?' 그러자 그리어 양이 말했지요. '캐롤라인도 이젠 진실을 깨달아야 한다고 생각해요.' 크레일 부인이 남편에게 다시 물었습니다. '그게 사실인가요, 에이미어스?' 그는 그녀의 얼굴을 보기가 민망한 듯 그녀를 외면한 채 뭐라고 중얼거렸지요. 그녀가 말했습니다. '말해 보세요. 난 꼭 알아야겠어요.' 그러자 그가 말했지요. '그건 사실이야. 하지만 지금은 그 문제로 왈가왈부하고 싶지가 않아요.'

그러고는 다시 그는 방을 빠져나갔고, 그리어 양이 말했습니다. '이제 분명히 알았죠!' 하고는 계속해서, 크레일 부인에게 고집을 부려 봐야 전혀 소용없을 거라고 했다더군요. 그들은 이성이 있는 사람답게 처신한 모양입니다. 그녀는 캐롤라인과 에이미어스가 언제까지나 좋은 친구로 남아 있게 되기를 바란다고 했고요."

"크레일 부인은 뭐라고 했답니까?" 포와로가 궁금한 듯 물었다.

"그리어 양의 증언에 의하면, 그녀는 한참 웃고 나서 이렇게 말했다더군요. '내 시체를 넘고 가야 할걸, 엘사.' 그러고는 문쪽으로 걸어갔는데, 그리어 양이 그녀의 뒤에 대고 말했답니다. '무슨 뜻이죠?' 그러자 크레일 부인이 돌아보며 말했지요. '나는 에이미어스를 당신에게 넘겨주기 전에 죽여 버릴 거야.'"

헤일은 잠시 말을 멈추었다.

"이제 알겠습니까?"

"흠, 그렇군요." 포와로는 생각에 잠긴 듯했다.

"그런 장면을 누가 보았습니까?"

"윌리엄스 양과 필립 블레이크가 그 방에 있었답니다. 그들에게는 몹시 난치한 일이었을 테죠."

"그들도 그 사실을 인정하던가요?"

"그야, 그 두 증인이 정확하게 기억할 수는 없었을 거요. 무슨 말인지 당신도 잘 알 겁니다, 포와로 씨."

포와로는 고개를 끄덕였다. 그러고는 신중하게 말했다.

"알았습니다. 그걸 알아보면 재미있겠는데……." 그는 도중에 말을 끊었다.

헤일이 계속해서 말했다.

"나는 그 저택을 수색해 보았죠. 크레일 부인의 침실에 있는 장롱 밑 서랍에서 겨울용 양말 아래에 처박혀 있던 조그만 재스민 향수병을 찾아냈지요. 그 병은 비어 있었고, 크레일 부인의 지문만 남아 있었습니다. 내용물은 분석해 본 결과, 약간의 재스민 코닝 향수 흔적과 진한 용액의 흔적이 검출되었지요.

그래서 크레일 부인을 불러 그 병을 보여 주었지요. 그녀는 순순히 말하더군요. 그녀는 자신이 몹시 상심한 상태였는데, 메러디스 블레이크가 그 약에 대해 설명하는 것을 듣고는 몰래 실험실에 들어가서, 핸드백에 들어 있던 재스민 향수병을 비우고는 대신 코닌 용액을 가득 채웠다고 하더군요. 내가 그녀에게 왜 그랬냐고 묻자 그녀는 '더 이상 아무 말도 하고 싶지 않습니다. 하지만 저는 몹시 충격을 받았었어요. 남편이 다른 여자 때문에 저를 버리겠다고 했지요. 만일에 그렇게 된다면, 저는 더 이상 살고 싶지가 않았어요. 그것이 제가 그 약을 가져온 이유였어요.'라고 말하더군요."

포와로가 말했다.

"그건 충분히 있을 수 있는 일이로군요."

"그럴 겁니다, 포와로 씨. 하지만 그녀의 말을 엿들었던 사람들의 진술과는 맞지가 않았지요. 그러니까 그것은 그 다음 날에 있었던 일이었습니다. 필립 블레이크와 그리어 양이 그들 부부의 대화 내용을 엿듣게 되었던 거지요. 그때 크레일 부부는 서재에 있었습니다. 블레이크는 홀에 있다가 한두 마디를 엿들었던 것이고, 열린 서재 창문 가까이에 앉아 있던 그리어 양은 보다 많은 이야기를 들을 수 있었습니다."

"그래 무슨 이야기를 들었답니까?"

"블레이크는 크레일 부인이, '당신과 그 계집. 나는 당신을 죽이고 말겠어요. 어느 날인가 당신을 죽일 거예요.'라고 말하는 것을 들었답니다."

"자살하겠다는 말은 듣지 못했답니까?"

"그 말은 전혀 없었다더군요. '당신이 그렇게 하면 나는 목숨을 끊어 버릴 거예요.'라는 말은 전혀 듣지 못했답니다. 그리어 양의 증언도 마찬가지였지요. 그녀의 증언에 따르면, '당신이 좀 이해하도록 하구려, 캐롤라인. 나는 당신을 좋아하고, 당신과 아이가 행복하기를 늘 바랄 거요. 아무튼 나는 엘사와 결혼할 거요. 우리는 언제나 서로 자유롭게 헤어지는 것에 대해서 동의해 왔잖소.'라고 크레일 씨가 말하자, '좋아요, 내가 당신에게 미리 경고하지 않았다고는 하지 마세요.'라고 크레일 부인이 대답했답니다. 그러자, '대체 무슨 말을 하는 거요?' 하고 그가 말했다더군요. 그리고 크레일 부인이 말하기를, '내 말은 당신을 사랑하고, 또한 당신을 놓치지 않을 거란 말이에요. 당신을 그 계집에게 가도록 하느니 차라리 당신을 죽여 버릴 거예요.' 하고 말했답니다."

포와로가 알 수 없다는 몸짓을 하며 중얼거렸다.

"그리어 양이 그런 소동을 일으켰다는 것은 아주 현명치 못했다는 생각이 드는구먼. 크레일 부인은 당연히 남편의 이혼 제의에 거절했을 테고."

"그 점을 뒷받침해 주는 증거가 있습니다." 헤일이 말했다.

"아마도 크레일 부인이 그 문제에 대해서 메러디스 블레이크 씨에게 털어놓았던 모양입니다. 그는 상당히 믿을 만한 친구였거든요. 그는 몹시 당황해서 그 문제에 대해 크레일 씨와 의논해 보았다더군요. 그러니까, 그게 사건 전날 오후 일이었죠. 블레이크는 친구에게 조심스럽게 충고했답니다. 당신네 부부의 결혼이 그토록 비참하게 깨어지게 되면 얼마나 가슴 아픈 일이겠느냐고 하며 말입니다. 그리고 이 점에 대해서도 강조했습니다. 그리어 양은 너무 어리고, 또한 그렇게 어린 아가씨를 이혼 법정에 세우는 것은 바람직한 일이 결코 못 된다는 것을. 이 말에 대해서 크레일 씨는 싱긋이 웃으며 대답했습니다(그는 아마도 냉혹한 짐승 같은 인간이었나 봅니다). '그렇게 엘사를 걱정해 주지 않아도 돼요. 그녀는 법정에 출두하지 않을 테니까. 우린 그 일을 일반적인 방법으로 매듭지을 거요.'"

"그래서 그리어 양이 더욱더 경솔하게 입을 놀렸던 게로군요."

포와로가 말했다.

헤일 총경이 다시 말을 이었다.

"오, 당신은 여자에 대해서 잘 아시나 보군요! 그렇게 서로 잡아먹지 못해서 안달하다가는 결국 둘 다 망하게 되는 법이죠. 아무튼 무척 어려운 상황이 었을 겁니다. 나는 그런 일이 일어나도록 놔둔 크레일 씨를 도통 이해하지 못하겠더군요. 메러디스 블레이크에 따르면 그는 그림을 끝내고 싶어 했다는 겁니다. 당신은 그 말을 이해할 수 있습니까?"

"물론이죠, 총경. 알 것도 같습니다."

"나에게는 그렇지가 못해요. 그 사람은 스스로 화를 불러온 것입니다!"

"그는 아마도 그토록 경솔하게 입을 놀린 젊은 애인에게 몹시 화가 났을 겁니다."

"오, 그건 그래요. 메러디스 블레이크가 그렇게 말하더군요. 하지만 꼭 그림을 완성해야 한다면, 어째서 사진을 구해 그것을 보고 그리려고 하지 않았는지 모르겠군요. 나는 수채화를 그리는 친구를 한 사람 알고 있는데, 그는 그렇게 하더군요."

포와로는 고개를 저었다.

"그건 그렇지가 않아요. 나는 예술가로서 크레일 씨의 심정을 이해할 수 있습니다. 당신은 이걸 알아야 해요, 총경. 그 당시에는 아마도 그림을 그리는 것만이 크레일 씨에게 있어서 가장 중요한 문제였을 거라는 사실을. 그가 그 아가씨와의 결혼을 얼마나 원했는지는 몰라도 그림이 우선이었던 거요. 그것이 바로 그가 공공연한 문제를 일으키지 않고 그녀가 조용히 그 집에 머물다 가길 바랐던 이유입니다. 그녀는 물론 그런 것을 몰랐던 것이오. 여자들에게 있어서는 언제나 사랑이 우선이니까 말이오."

"나는 도무지 모르겠군요." 헤일 총경이 흥분하며 말했다.

"남자들이란……." 포와로가 계속해서 말을 이었다.

"특히 예술가들은 그와는 전혀 다르지요."

"예술가라!" 헤일 총경은 코웃음을 치며 말했다.

"예술이란 모두 그런 거라고 하더군요! 하지만 나는 그런 것을, 전에도 그랬지만 앞으로도 결코 이해하지 못할 거요! 당신도 크레일 씨가 그린 그림을 보았을 겁니다. 모든 것이 비뚤어져 있어요. 그는 그 아가씨가 치통을 앓고, 게다가 완전히 사팔뜨기라도 되는 듯이 그려 놓았더군요. 전체적으로 다 보기 흉한 모습으로. 그 뒤에도 오랫동안 나는 그 인상을 마음속에서 떨쳐 버릴 수가 없었습니다. 아니, 그 그림에 대해서 꿈까지 꾼걸요. 그리고 더욱이 그것은 시력장애까지 일으키게 해서, 한참 들여다보면 총안과 벽, 그리고 그 모든 것들이 그림 속에서 빠져나오는 것처럼 보이기 시작하더군요. 그 여자도 마찬가지로!"

포와로가 미소를 지으며 말했다.

"당신은 미처 깨닫지 못한 사이에, 당신 스스로 에이미어스 크레일의 예술의 위대함을 찬양하고 있는 거라오."

"말도 안 되는 소리. 어째서 화가들은 사물을 아름답고 밝게 보지를 못하는 겁니까? 어째서 굳이 추한 면만을 보려고 그토록 애쓰는 거지요?"

"이보시오, 사람들 중에는 기묘한 데서 미를 발견하는 사람들도 있다오."

"그 아가씨는 확실히 아름다웠지요." 헤일이 말했다.

"짙은 화장에 옷은 거의 입지 않은 거나 다를 바 없었고요. 그런 처녀들이 하고 다니는 꼴이란 결코 얌전하다고 할 수 없는 겁니다. 게다가 그건 무려 16년 전의 일이었으니 말입니다. 물론, 오늘날에는 누구도 그렇게 생각하지 않을 테지만, 그러나 그때는—그야말로 그건 나에게 있어서 무척 충격적인 일이었소 바지에다 스포티한 셔츠, 목 부분은 활짝 열어 놓고—그리고 그 밖에는 아무것도 입지 않았다고 할 수 있지요!"

"당신은 그런 점에 대해서는 아주 자세하게 기억하는 것 같군요."

포와로가 짓궂게 속삭였다.

헤일 총경은 얼굴을 붉혔다.

"나는 단지 내가 받았던 인상을 말했을 뿐이오." 그는 정색을 하며 말했다.

"물론, 불론이죠." 포와로가 달래듯이 말하며 이야기를 계속했다.

"그렇다면 크레일 부인에게 가장 치명적인 증인은 필립 블레이크와 엘사 그리어 양이었던 모양이로군요?"

"그렇습니다. 그들은 둘 다 솔직히 증언했죠 하지만 그 가정교사 역시 검사에 의해 불려나갔지만 그들보다는 좀더 신중하게 대답했습니다. 그녀는 완전히 크레일 부인 편이었지요. 크레일 부인을 위해 애를 썼던 겁니다. 그렇지만 그녀는 정직한 여성이어서, 숨기는 사실 없이 성실하게 증언했지요."

"메러디스 블레이크는 어떠했습니까?"

"그는 몹시 비탄에 젖어 있었습니다. 그럴 수밖에요! 자기가 약을 만들었기 때문에 스스로를 몹시 책망했는데—경찰서장도 그 문제에 대해서 그를 책망했지요. 코닌은 제1급에 속하는 독약이었거든요. 그는 크레일 부부와는 친구였는데, 그것이 그에게 정신적으로 심한 타격을 주었던 겁니다. 그런데다가, 그는 세인의 주목을 받거나 대중 앞에 나서기를 두려워하는 시골뜨기였거든요."

"크레일 부인의 여동생은 증언대에 서지 않았습니까?"

"그렇습니다. 그럴 필요가 없었던 것이지요. 그녀는 크레일 부인이 남편에게 협박하는 것을 듣지도 못했고, 또한 다른 사람들에게서 얻을 수 없는 무슨 정보 같은 것도 가지고 있지 않았거든요. 물론, 그녀는 크레일 부인이 냉장고에서 맥주를 꺼내는 것을 보았고, 따라서 변호인 측에서 크레일 부인이 맥주병 속에 독약을 넣지 않았다는 사실에 대해서 증언하도록 그녀를 소환할 수도 있었지요. 하지만 맥주병 속에는 아무런 이상도 없었다는 것이 밝혀졌기 때문에 그건 문제가 되지 않았던 겁니다."

"크레일 부인은 그 두 사람, 크레일 씨와 그리어 양이 보는 데서 어떻게 잔 속에 독약을 탈 수 있었을까요."

"글쎄요, 무엇보다도 그들은 그녀를 보고 있지 않았던 겁니다. 다시 말해서 크레일 씨는 캔버스와 모델을 바라보며 그림을 그리고 있었지요. 그리고 그리어 양은 크레일 씨의 어깨너머로 그림을 보고 서 있는 크레일 부인과는 거의 반대쪽을 향해 앉아 있었던 겁니다."

포와로는 고개를 끄덕였다.

"내가 말했듯이 그 두 사람은 모두 크레일 부인을 보고 있지 않았습니다. 그녀는 피펫(소량의 액체를 옮기는 데 쓰이는 작은 관) 같은 것에 독약을 넣어 가지고 있었을 겁니다. 만년필 따위에 말입니다. 우리는 집으로 올라가는 좁은 길목에서 그런 파편들을 발견했지요."

"당신은 모든 문제에 대해 해답을 가지고 있구먼." 포와로가 중얼거렸다.

"이것 보시오, 포와로 씨! 편견을 버리세요. 그녀는 그를 살해하겠다고 협박했습니다. 그리고 실험실에서 독약을 빼냈지요. 빈 병이 그녀의 방에서 발견되었고, 거기에는 그녀의 지문만 있었습니다. 게다가 그녀는 일부러 그에게 맥주를 갖다 주었는데, 그건 좀 이상한 일이 아닐까요. 그들 사이가 별로 좋지 않았는데도 말입니다."

"정말 이상한 일이로군요. 나도 그 점에 대해서는 진작부터 의심스러워하고 있었습니다."

"그렇습니다. 상당히 틀어진 사이였는데, 어째서 갑자기 그녀가 상냥하게 된 것일까요? 또한 그는 맛이 쓰다고 불평했습니다. 코닌은 몹시 쓴맛이 나지요. 그녀는 시체를 발견하고는 윌리엄스 양을 보내 전화를 걸게 했어요. 뭣 때문이었겠습니까? 그렇게 함으로써 그녀는 맥주병과 잔을 깨끗이 닦아내고는 대신 그의 지문을 찍어 둘 수가 있었던 거죠. 그런 수작을 부리고 나서 그녀는 뻔뻔스럽게도 그가 자살했다고 떠들어대는 겁니다. 제법 그럴듯한 얘기죠."

"그다지 잘 꾸며진 일은 아닌 것 같은데요."

"그녀는 깊이 생각하지 않았던 겁니다. 지나치게 증오와 질투심에 사로잡혀 있었던 거죠. 오로지 그를 살해할 생각밖에는 없었던 겁니다. 그러고 나서 그가 죽었다는 것을 알게 되자, 그제야 그녀는 정신을 차리고는 자기가 살인을 저질렀다는 것을 깨닫게 된 거라고 볼 수 있지요—또한, 살인자는 교수형을 당하게 된다는 사실도. 따라서, 그녀는 필사적으로 그것이 자살로 보이도록 꾸미려고 애를 썼던 겁니다."

포와로가 말했다.

"매우 그럴듯하게 들리는군요. 그렇습니다. 그녀의 마음이 그런 식으로 작용했을지도 모르죠."

"어떻게 보면 사전에 계획된 범죄 같기도 했고, 어떻게 보면 그렇지 않은 것 같기도 했습니다." 헤일 총경이 말했다.

"하지만 그녀가 실제로 그 일을 사전에 계획한 것이라고는 보지 않습니다. 단지 순간적인 충동으로 일을 저지른 셋일 테죠."

포와로가 중얼거렸다.

"정말 그럴까요?"

제3장

헤일은 궁금한 듯 포와로를 쳐다보았다.

"당신도 그것이 간단한 사건이었다고 인정하지요?" 그가 말했다.

"대개는. 그러나 전적으로 동감하는 건 아니오. 그 사건에는 특이할 만한 점이 몇 군데 있습니다."

포와로가 말했다.

"그래, 다른 해결책이라도 제시할 수 있다는 말씀입니까?"

"그날 아침 다른 사람들의 행적은 어떠했습니까?"

"우리는 그들의 행적을 모두 조사했었다는 것을 분명히 말씀드릴 수 있습니다. 모든 사람들의 행적을 일일이 조사해 봤지요. 소위 알리바이라고 할 만한 것을 가진 사람은 아무도 없었습니다만—그렇다고 해서 그들이 모두 독살 사건에 연루되었다고 볼 수는 없는 거죠. 게다가 그 전날 그에게 독이 든 캡슐을 주면서, 그것이 소화불량에 특효약이니 점심식사하기 바로 전에 복용해야 한다고 짐짓 복용 시간까지 알려주고는, 어딘가로 뺑소니를 친 사람도 없었단 말입니다."

"혹시 그런 일이 있었으리라고는 생각해 보지 않았습니까?"

"크레일 씨는 소화불량 따위를 겪지는 않았거든요. 그리고 어떠한 경우에 있어서도 나는 그런 일이 일어날 수 있으리라고는 생각할 수 없습니다. 물론, 메러디스 블레이크가 자신이 만든 엉터리 약을 소개한 것은 사실이었습니다만—그러나 크레일 씨가 그런 것에 관심을 두었으리라고는 볼 수 없지요. 설사 그가 관심을 보였다고 하더라도 그건 순전히 농담이나 장난에 불과했을 겁니다. 그런 건 다 그렇다고 치더라도, 어째서 메러디스 블레이크가 크레일 씨를 살해코자 했겠습니까? 모든 상황으로 미루어 보아서도 그는 크레일 씨와 각별한 사이였음을 알 수 있거든요.

또한, 필립 블레이크는 그의 가장 친한 친구였습니다. 그리어 양은 그와 사랑에 빠져 있었고, 윌리엄스 양은 그를 못마땅하게 여겼을 테지만, 그렇다고 해서 도덕적인 거부감이 독살 사건을 유발할 수는 없는 법이지요. 워렌 양은 크레일 씨가 성가시게 여겨졌을 겁니다(그 나이에는 어른들의 간섭이 짜증스럽게 여겨지는 법이니까요). 하지만 그는 그녀를 좋아했고, 그건 그녀도 마찬가지였지요. 그녀는 그 집에서는 지나칠 정도로 조심스럽게 보살핌을 받는 존재였습니다. 왜냐하면, 그녀는 어릴 적에 끔찍한 상처를 입었거든요—크레일 부인의 광적인 질투로 말입니다. 그것은 바로 크레일 부인이 얼마나 자제심이 없는 사람이었는지를 단적으로 보여 주는 것이라고 할 수 있죠. 아무것도 모르는 어린아이를 평생 불구로 만들었던 겁니다!"

"그건 안젤라 워렌이 캐롤라인 크레일에게 원한을 품을 만한 충분한 이유였다고 볼 수도 있겠군." 포와로가 말했다.

"그럴 수도 있지만, 그러나 그건 에이미어스 그레인에 대한 원한은 아니지요. 아무튼, 크레일 부인은 그 어린 여동생에게 헌신적이었습니다. 부모가 모두 세상을 떠나자, 그녀를 맡아서 기르며 그녀에게 특별한 애정을 쏟았는데, 그것이 오히려 그녀를 망쳤다고들 하더군요. 그녀는 확실히 크레일 부인을 좋아했습니다. 그녀는 법정에 나가지 않고 가능한 한 그 일로부터 제외되도록 크레일 부인이 몹시 애썼던 것 같아요. 하지만 그 소녀는 아주 당황하면서도 한편으로는 자기 언니가 체포되는 것을 고소하게 생각했을 겁니다. 캐롤라인 크레일은 그 사실을 인정하지 않았을 테지만, 그녀는 그런 일이 그 아이에게는 정신적인 상처를 줄 거라고 했지요. 그녀는 워렌 양을 외국에 있는 학교에 보내기로 해놓았다더군요." 그러고는 다시 덧붙였다.

"워렌 양은 상당히 유명한 여인이 되었죠. 세계 각지의 신비한 곳을 탐험하는 여류 여행자가 된 겁니다. 왕립 지리학회에서 강연도 한다더군요."

"사람들은 그 사건에 대해서는 전혀 모르는가 보죠?"

"글쎄요, 우선 그들은 이름이 다르니까요. 결혼하기 전에도 성이 달랐습니다. 어머니는 같았지만 아버지가 달랐거든요. 크레일 부인의 성은 스폴딩이었습니다."

"윌리엄스 양은 크레일 부인 딸의 가정교사였습니까, 아니면 안젤라 워렌 양의 가정교사였습니까?"

"안젤라의 가정교사였지요. 아기를 돌보는 보모가 있었지만, 그녀는 윌리엄스 양의 일과는 상관이 없어요."

"그 당시 아기는 어디로 보내셨습니까?"

"그 아이는 보모와 함께 대모에게 보내졌지요. 트레실리언 부인이라고 하더군요. 두 딸을 잃은 과부여서 그 아이에게는 무척 헌신적이었답니다."

포와로는 고개를 끄덕였다.

"알았습니다."

헤일이 계속해서 말을 이었다.

"사건 당일 다른 사람들의 행적은 다음과 같습니다. 그리어 양은 아침식사 뒤에 서재 창문 근처에 있는 테라스에 앉아 있었지요. 그곳에서 그녀는 크레일이 아내와 다투는 소리를 들었습니다. 그리고 나서는 크레일과 함께 배터리 가든으로 내려가서 점심때까지 그를 위해 포즈를 취하고 앉아 있었지요. 몸을 풀기 위해 한두 번 일어섰던 것을 제외하고는 말이죠.

필립 블레이크는 아침식사 뒤에 집 안에 있다가 크레일 부부가 다투는 소리를 들었습니다. 크레일과 그리어 양이 내려간 뒤에도 형이 그에게 전화를 걸 때까지 집 안에서 신문을 보고 있었지요. 전화를 받고서 그는 형을 마중하러 해변으로 내려갔습니다. 그들은 함께 다시 집으로 올라가다가 배터리 가든을 지나치게 되었지요. 그때 그리어 양은 추위를 느꼈는지 스웨터를 가지러 집으로 갔었고, 크레일 부인은 남편과 안젤라를 학교에 보내는 문제를 의논하고 있었다는군요."

"아, 평화로운 정경이로구먼." 포와로가 말했다.

"글쎄요, 결코 평화로운 정경이었다고만은 할 수 없었을 겁니다. 내가 알기로는 크레일 씨가 그녀에게 소리를 지르고 있었다고 하더군요. 아마도 자질구레한 집안일로 귀찮게 하는 것에 대해 화를 냈을 겁니다. 그녀는 짬만 생기면 그런 일들로 그를 물고 늘어지려 했을 테지요."

포와로는 고개를 끄덕였다.

헤일이 계속했다.

"그 두 형제는 에이미어스 크레일과 몇 마디 주고받았습니다. 그때 다시 그리어 양이 나타나서는 모델 자세를 취했고, 크레일은 붓을 들고 그들이 비켜주기를 바라는 기색을 보였지요. 그들은 눈치를 채고 집으로 올라왔습니다. 그런데 그들이 배터리 가든을 떠나려는 순간 에이미어스 크레일이 그곳에 있는 맥주는 모두 미지근하다고 불평을 하자, 크레일 부인이 새로 시원한 맥주를 내오겠다고 한 겁니다."

"아하!"

"그렇습니다. '아하!'죠. 그녀에게는 절호의 기회였던 거지요. 그들은 집으로 올라가서 테라스에 앉아 있었습니다. 크레일 부인과 안젤라 워렌이 그들에게 맥주를 갖다 주었지요.

나중에 안젤라 워렌은 필립 블레이크와 함께 수영하러 내려갔습니다.

메러디스 블레이크는 배터리 가든이 좀더 잘 내려다보이는 곳으로 내려갔지요. 그는 그리어 양이 총안 위에서 포즈를 취하는 것을 볼 수 있었고, 그녀와 크레일 씨가 나누는 이야기도 들을 수 있었습니다. 그는 그곳에 앉아서 코닌 용액이 없어진 일에 대해서 생각하고 있었지요. 여전히 그 일에 대해서 몹시 걱정이 되었지만, 그게 대체 어찌된 일인지 전혀 종잡을 수가 없었던 겁니다. 엘사 그리어가 그를 보고는 손을 흔들었지요. 점심식사를 알리는 벨이 울리자 그는 배터리 가든으로 내려가서 엘사 그리어와 함께 집으로 올라갔습니다. 그때 그는 크레일이 아주 이상하게 보였지만, 당시로써는 어째서 그렇게 보인 것인지 전혀 몰랐다고 하더군요. 크레일은 결코 병에 걸릴 사람이 아니었고—그래서 누구도 그가 아프리라고는 상상도 하지 못했던 겁니다. 그건 어떻게 보면 자신의 그림이 마음먹은 대로 되지 않아서 짜증을 내고 있는 것으로 보일 수도 있었거든요. 그럴 때에는 그를 혼자 내버려두고, 될 수 있는 대로 그에게 말을 하지 않는 게 상책이라는 것이 그때 그들에게 떠올랐던 느낌이었답니다.

다른 사람들에 대해서 말하자면, 하인들은 집 안을 정리하고 점심을 준비하는 등 바쁘게 보냈지요. 윌리엄스 양은 오전 중에 공부방에서 시험지를 채점하고 나서는 테라스에서 물건들을 수선했습니다. 안젤라 워렌은 오전 내내 정원을 거닐거나, 나무에 기어올라가(당신도 열다섯 살의 소녀들이 무엇을 하는지 잘 알 거요) 플럼(서양 오얏), 신 사과, 배 등을 따 먹으며 지냈지요. 그러고는 집에 돌아와서 필립 블레이크와 해변으로 내려가서 점심시간이 될 때까지 수영을 했답니다."

헤일 총경은 잠시 멈추었다.

"자, 그런데……." 그가 도전적으로 물었다.

"이상에서 당신은 뭔가 잘못된 점이라도 찾아낼 수 있겠습니까?"

"전혀 없군요." 포와로가 말했다.

"그렇다면 이젠 된 겁니다!" 헤일 총경이 힘을 주며 크게 말했다.

"하지만, 역시……." 포와로가 다시 말꼬리를 이었다.

"내가 직접 알아봐야겠습니다. 나는……."

"대체 뭘 하시겠다는 겁니까?"

"나는 그들 다섯 사람들을 찾아가 봐야겠어요. 그리고 그들로부터 이야기를 들어 볼 작정입니다."

헤일 총경은 몹시 우울한 표정을 지으며 한숨을 내쉬었다.

"이보시오, 당신은 정말 제정신이 아니로군요! 그들의 이야기는 제멋대로일 거요. 당신은 기본적인 사실조차도 모릅니까? 지금까지 정확히 그 사건을 기억하는 사람은 없을 겁니다. 아마도 당신은 그들 다섯 명으로부터 서로 다른 다섯 명의 살인자에 대해서 듣게 될 겁니다!"

"그것이 바로……." 포와로가 말했다.

"내가 바라는 바요. 무척 흥미 있는 일일 겁니다."

필립 블레이크는 디플리치가 묘사했던 그대로의 모습이었다—부유하고, 약삭빠르고, 명랑해 보이는 약간 살찐 사람이었다.

에르퀼 포와로는 어느 토요일 오후 6시 30분에 그와 만나기로 약속했다. 필립 블레이크는 막 자기 차례의 열여덟 개 홀을 모두 끝내고 상대방으로부터 5

점을 얻어내 게임을 이겼다. 그는 상당히 기분이 좋은 상태였다.

에르퀼 포와로는 자신과 용건을 밝혔다. 적어도 이번 경우에 있어서 그는 왜곡되지 않은 사실 그대로의 사실을 알고자 하는 열망을 조금도 과도하게 나타내지 않았다. 필립 블레이크가 자기의 그 유명한 범죄를 소재로 한 책들을 읽어 보았는지는 의문이었다.

필립 블레이크는 눈살을 찌푸리며 말했다.

"어째서 그 사건을 다시 들추어내는 건가요?"

에르퀼 포와로는 어깨를 으쓱해 보였다. 이날 그는 그 어느 때보다도 더욱 외국인답게 굴었다. 대접을 받기보다는 경멸을 당하려고 애쓰는 것 같았다.

"그건 흔해 빠진 일이죠." 그가 나지막하게 말했다.

"그들은 그것을 먹습니다—그렇죠. 그걸 먹는답니다."

"시체를 먹고사는 유령 같은 존재들이죠." 필립 블레이크가 말했다.

에르퀼 포와로는 어깨를 으쓱하며 말했다.

"그게 인간의 본성입니다. 블레이크 씨, 당신이나 나같이 세상물정을 잘 아는 사람들은 인간에 대해서 환상 같은 걸 전혀 갖고 있지 않지요. 대부분의 사람들이 다 나쁘다고는 볼 수 없지만, 그렇다고 해서 결코 이상화된 존재인 것도 아니거든요."

블레이크가 감상적으로 말했다.

"나는 이미 오래전에 인간에 대한 환상 따위는 버렸습니다."

"그런데 당신은 이야기를 매우 잘하시는 분이라고 들었습니다만."

"아!" 블레이크는 눈을 깜빡였다.

"나에 대한 이야기를 들었습니까?"

포와로의 농담은 제대로 먹혀들었다. 교훈적인 이야기라고는 할 수 없었지만, 그런대로 재미있는 이야기였다.

필립 블레이크는 뒤로 기대어 앉으며, 편한 자세를 취하고는 기분 좋은 표정을 지었다. 에르퀼 포와로는 갑자기 그가 만족한 돼지처럼 보인다고 생각했다. 돼지. '작은 돼지는 시장에 나갔다.'

필립 블레이크는 과연 어떤 사람일까? 걱정거리라고는 전혀 없는 평온한 사람처럼 보였다. 과거에 대한 아쉬움이나 자책감, 끊임없이 자신을 괴롭히는 불쾌한 기억 따위는 전혀 없는 것 같았다. 다만 시장에 나와서 제값에 팔린 살찐 돼지와 다를 바 없었다.

하지만 필립 블레이크에게도 보다 나은 시절이 있었을 것이다. 젊었을 때는 상당히 잘생겼으리라. 두 눈 사이가 지나치게 좁아 보이는 감이 있긴 하지만—아무튼 날씬하고 균형이 잘 잡힌 젊은이였을 것이다. 지금은 몇 살이나 되었을까? 어림잡아 50에서 60 사이로 보였다. 크레일이 죽었을 당시에는 40세가량 되었을 것이다.

포와로는 마치 시구를 읊듯이 중얼거렸다.

"당신은 내 입장을 잘 아시는군요."

"원, 천만에요. 정말 그렇다면 내 목을 베시오."

그 주식 중개인은 다시 자세를 고쳐 앉으며 눈을 가늘게 떴다.

"왜 자꾸 그걸 캐묻는 겁니까? 당신은 작가도 아닌데요."

"그야 물론입니다. 사실 나는 탐정이거든요."

이 겸손한 말은 앞서의 포와로 어투와는 사뭇 다른 것이었다.

"그야 누구나 다 아는 사실이지요. 그 유명한 에르큘 포와로가 아닙니까!"

하지만 그의 어조에는 묘하게 비꼬는 기색이 있었다. 본질적으로 필립 블레이크는 외국인의 겉치레를 진지하게 받아들이는, 지나치게 영국인다운 기질이 있었다. 그는 할 수만 있다면 아마도 친구들에게 이렇게 말했을 것이다.

"괴상한 꼬마 사기꾼이었다고. 아, 글쎄, 그 치의 말은 여자들에게나 통할 거야, 틀림없지."

그리고 비록 그런 조롱과 선심 쓰는 듯한 태도가 바로 그가 바라던 바였으나, 그렇다 하더라도 화가 치밀어 오는 것을 느꼈다.

이 사람, 사업적으로 성공한 이 사람은 에르큘 포와로에게 전혀 감명을 받지 않다니! 그것은 하나의 모독이었다.

"나에 대해서 그토록 잘 알고 계시다니 정말 고맙군요."

포와로는 건성으로 대꾸했다.

"내 성공에 대해서 말씀드리자면, 그건 심리학—끊임없는 인간 행동의 동기에 근거를 둔 것이라 할 수 있습니다. 그런 것은, 블레이크 씨, 오늘날 범죄 세계에 있어서 가장 관심의 대상이 되고 있는 것이지요. 한때는 로맨스가 주류를 이루었던 적이 있습니다. 대개 유명한 범죄들은 늘 그런 식으로 되풀이되었지요—사랑 이야기와 연결되어 있었던 겁니다. 하지만, 오늘날에는 그 양상이 전혀 다릅니다. 사람들은 크리픈 박사가 자기 아내를 살해한 것은 그녀의 체구가 크고 활달한데 비해, 자신은 왜소한 체구에 하찮은 남자여서 그녀가 자신을 열등감에 빠지도록 만들었기 때문이라는 사실에 관심을 보이고 있습니다. 또한, 어떤 유명한 여성 범죄자가 자신이 3살 때 아버지로부터 학대를 받았기 때문에 살인을 저질렀다는 것에도 흥미를 보입니다. 이것이 바로 오늘날 관심의 대상이 되는 범죄 동기인 거죠"

필립 블레이크는 하품을 하며 말했다.

"대개의 범죄에 있어서 그 동기는 뻔하다고 생각합니다. 그건 돈이라고 볼 수 있죠"

"아, 하지만, 선생." 포와로가 소리쳤다.

"그 동기는 결코 명백하다고 할 수 없습니다. 그것이 바로 문제입니다!"

"그렇다면 당신은 그런 일로 해서 오신 겁니까?"

"그렇습니다. 바로 그 일 때문에 찾아온 거지요. 어떤 과거 사건에 대한 이야기를 재조명해 달라는 부탁을 받았습니다—심리학적인 측면에서 말입니다. 범죄 심리학은 내 전공이지요. 나는 그 부탁을 받아들였습니다."

필립 블레이크는 싱긋 웃었다.

"물론 보수도 두둑하겠지요?"

"그렇다고 할 수 있겠죠. 그 점을 전혀 배제할 수야 없겠죠"

"축하합니다. 자, 그럼 이제 본론을 말씀해 주시지 않겠습니까?"

"물론이지요. 바로 크레일 사건에 대한 것입니다."

필립 블레이크는 깜짝 놀란 것 같지는 않았다. 대신에 얼굴에 심각한 표정을 지으면서 말했다.

"그렇군요, 크레일 사건이라……."

에르퀼 포와로가 걱정스럽게 말했다.

"혹시 당신을 불쾌하게 하는 건 아닌지요, 블레이크 씨?"

"오, 그렇지는 않습니다." 필립 블레이크는 어깨를 으쓱하며 말했다.

"사람들의 입을 막을 길이 없다고 해서 한탄해 봐야 소용없는 일이지요. 캐롤라인 크레일 사건이야 세상이 다 아는 일인데요 뭐. 누구나 그 일을 거론할 수 있는 거지요. 내가 반대한다고 해서 될 일이 아니죠. 어쨌거나, 솔직히 말씀드리자면, 나에게는 상당히 괴로운 일입니다. 에이미어스 크레일은 내게 있어서는 가장 절친한 친구였거든요. 그 불미스러운 사건을 다시 거론해야 한다니 대단히 유감스러운 일이군요. 하지만 이미 저질러진 일인데 어쩌겠습니까."

"당신은 철학자시로군요, 블레이크 씨."

"원, 천만에요. 다만 달걀을 바위에 부딪쳐 봐야 쓸데없는 일이란 걸 잘 알고 있을 뿐입니다. 내 감히 말씀드리지만, 무엇보다도 감정에 거슬리지 않게 하셔야 할 겁니다."

"나도 최소한 섬세하고 우아하게 기술하고 싶습니다." 포와로가 말했다.

필립 블레이크는 갑자기 큰 소리로 웃었지만, 그건 진정으로 즐거워서 웃는 것이 아니었다.

"당신 말씀은 나로 하여금 실소를 금치 못하게 하는군요."

"분명히 말하지만, 블레이크 씨, 나는 정말로 관심이 있습니다. 나에게는 돈이란 결코 문제가 되지 않습니다. 진정으로 과거를 재창조하고 싶은 겁니다— 당시에 일어난 사건들을 다시 체험하고, 분명해 보이는 것 뒤에 은폐된 사실들을 캐내며, 그 드라마 속 배우들의 감정과 생각을 구체화하고 싶은 겁니다."

"그 사건에서 뭔가 불가사의한 점이 있었다고는 생각되지 않는데요."

필립 블레이크가 말했다.

"그건 아주 명백한 사건이었습니다. 한 여성의 추악한 질투, 그게 전부였습니다."

"블레이크 씨, 그 사건에 대한 당신의 반응은 어떠했는지 정말 궁금하군요."

필립 블레이크는 갑자기 얼굴을 붉히며 격한 어조로 말했다.

"반응! 반응? 무슨 학자 같은 투로 말씀하지 마십시오. 내가 느낀 것은 단지 견딜 수 없었다는 것뿐이오! 당신은 죽은 사람이 바로 내 친구였다는 것을 모르시는 것 같군요. 내 친구였단 이 말입니다―독살당한 사람이! 그리고 내가 좀더 빨리 행동을 취했었더라면 그를 구할 수도 있었단 말입니다."

"어째서 그렇게 생각하는 겁니까, 블레이크 씨?"

"그건 이렇습니다. 그런데 당신은 이미 그 사건에 대해서 알고 계실 테죠?"

포와로는 고개를 끄덕였다.

"그렇군요. 아무튼 나는 그날 아침 메러디스 형으로부터 전화를 받았지요. 형은 몹시 당황하고 있었습니다. 형이 만든 약이 없어졌는데, 그것도 아주 치명적인 독약이라는 거였어요. 내가 어떻게 했느냐고요? 나는 형에게 이쪽으로 건너 와서 어떻게 하면 좋을지 함께 한번 상의해 보자고 했습니다. '어떻게 하면 좋을지 의논하자?' 어째서, 내가 그토록 어리석게 결단을 내리지 못하고 주저했는지 지금도 그것이 나를 괴롭히고 있습니다. 나는 꾸물거릴 시간이 조금도 없었다는 것을 깨달았어야만 했습니다. 곧바로 에이미어스에게 가서 경고를 했어야 했지요. '캐롤라인이 메러디스의 독약을 훔쳐갔으니, 자네와 엘사는 조심해야 할 걸세.' 하고 그에게 말했어야 했습니다."

블레이크는 벌떡 일어서서 흥분하여 이리저리 거닐었다.

"당신은 내가 그 일에 대해서 심사숙고하지 않았을 거라고 생각합니까? 나는 알고 있었지요. 그를 구할 기회가 있었는데도 나는 꾸물거리기만 했던 겁니다―메러디스 형처럼 결단을 내리지 못하고, 캐롤라인이 아무런 거리낌 없이 일을 저지를 것이라는 사실을 왜 나는 깨닫지 못했을까요? 그녀는 그 독약을 사용하려고 가져간 것이고, 기회가 오자마자 그것을 사용했던 겁니다. 그녀는 메러디스가 독약이 없어진 것을 발견할 때까지 기다리지 않았을 겁니다. 나는 알았어요, 잘 알고 있었습니다. 에이미어스가 절체절명의 위험에 처해 있었다는 것을 말입니다. 그런데도 나는 아무런 조치를 취하지 않았던 겁니다!"

"너무 지나치게 자신을 책망하시는 것 같군요. 당신에게는 그럴 만한 시간이 없었……"

블레이크가 그의 말을 가로막았다.

"시간이요? 시간은 충분히 있었습니다. 여러 가지 방법이 있었던 겁니다. 아까 말했듯이 에이미어스에게 가서 말할 수도 있었지만, 물론 그는 내 말을 믿지 않았을 테지요. 에이미어스는 자신이 위험하다는 사실을 쉽게 받아들일 사람이 아니었거든요. 아마 그는 그런 경고 따위는 간단히 비웃어 버렸을 겁니다. 캐롤라인이 그처럼 끔찍한 짓을 저지르리라고는 결코 생각지도 못했을 테니까요. 그렇지만, 나는 그녀에게 가서 이렇게 말할 수도 있었습니다. '당신이 무슨 일을 꾸미고 있는지 알아요. 만일에 에이미어스나 엘사가 코닌 중독으로 죽는다면 당신은 교수형을 당할 거요!' 그렇게 함으로써 그녀의 행동을 말릴 수도 있었을 겁니다. 아니면 경찰을 부를 수도 있었고, 아, 무엇이든 할 수가 있었습니다. 그런데도 나는 메러디스 형의 소심한 태도에 따라가도록 자신을 내버려 두었던 겁니다. '신중히 해야 해. 좀더 검토해 보고 누가 그것을 가져갔는지를 분명히 하고 나서……' 가엾은 형, 형은 평생토록 재빠른 결단을 내려 본 적이 없었지! 형이 장남이라서 영지를 상속받게 된 것은 형을 위해선 다행한 일입니다. 만일에 형이 돈을 벌려고 했다면 아마도 알거지가 되었을 겁니다."

"당신은 그 독약을 누가 가져갔는지에 대해서 정확히 알고 있었습니까?"

포와로가 물었다.

"물론입니다. 나는 그것이 캐롤라인의 짓이라는 사실을 금방 알아차렸지요. 캐롤라인에 대해서는 잘 알고 있었거든요."

"그것참, 흥미 있는 얘기로군요." 포와로가 말했다.

"블레이크 씨, 나는 캐롤라인이 어떤 여인이었는지 알고 싶습니다."

필립 블레이크는 날카로운 목소리로 말했다.

"그녀는 법정에 섰을 당시 사람들이 생각했던 것처럼, 그렇게 상처받은 순수한 영혼의 소유자가 결코 아니었어요!"

"그렇다면 어떤 여인이었습니까?"

블레이크는 다시 자리에 앉으며 진지한 목소리로 물었다.

"정말로 그렇게 알고 싶습니까?"

"정말로 무척 궁금하군요."

"캐롤라인은 일종의 폐물이었습니다. 그야말로 속속들이 다 썩어 문드러진 폐물이었단 말입니다. 물론 매력적인 여자이긴 했지요. 그녀는 매혹적인 태도로 완전히 사람들을 기만하는 그런 여자였습니다. 사람들의 기사도 정신에 호소하는, 연약하고 무기력한 모습을 지니고 있었죠. 때때로 나는 그녀가 스코틀랜드의 메리 여왕과 아주 비슷했던 것 같다고 생각하지요. 언제나 불행하며 상냥하고, 매력적인 것 같지만—사실은 차갑고 빈틈없는, 단리(메리 여왕의 두 번째 남편)를 살해할 계획을 세우고도 교묘하게 자신은 빠져나가는 교활한 여인이었죠. 캐롤라인이 바로 그와 같았어요—냉정하고 타산적인 교활한 여자였다는 말입니다. 게다가 그녀는 악랄한 심보를 가지고 있었죠. 들어서 알고 계신지는 모르겠지만. 아무튼 그것은 재판 과정에서 중요한 문제는 아니었으니까요. 하지만 그녀가 어린 동생에게 한 짓만 봐도 그녀의 됨됨이를 알 수 있지 않을까요? 그녀는 질투를 했던 겁니다. 그녀의 어머니가 재혼하자, 모든 관심과 애정이 어린 안젤라에게 집중되었던 거죠. 캐롤라인은 그것이 견딜 수가 없었던 겁니다. 그녀는 아기를 죽이려고 했죠—아기의 머리를 때렸던 거예요. 다행스럽게도 치명적인 부위는 빗겨났지만, 그러나 그건 끔찍한 행동이었죠."

"그렇습니다."

"그것이 바로 캐롤라인의 참모습이었습니다. 그녀는 자기가 최고여야 했던 거죠. 최고가 되지 못한다는 것만으로도 그녀는 견딜 수 없었던 겁니다. 그녀의 마음속에 존재하고 있던 냉혹하고 이기적인 사악함이 살의를 불러일으키는 근원이었던 거시요."

그는 잠시 말을 멈추었다.

"당신은 내가 가혹하다고, 캐롤라인에 대해서 지나친 편견을 가졌다고 할지도 모르겠군요. 물론 그녀는 아주 매력적이었지요—나도 그걸 충분히 느끼고 있었습니다. 그러나 나는 알고 있었지요—언제나, 그 매력 뒤에 숨어 있는 정체를 말이오. 사악한 여인이었습니다, 포와로 씨. 그녀는 잔혹하고 무정한 약탈자였던 겁니다!"

"그렇지만 크레일 부인은 결혼생활을 통해서 무수한 어려움을 꾹 참고 지내왔었다고 하던데요?"

"물론 그랬을 테죠. 그녀가 그런 사실을 사람들에게 떠들어대지 않았을 턱이 있겠습니까? 거룩한 순교자인 양 꾸몄던 겁니다! 불쌍한 에이미어스 그의 결혼생활은 지옥과도 같은 것이었죠. 그의 특별한 재능이 없었다면 어찌되었을까? 아시다시피, 그에게는 예술이 있었습니다. 그것이 하나의 탈출구였던 셈이죠. 그림을 그리고 있을 때면 그는 모든 걱정을 떨쳐 버릴 수 있었던 겁니다. 캐롤라인과 그녀의 잔소리, 끊임없이 되풀이되는 부부 싸움들로부터 벗어날 수 있었던 거죠. 그들은 끊임없이 다투었습니다. 정말이지 1주일이 멀다 하고 말입니다.

그녀는 그것을 즐겼던 겁니다. 부부 싸움이 그녀에게는 신선한 자극으로 생각되었던 모양입니다. 일종의 불만 토로 창구였던 셈이죠. 그녀는 하고 싶은 대로 아주 험악하고 통렬한 말들을 퍼부었을 겁니다. 싸움이 끝나고 나면 더할 수 없이 만족해하며―마치 배부른 고양이처럼 가르랑거리며 흥분을 가라앉혔을 테죠. 하지만 그것은 에이미어스를 지치게 만들었습니다. 그는 평온함과 휴식이 있는 조용한 생활을 원했거든요. 물론 결혼해서는 안 될, 가정적인 일과는 거리가 먼 사람이었죠. 크레일 같은 사람은 모든 속박에서 벗어나 자신의 일에만 정력을 쏟았어야 했습니다. 하지만 그런 속박들이 그를 고통스럽게 만들었던 거죠."

"그가 당신에게 그런 말을 털어놓았습니까?"

"글쎄요, 그는 내가 둘도 없는 친구였다는 것을 잘 알고 있었지요. 내가 그런 고통을 알아주기를 바랐을 겁니다. 결코 그는 불평하지 않았어요. 그럴 사람이 아니었습니다. 다만 이따금씩 이런 말을 했지요. '빌어먹을 여편네.' 또는 '자네는 부디 결혼하지 말게나, 필립. 결혼이란 지옥으로 가는 지름길일세.' 하고 말했답니다."

"당신은 그가 그리어 양에게 빠져 있다는 것을 알고 있었습니까?"

"오, 물론이죠. 그런 일이 일어나고 있다는 것을 알 수 있었습니다. 굉장한 아가씨를 만났다고 그가 말하더군요. 그가 그때까지 만나보았던 어떤 여성과도 비교할 수 없는 아가씨라고 했어요. 에이미어스는 언제나 '독특한' 여자들을 사귀었죠. 대개는 한 달쯤 지나서 그 여자에 대해서 언급하게 되면, 대체 무슨 소리를 하는지 모르겠다는 듯이 어리둥절한 표정을 짓곤 했지만. 하지만 이 엘사 그리어란 아가씨는 정말 달랐어요. 내가 올더버리에 내려갔을 때 그걸 깨달았습니다. 그녀는 그를 손아귀에 넣었던 거죠―온갖 술수를 다 써서 그를 낚았던 겁니다. 그 가엾은 친구는 완전히 그녀의 손에서 놀아나고 있었지요."

"당신은 엘사 그리어 양 역시 좋아하지 않았군요?"

"물론 나는 그녀를 싫어했습니다. 그녀 역시 약탈자였던 거죠. 크레일의 육체와 영혼을 몽땅 빼앗아 가려 했던 겁니다. 그렇다고 해도 그에게 있어서는 그녀가 캐롤라인보다 나았다고 생각합니다. 그녀는 일단 그에 대해서 확신을 갖자, 그를 혼자 내버려둘 정도의 분별은 있는 것 같았거든요. 그렇지 않았다면 그녀는 그를 들볶아서 캐롤라인을 몰아내도록 했을 테니까요. 에이미어스에게 가장 좋은 것은 여자들의 분쟁에서 그를 완전히 자유롭게 해주는 것이었을 겁니다."

"그렇다고 한다면, 그건 그의 취미가 아니었던 모양이로군요."

필립 블레이크는 한숨을 쉬며 말했다.

"그 바보 같은 친구는 늘 여자들과 어울려 지냈지요. 그렇지만 여자들 자체는 그에게 별 의미가 없었던 겁니다. 일생을 통해 진정으로 그에게 의미가 있던 여인은 캐롤라인과 엘사 둘뿐이었죠."

"그는 그 아이를 좋아했습니까?" 포와로가 물었다.

"안젤라 말인가요? 오, 우리는 모두 안젤라를 좋아했습니다. 그녀는 재미있는 아이였어요. 언제나 새로운 장난을 즐겼지요. 그런데도 그 따분한 가정교사에게 매여 있어야 했으니! 물론 에이미어스도 안젤라를 좋아했습니다. 하지만 이따금씩 그녀가 너무 지나치게 굴어서 그녀를 몹시 꾸짖었지만, 그때마다 캐롤라인이 끼어들었지요. 그녀는 늘 안젤라의 편을 들었고, 그것이 결국 에이미어스를 짜증 나게 했을 겁니다. 그는 캐롤라인이 자기와 맞서서 안젤라의 편을 드는 것을 몹시 싫어했지요. 일종의 질투라고나 할까요. 에이미어스는 캐롤라인이 항상 안젤라만을 최우선으로 생각하고, 그녀를 위해서라면 무슨 일이든 할 것 같은 태도를 시기했던 겁니다. 또한, 안젤라 역시 에이미어스를 싫어했고 그의 강압적인 태도에 반발하곤 했지요."

그는 말을 멈추었다.

"진실을 위해서 한 가지 부탁을 해도 되겠습니까, 블레이크 씨?"

포와로가 진지하게 말했다.

"무슨 일을 말입니까?"

"그 당시 올더버리에서 일어났던 사건들을 정확하게 기술해 주십사 하는 겁니다. 다시 말하자면, 살인과 그에 따르는 상황들에 대해서 자세하게 적어 주십사 하는 거지요."

"하지만, 이보시오, 이렇게 오랜 세월이 지났는데? 아마도 제대로 정확하게 기억하고 있지 못할 겁니다."

"상관없습니다."

"설마 그럴라고요"

"그렇지 않습니다, 블레이크 씨. 왜냐하면 시간이 지나가게 되면 마음속에는 본질적인 문제들만 남게 되고 부수적인 문제들은 잊히게 마련입니다."

"아, 그렇다면 당신 말은 대략적인 줄거리를 말씀하시는 겁니까?"

"천만에요. 내 말은 당신이 기억할 수 있는 모든 대화와 일어났던 개개의 사건들을 자세하고 성실하게 기술해 달라는 겁니다."

"하지만 내가 잘못 기억하고 있을 수도 있을 텐데요?"

"최소한 당신은 최선을 다해 생각나는 그대로를 기술할 수는 있습니다. 물론 사실과 차이가 날 수도 있지만, 그거야 어쩔 수 없는 일이죠."

블레이크는 의심스러운 듯이 그를 바라보았다.

"하지만, 어째서 그런 제안을 하시는 겁니까? 경찰 자료를 보면 훨씬 정확하게 사건 전체를 파악할 수 있을 텐데요."

"그렇지 않습니다, 블레이크 씨. 우리는 지금 심리학적인 관점에 대해서 말하고 있습니다. 나는 적나라한 사실들을 원하는 게 아니오. 당신이 취사선택한 사실들을 원하는 거죠. 시간과 당신의 기억력이 그 선택을 결정합니다. 경찰 자료에서는 찾을 수 없는 많은 이야기들과 사실들이 있을지 모르지요. 경찰과는 무관하다고 판단했거나, 그들에게는 말하지 않는 것이 좋겠다고 생각했기 때문에 전혀 언급된 적이 없는 사실과 이야기를 말하는 겁니다."

블레이크가 날카로운 목소리로 말했다.

"내 이야기가 모두 세상에 발표되는 겁니까?"

"아니, 그렇지는 않습니다. 나 혼자만 알기 위한 거죠. 내 나름대로의 추론을 이끌어내는 데 필요한 겁니다."

"그렇다면, 내 허락 없이는 함부로 이용하지 않겠군요?"

"물론입니다."

"흠, 나는 몹시 바쁜 사람입니다, 포와로 씨." 필립 블레이크가 말했다.

"많은 시간과 번거로움이 따르리란 것은 나도 잘 알고 있습니다. 그에 대해서는 충분한 사례를 해 드리겠습니다."

잠시 침묵이 흐르고 나서 필립 블레이크가 갑자기 입을 열었다.

"아닙니다. 설혹 그 일을 한다고 해도 나는 대가를 바라는 건 아닙니다."

"그렇다면 그 일을 해주시겠습니까?"

필립 블레이크가 조심스럽게 말했다.

"내 기억이 정확하다는 것을 보장할 수 없다는 것을 아셔야 합니다."

"그 점은 충분히 이해할 수 있습니다."

"그렇다면, 내 그 일을 맡아 볼까 합니다. 나는, 어쨌거나, 에이미어스 크레일에게 빚을 진 것 같기 때문이오."

에르퀼 포와로는 비록 사소한 일이라 할지라도 소홀히 넘기는 사람이 아니었다.

메러디스 블레이크에게 접근하는 데 있어서 그는 아주 신중을 기했다. 메러디스 블레이크는 필립 블레이크와는 전혀 다른 성격의 인물이란 것을 이미 감지하고 있었다. 무작정 돌진하는 전술은 먹혀들지가 않을 것 같았다. 여유를 가지고 공략해야 했다.

에르퀼 포와로는 그 아성을 뚫고 들어가는 데에는 오직 한 가지 방법밖에 없다는 사실을 알고 있었다. 적당한 추천서를 가지고 메러디스 블레이크에게 접근해야 하는 것이었다. 그것도 직업적인 것이 아니라, 사교적인 추천서라야 했다. 다행스럽게도 포와로는 그의 오랜 경력을 통해서 여러 지방에 많은 친구를 사귀어 놓았다. 데번셔도 예외가 아니었다. 그는 데번셔에서 이용할 수 있는 사람을 찾아보기 시작했다. 그 결과 메러디스 블레이크와 친분이 있는 사람을 두 명 찾아냈다. 그리하여 포와로는 두 통의 편지로 그를 공략했다. 한 통은 외부와는 아예 담을 쌓고 지내는 점잖은 과부인 메리 리튼 고어 부인이 보낸 것이고, 다른 한 통은 4세대에 걸쳐 그 군(郡)에서 살고 있는 퇴역 해군 제독의 것이었다.

메러디스 블레이크는 상당히 어리둥절한 표정으로 포와로를 맞이했다.

요즘 들어 그가 종종 느끼는 것은, 제 분수를 지키는 사람들이 없다는 것이 었다. 제기랄, 사립탐정이라면 사립탐정 일이나 할 것이자—시골 결혼 피로연 에서 결혼 선물이나 살피고, 뭔가 지저분한 일이 벌어지고 있으면 그걸 해결 한답시고 뻔뻔스러운 얼굴로 나돌아다닌다는 것이었다.

아무튼 메리 리튼 고어 부인의 편지는 이러했다. '에르퀼 포와로는 오래전 부터 저와 알고 지내는 좋은 친구랍니다. 부디 그를 좀 도와주세요.' 그런데 메리 리튼 고어는 사립탐정과, 그들이 하는 일과는 전혀 무관한 사람이었다. 그리고 크론쇼 제독은 이렇게 썼다. '아주 좋은, 믿을 만한 친구올시다. 당신이 그를 도와줄 수 있다면 고맙겠소. 매우 재미있는 친구로, 당신에게 좋은 이야 기를 많이 들려줄 거요.'

그런데 지금 그 문제의 인물이 모습을 나타낸 것이었다. 정말로 믿기지 않 는 인물이었다—그 끔찍한 옷차림, 단추가 달린 장화, 그리고 괴상한 콧수염! 메러디스 블레이크의 친구가 되기에는 전혀 어울리지 않는 모습이었다. 도저 히 사냥이나 다니고, 아니면 고상한 게임을 즐길 만한 사람으로는 보이지 않 았다. 분명히 외국인 같았다.

속으로 고소를 금치 못하며 에르퀼 포와로는 상대방의 머릿속을 스치고 지 나가는 생각들을 정확하게 읽을 수가 있었다. 마치 기차를 타고 서부 어느 곳 에 와 있는 듯한 기분을 느꼈다. 오래전의 사건들이 일어났던 실제의 장소를 이제야 비로소 마주 대하는 것 같았다.

이곳 핸드크로스 장원에서 살았던 두 젊은 형제가 올더버리를 방문해 에이 미어스 크레일과 캐롤라인이라 불리던 젊은이들과 어울려 테니스를 하며 지냈 던 것이다. 그 운명의 날 아침에 메러디스는 이곳을 나서 올더버리로 향했다. 그로부터 이제 16년이 지났다. 에르퀼 포와로는 다소 불안한 태도로 자기를 맞이하는 사람을 흥미 있게 바라보았다.

그가 예상했던 모습과 조금도 다를 바 없었다. 겉으로 보기에 메러디스 블레이크는 외부 세계와는 담을 쌓고 지내는 여느 시골 양반들처럼 보였다.

허름하고 낡은 트위드 코트에 햇볕에 검게 그을린 밝은 표정, 다소 흐릿한 푸른 눈과 소심해 보이는 입매는 더부룩하게 자란 수염에 반쯤 묻혀 있었다. 포와로는 메러디스 블레이크가 그의 동생과는 매우 대조적이라는 것을 알았다. 머뭇거리는 태도로 보아서 분명히 그의 사고방식도 느려질 것 같았다. 그의 동생 필립이 숨 가쁘게 달려온 세월을 그는 느긋하게 지내온 것처럼 보였다.

포와로가 이미 예측했던 대로, 그는 성급히 다룰 수 없는 사람이었다. 영국의 시골구석에서 느긋하게 살아온 태도가 그의 온몸에 꽉 배어 있었다.

조나산 씨는 그들 형제가 두 살밖에 차이가 나지 않는다고 했지만, 외모로 보기에는 메러디스가 그의 동생보다 훨씬 나이가 많이 들어 보였다.

에르퀼 포와로는 스스로 '구식 노인네들'을 잘 다룰 줄 안다고 자부하고 있었다. 애써 영국인처럼 보이려고 할 필요도 없었다. 외국인 그대로의 모습을 보여 줌으로써, 너그럽게 용서, 외국인이라는 사실에 대한 용서를 받을 수 있다. "젠장, 이런 외국인들은 사정을 전혀 모르거든. 아침식사 때 손을 흔들지만, 실상 고상한 친구라면……" 하는 등등.

포와로는 상대방이 이러한 인상을 받게 하기 시작했다. 두 사람은 메리 리튼 고어 부인과 크론쇼 해군 제독에 대해서 조심스럽게 이야기를 나누었다. 그 외에 다른 사람들의 이름도 거론되었지만, 다행스럽게도 포와로는 누군가의 사촌을 알고 있었고, 누군가의 시누이도 만난 적이 있었다. 그는 메러디스의 눈에 정감이 어리는 것을 알 수 있었다. 좋은 사람들을 아는 친구라고 여기는 것 같았다.

정중하고 노련하게 포와로는 자신의 방문 목적으로 대화를 이끌어갔다. 이미 예상했던 반발을 그는 재빨리 무마시켰다. 이 책은 물론 출판될 거라고 했다. 크레일 양은(현재로는 레마천트 양으로 불리고 있는데) 유능한 편집인을 구하고 싶어 했다. 불행하게도 그 사건은 세상에 공개되었지만, 그러나 될 수 있는 대로 당사자들의 감정을 해치지 않도록 조심스럽게 일을 추진하고자 한다는 등등……

　메러디스 블레이크는 얼굴을 붉히며 화를 냈다. 파이프를 채우는 손이 약간 떨리고 있었다. 그가 좀 더듬거리는 목소리로 말했다.

　"아—그렇게 옛날 일을 다시 들추어낸다는 것은 자……, 잔인한 일입니다. 16년이나 지난 일을. 어떻게 그런 일을 시킬 수가 있지요?"

　포와로는 어깨를 으쓱해 보였다.

　"나도 동감입니다." 그가 말했다.

　"하지만 어쩌겠습니까? 그렇게 요구하는데요. 그리고 누구에게나 이미 밝혀진 범죄를 재구성하고 비평할 자유는 있습니다."

　"그다지 고상한 취미로는 보이지 않습니다."

　포와로가 속삭이듯 말했다.

　"아하, 우리는 이미 고상한 것을 찾을 나이는 지났지요. 내가 불유쾌한 사건들을 발표함으로써 명성을 얻었다는 사실을 아신다면 놀라시겠군요, 블레이크 씨? 아무튼 나는 내가 할 수 있는 한 최선을 다해 크레일 양이 그 사건에 대해서 품은 의문을 풀어 주고 싶을 뿐입니다."

　블레이크가 망연히 중얼거렸다.

　"꼬마 칼라! 그 귀여운 아기! 이제는 어엿한 숙녀가 되었을 테지. 정말 믿기지가 않는구먼."

　"그렇지요. 세월이 빠르긴 빠릅니다. 그렇지 않습니까?"

　메러디스 블레이크가 한숨을 쉬고 나서 말했다.

　"너무 빠르지요."

　포와로가 말했다.

　"당신도 내가 크레일 양에게서 받은 편지를 보면 아실 테지만, 그 아가씨는 과거의 그 비극적인 사건에 대해서 가능하다면 모든 것을 죄다 알고 싶어 하고 있더군요."

　"어째서죠?" 메러디스 블레이크는 다소 짜증을 내며 말했다.

　"왜 지난 일들을 다시 들추어내려는 거죠? 그런 일들은 잊어버리는 게 상책일 텐데."

"그렇게 말씀하시는 건, 블레이크 씨, 당신이 지난 일들을 너무 잘 알고 있기 때문입니다. 하지만 크레일 양은 아무것도 모르고 있다는 걸 아셔야 합니다. 다시 말해서, 그녀는 재판 기록 등 공적인 문서를 통해서 본 이야기밖에는 알지 못한다는 거지요."

메러디스 블레이크는 흠칫했다.

"그렇군요. 내가 깜박 잊었구먼요. 가엾은 것! 자신의 처지가 무척 원망스러울 테지. 진실을 알고 싶을 거요. 그런데 재판 기록이라는 건 인간적인 측면이 전혀 고려되지 않은 형식적인 보고서에 지나지 않지요." 그가 말했다.

"진실이란 것은……." 다시 포와로가 말을 받았다.

"법률적인 설명만으로는 결코 밝혀질 수가 없는 법입니다. 거기에는 많은 중요한 요소들이 빠져 있기 때문이지요. 등장인물의 성격, 감정, 느낌, 그리고 정상을 참작할 만한 상황……."

그가 말을 멈추자 상대방이 마치 지시받은 배우처럼 진지하게 말을 이었다.

"정상을 참작할 만한 상황! 바로 그겁니다. 정상을 참작할 만한 상황이 있다면 그것은 바로 그 사건을 두고 하는 말입니다. 에이미어스 크레일은 우리와는 오랜 친구였고―그의 집안과 우리 집안은 몇 세대에 걸쳐 친하게 지내왔지만 그의 행실이, 솔직히 말해서 무도했다는 것은 누구나 다 인정한 사실이었지요. 그는 예술가여서, 물론 그걸로 어느 정도 그의 무도한 행실이 설명될 수도 있었겠지만, 그러나 도저히 상식으로는 이해할 수 없는 그런 일이 벌어지도록 했다는 것은 상식이 있고 점잖은 사람이라면 도저히 상상도 못할 상황이었지요."

에르큘 포와로가 말했다.

"그렇게 말씀하시니 재미있군요. 내가 이해할 수 없었던 것도, 바로 그 점이었습니다. 정상적이고 이성이 있는 사람이라면 도저히 그럴 수 없는 거지요."

블레이크의 마르고 우유부단해 보이는 얼굴이 활기를 띠기 시작했다.

"그렇습니다. 문제는 바로 에이미어스가 결코 정상적인 사람이 아니었다는 데 있지요! 그는 화가였고, 무엇보다도 그림 그리는 것이 최우선이었죠―사실 상식으로 도저히 이해할 수 없는 경우도 가끔 있었지요. 소위 예술가라는 사람들에 대해서는 도무지 이해할 수가 없어요. 그래도 크레일에 대해서는 조금 이해하는 편이었는데, 그것은 어려서부터 그를 알고 지내왔기 때문이었지요. 크레일은 많은 점에 있어서 전형적인 크레일 가문의 핏줄을 이어받았습니다. 다른 점이 있었다면 그가 예술 방면으로 나아갔다는 거죠. 그것도 아마추어가 아니라 일급, 정말로 최고의 화가로 말입니다.

어떤 사람들은 그가 천재였다고 합니다. 그 말이 맞을지도 모르죠. 하지만 결과적으로 그는 불균형적인 인간이었습니다. 일단 그림을 그리기 시작하면, 그 외의 것들은 다 잊어버리고 다른 일들은 완전히 등한시해버렸지요. 마치 꿈을 꾸는 사람처럼, 자신의 작업에 몰두하는 것이었어요. 그림을 끝내기 전까지는 그런 몰두에서 깨어나지 않고 세상만사를 다 제쳐놓았던 겁니다."

그가 포와로에게 묻는 듯한 시선을 보내자 포와로는 고개를 끄덕였다.

"당신도 이해하실 겁니다. 아무튼, 그것으로 그런 유별난 상황이 발생하게 된 원인을 설명할 수 있을 것 같군요. 그는 그 처녀를 사랑했고, 그녀와 결혼하고 싶어 했지요. 아내와 자식을 버리려고 했던 겁니다. 하지만 이곳에 내려와 그림을 그리기 시작하자, 그는 그 그림을 완성하고자 하는 열망 이외에 다른 문제들은 모두 다 관심 밖이었던 것이죠. 두 여인에게는 도저히 이해가 가지 않고, 있을 수도 없는 상황이 그에게는 아무렇지도 않게 여겨졌던 모양입니다."

"그 두 여인은 둘 다 그의 성격을 전혀 이해하지 못했습니까?"

"오, 글쎄요. 엘사는 어느 정도 이해했을 거라고 생각합니다만. 그녀는 그의 작업에 대해 거의 미치다시피 반해 있었거든요. 그렇다 해도 그녀에게는 난처한 입장이었을 겁니다—그럴 수밖에. 그리고 캐롤라인에게 있어서는……."

그는 말끝을 흐렸다. 그러자 포와로가 다그쳤다.

"캐롤라인에게 있어서는, 어떠했다는 겁니까?"

메러디스 블레이크는 말을 꺼내기가 거북한 듯 다소 더듬거리며 말했다.

"캐롤라인은……, 어, 그러니까 나는, 글쎄요, 나는 캐롤라인을 몹시 좋아했지요. 한때는 그녀와 결혼하고 싶어 했었습니다. 비록 철부지 사랑에 지나지 않았지만서도. 하지만 아직도 그럴 수만 있다면 그녀의 종이 되어, 그녀에게 내 모든 것을 바칠 수 있으리라는 마음은 변치 않았답니다."

포와로는 신중하게 고개를 끄덕였다. 왠지 복고풍적인 표현이라고 생각하며 그는 앞에 있는 사람이 정말 전형적인 순정파라고 느꼈다. 메러디스 블레이크는 로맨틱하고 고결한 애정을 위해서라면 기꺼이 자신의 모든 것을 바칠 만한 사람이었다. 아무런 내색도 바라지 않고, 사모하는 여인을 충심으로 섬길 사람이었다. 그렇다, 충분히 그러고도 남을 성격이었다.

포와로는 조심스럽게 입을 열었다.

"당신은……, 그러니까 그의 그런 태도에 대해서 그녀를 대신하여 분개하셨겠군요?"

"그렇습니다. 물론이지요. 나, 나는 실제로 그 문제에 대해서 크레일에게 한마디 충고했었지요."

"그게 언제였습니까?"

"그러니까 그게……, 그 비극적인 사건이 일어나기 바로 전날이었죠. 그들이 여기로 차를 마시러 왔었습니다. 나는 크레일을 한쪽으로 끌고 가서 이야기했지요. 내가 기억하기로는, 그건 두 사람 모두에게 공평치 못한 처사라고 했던 것 같습니다."

"아, 그런 말씀을 하셨다고요?"

"그렇습니다. 하지만 그가 알아들었으리라고는 생각지 않았어요."

"그럴 테지요."

"나는 그건 캐롤라인을 도저히 견딜 수 없는 곤경에 빠지게 하는 거라고 말했습니다. 그 처녀와 진정으로 결혼할 생각이라면 그녀를 그 집에 머무르게 해서는 안 된다. 그건 그러니까, 캐롤라인을 너무 업신여기는 처사라고 말했죠. 그건 정말 견딜 수 없는 모욕이라고 했습니다."

"그러니까 그가 뭐라고 합디까?" 포와로가 궁금한 듯 물었다.

메러디스 블레이크는 몹시 불쾌한 표정을 지으며 대답했다.

"캐롤라인이 그걸 참아야 한다고 말합디다."

에르큘 포와로의 눈썹이 치켜세워졌다.

"정말, 너무도 매정한 대꾸로군요." 그가 말했다.

"나도 그렇게 생각했습니다. 나는 그만 흥분하고 말았지요. 아니, 어쩌면 그렇게 자기 아내를 조금도 생각해 주지 않고 오히려 아내를 고통스럽게 만드는 것인가? 그 아가씨에 대해서는 또 어떠하냐? 그녀 역시 끔찍한 상황에 빠져 있다는 사실을 전혀 깨닫지 못하느냐고 마구 따졌습니다. 그러자 그는 엘사 역시 그걸 참아야 할 도리밖에 없다고 하더군요!

그러고 나서 이렇게 말했습니다. '자네는 이해하지 못하는 모양이구먼, 메러디스, 내게 있어서 가장 중요한 건 그림을 그리고 있다는 사실일세. 여자들이 질투를 하건 싸움을 하건, 그로 인해서 내 일을 망칠 수는 없다고. 그럼, 어림 반 푼어치도 없는 일이지.'

그에게는 쇠귀에 경 읽기나 마찬가지였지요. 나는 그에게 세상만사를 다 달관한 모양이라고 했지요. 그림을 그리는 것만이 전부가 아니라고 했습니다. 그러자 그가 내 말을 가로막으며 이렇게 말하더군요. '아, 하지만 나에게는 그림이 전부일세.'

나는 몹시 화가 나 있었지요. 그가 캐롤라인을 대하는 태도는 정말이지 눈 뜨고는 차마 볼 수가 없을 정도로 민망하다고 내가 말했습니다. 그녀는 그와 결혼하면서부터 비참한 생활을 해왔던 겁니다. 그도 그걸 잘 알고 있고, 그 점에 대해서 미안하게 생각하고 있다고 하더군요. 미안하다고! 그가 이렇게 말했습니다. '나도 알아, 메리, 자네는 믿지 않을 테지만—그러나 그건 사실이지.

내가 캐롤라인을 너무 모질게 대해 왔는데도, 그녀는 마치 성자처럼 말없이 참아 주었다는 것을. 하지만 그녀도 자신이 자청한 것이었다는 걸 잘 알고 있을 걸세. 나는 그녀에게 내가 어떤 놈인지 솔직히 말했다네. 지독한 이기주의자인데다가 오만하기 짝이 없는 놈이라는 걸 말일세.'

나는 그렇다면 더욱더 그들의 결혼생활이 깨지지 않도록 해야 하지 않겠느냐고 했지요. 자식과 그 모든 것을 생각해서라도 말이죠. 물론 엘사 같은 아가씨는 남자를 미치게 하지만, 그러나 그녀의 목적은 그가 모든 것을 포기하도록 하는 데 있다는 걸 나는 알 수 있다고 했습니다. 그녀가 지금은 비록 맹목적으로 매달리고 있지만, 나중에는 몹시 후회하게 될 거라고 하며 제발 정신 좀 차리고 아내에게 다시 돌아갈 수는 없겠냐고 애원하다시피 말했지요."

"그러니까 그가 뭐라고 합디까?"

블레이크가 말했다.

"그는 좀, 당황하는 눈치였습니다. 내 어깨를 가볍게 두드리며 이렇게 말하더군요. '자네는 좋은 친구일세, 메리. 하지만 지나치게 감상적이야. 그림이 완성될 때까지 기다려 보면 자네도 내가 옳았다는 걸 인정하게 될 걸세.'

내가 말했죠. '그놈의 빌어먹을 그림.' 그러자 그는 싱긋 웃으며 영국의 모든 예민한 여성들은 그렇게 여기지 않을 거라고 하더군요. 그래서 나는 그렇다면 그림이 완성될 때까지 캐롤라인을 좀더 따뜻하게 보살펴 주어야 할 거라고 말했습니다. 그는 그건 자기 잘못이 아니라고 하더군요. 비밀을 털어놓고 우긴 것은 엘사였다는 것입니다. 그래서 '어째서 그런 거지?' 하고 내가 물었더니, 그는 그렇게 하지 않으면 솔직하지 못한 것 같다고 그녀가 생각했던 모양이라고 하더군요. 그녀는 모든 걸 분명히 밝히고 싶어 했다는 거였죠. 글쎄요, 어쨌거나 그건 누구나 이해할 수 있는 일이었고, 또한 그 점에 대해서는 그 처녀를 높이 사줄 만했습니다. 하지만 아무리 그녀가 솔직해지고 싶어 했다고 하더라도 그녀의 행동은 너무 지나쳤던 거지요."

"솔직함이 오히려 고통과 슬픔을 더해 주는 화근이 되었군요."

에르퀼 포와로가 말했다.

메러디스 블레이크는 의심스러운 듯이 그를 쳐다보았다. 그다지 감상적인 표정은 아니었다. 그는 한숨을 쉬며 말했다.

"그때는, 우리 모두에게 있어서 가장 불행한 시기였다고 할 수 있지요."

"그 일로 아무런 영향도 받지 않았던 듯싶은 사람은 에이미어스 크레일 혼자뿐이었나 보군요." 포와로가 말했다.

"그가 무슨 영향을 받을 수 있었겠습니까? 그는 구제불능의 지독한 이기주의자였어요. 지금도 눈에 선합니다. 그는 나에게 싱긋 웃어 보이며 이렇게 말하고는 자리를 떴지요. '걱정하지 말게, 메리. 모든 게 다 잘될 거라고!'"

"정말 구제불능의 낙천가였던 모양이로군." 포와로가 중얼거렸다.

"그는 진지하게 여성들을 받아들이는 사람이 아니었습니다."

메러디스 블레이크가 말했다.

"나는 캐롤라인이 절망에 빠져 있다는 것을 그에게 말했어야 했지요."

"그녀가 당신에게 그렇게 말했습니까?"

"아니오, 그렇게 말은 하지 않았지만, 그러나 그날 오후 그녀의 얼굴은 영원히 잊지 못할 겁니다—절망적인 즐거움이라고나 할까, 아무튼 그런 표정으로 긴장된 하얀 얼굴을 말입니다. 그녀는 여전히 웃고 떠들며 지냈지요. 하지만 그녀의 눈에는, 이전의 그 무엇보다도 가장 사람의 심금을 울리는 애절한 슬픔의 빛이 담겨 있었습니다. 그토록 착한 그녀가……."

에르퀼 포와로는 잠시 아무 말 없이 그를 지켜보았다. 분명히 이 남자는 지금 자기가 말하고 있는 여인이 그 다음 날 남편을 의도적으로 살해한 여인과는 전혀 다른 여인으로 생각하는 것 같았다.

메러디스 블레이크는 계속 말을 이었다. 처음의 의심스러운 듯 주저하던 기색을 이제는 찾아볼 수 없었다. 에르퀼 포와로에게는 남의 이야기를 들어주는 재주가 있었다. 메러디스 블레이크 같은 사람에게 있어서 과거를 회상한다는 것은 일종의 즐거움임이 틀림없었다. 이제는 그의 유명한 손님보다도 오히려 자기 쪽에서 이야기를 끌어갔다.

"나는 무슨 일이 일어날지 감을 잡았어야 했습니다. 화제를 내 취미에 대한 이야기로 이끌어간 것은, 바로 캐롤라인이었죠. 솔직히 말씀드리지만, 나는 그 일에 흠뻑 빠져 있었답니다. 아시겠지만, 옛날 영국의 약초 연구가들은 무척 흥미 있는 연구 기록을 남기고 있거든요. 예전에는 의학적으로 사용되었던 많은 약초가 이제는 약전에서조차 사라졌지요. 사실이지, 어떤 약초는 단지 달이기만 해도 놀라운 효과를 나타낸다는 것은 선뜻 믿기지 않는 일일 겁니다. 그렇게 되면 아마도 의사들의 반 이상이 필요 없게 될걸요. 프랑스에서는 그래도 이런 연구들이 어느 정도 사람들에게 받아들여지고 있답니다. 그런 약초 중에서도 어떤 것은 최고로 쳐주고 있답니다."

그는 이제 자기 취미생활에 대해서 늘어놓기 시작했다.

"이를테면 민들레 차 같은 것은 놀라운 효능을 가지고 있지요. 그리고 들장미 열매의 즙은—나는 알고 있습니다. 어느 날엔가는 다시 의학계에서 주목받게 될 거라는 사실을 통해서 많은 즐거움을 느꼈답니다. 많은 시간을 바쳐 약초를 수집하고, 말리고, 물에 담그는 등등. 때로는 미신에 젖어 무조건 옛사람들의 지시에 따라 보름달이 뜰 때 약초를 캐러 다니기도 했지요. 그날은 손님들에게 독당근에 관한 연구 논문을 읽어 주었던 것이 생각납니다. 그것은 2년마다 꽃이 피지요. 독당근은 시들기 직전에 열매를 딸 수 있습니다. 그걸 짜면 거기에서 코닌을 얻을 수 있는 겁니다. 비록 약전에는 나와 있지 않지만—그러나 그것이 해소와 천식에 잘 듣는다는 사실을 증명했고, 또한 중요한 것은……."

"당신은 그런 이야기들을 모두 실험실에서 했습니까?"

"그렇지요. 그들에게 실험실을 보여 주면서, 여러 가지 약에 대해서 설명해 주었는데—이를테면 쥐오줌풀과 그걸로 고양이를 유혹하는 방법 등을 말입니다. 그 냄새만으로도 충분한 효과를 볼 수 있지요! 그리고 나서 그들은 치명적인 독초에 대해서 물었고, 나는 벨라도나와 그 성분인 아트로핀(벨라도나에서 채취하는 유독성 알칼로이드)에 대해 설명했지요. 그들은 모두 무척 재미있어했답니다."

"그들이라니? 어떤 사람을 말하는 겁니까?"

메러디스 블레이크는 상대방이 그 당시의 상황에 대해서 전혀 모르고 있었다는 사실을 잠시 잊고 있었기라도 한 듯이 다소 뜻밖이라는 표정을 지었다.

"오, 일행 모두를 말하는 거죠. 그러니까, 필립이 있었고, 에이미어스, 그리고, 캐롤라인, 어 또, 안젤라가 있었지. 그리고 엘사 그리어도 있었고요."

"그들이 전부였습니까?"

"그렇습니다만. 확실해요, 그건."

블레이크는 이상하다는 듯이 그를 쳐다보았다.

"그 밖에 또 누가 있었으리라고요?"

"내 생각으로는 혹시 가정교사도 그곳에 있지 않았나 해서……."

"오, 알았습니다. 하지만 그녀는 그날 오후 그곳에 없었지요. 이름은 생각이 나지 않는데, 아무튼 훌륭한 여자였습니다. 자기 일을 아주 성실하게 했지요. 안젤라는 그녀를 상당히 거추장스러워했던 것 같지만서도."

"어째서 그랬습니까?"

"글쎄요, 좋은 아이였지만 공부보다는 뛰어놀기를 더 좋아했다고나 할까요. 늘 장난치기를 즐겼답니다. 언젠가는 그림 그리기에 몰두해 있는 에이미어스의 뒤에다가 구슬 같은 것을 뿌려 놓았던 적이 있었어요. 물론 그는 뒤로 벌렁 나자빠졌고, 그 일로 해서 안젤라는 몹시 야단을 맞았지요. 그가 그녀를 학교에 보내고자 한 것도 그 일이 있은 다음이었습니다."

"그녀를 학교에 보내려고 했습니까?"

"그렇지요. 내 말은 그가 안젤라를 싫어했다는 것이 아니고, 이따금씩 그녀를 상당히 귀찮게 여기곤 했었다는 겁니다. 그리고 내 생각에는, 어, 그러니까……."

"예?"

"그러니까 그는 안젤라를 다소 질투했었다고나 할까요. 아시다시피 캐롤라인은 안젤라에게 무척 헌신적이었거든요. 아무튼 그녀에게는 안젤라가 우선이었고, 에이미어스는 그걸 달가워하지 않았던 것 같습니다. 물론, 거기에는 그럴 만한 이유가 있었죠. 그 문제에 대해서는 언급하고 싶지가 않은데. 하지만……."

포와로가 그의 말을 가로챘다.

"그 이유는 캐롤라인이 어릴 때 안젤라에게 끔찍한 상처를 입혔던 것에 대해서 심한 자책감을 느꼈기 때문이었지요."

블레이크가 놀라며 소리쳤다.

"오, 당신도 그걸 알고 있군요? 나는 그 일을 굳이 언급하고 싶진 않았답니다. 이미 오래전의 일이었지만, 안젤라에 대한 그녀의 태도는 그 일 때문이었던 것 같습니다. 그녀는 늘 자신이 아무리 잘해 줘도 그 일을 변상할 수 없다고 느꼈는가 봅니다."

포와로는 신중하게 고개를 끄덕였다.

"그런데 안젤라는 어떠했습니까?" 그가 물었다.

"그녀는 그 일 때문에 이복 언니에 대해서 원한을 품고 있었습니까?"

"오, 그렇지 않습니다. 그런 생각은 버리십시오. 안젤라는 캐롤라인을 무척 따랐어요. 그 일에 대해서 결코 원한을 품지 않았을 거라고 확신합니다. 자신을 용서할 수 없었던 사람은 캐롤라인이었죠."

"안젤라는 기숙사에 가는 일에 기꺼이 따랐나요?"

"아니, 그렇지 않았어요. 그녀는 에이미어스에게 화를 냈지요. 캐롤라인도 그녀 편을 들어주었지만, 에이미어스는 그 문제에 대해서 완전히 요지부동이었답니다. 그는 대체로 너그러운 사람이었지만, 일단 마음을 군히게 되면 아무도 돌릴 수가 없었지요. 결국 캐롤라인과 안젤라도 굴복하고 말았던 겁니다."

"그녀는 언제 학교에 가기로 되어 있었습니까?"

"가을 학기였는데, 그들은 그녀를 달래느라고 애쓰고 있었지요. 그 비극이 일어나지 않았다면 그녀는 불과 며칠 뒤에 떠나게 되었을 겁니다. 그날 아침에 그녀의 짐을 꾸리는 일에 대한 이야기가 있었으니까요."

"그리고 가정교사는?" 포와로가 물었다.

"무슨 말씀이신지, 가정교사라뇨?"

"그녀는 그 처사를 어떻게 생각했습니까? 그건 바로 자신의 일자리를 빼앗기는 걸 뜻하는 것이 아니겠습니까?"

"그렇군요. 어떻게 보면 그런 점도 전혀 없지는 않군요. 꼬마 칼라도 가르치고 있었지만, 그녀는 겨우—몇 살이었더라? 여섯 살 정도밖에는 되지 않았습니다. 그 애한테는 따로 보모가 있었죠. 그 아이를 위해서 윌리엄스 양을 계속 고용하지는 않았을 겁니다. 아, 그렇군요. 그녀의 이름이 바로, 윌리엄스였지요 이렇게 이야기를 하다가 우연히 어떤 생각이 떠오른다는 건 참 신기한 일이로 군요."

"맞습니다. 이제 생각나셨군요, 옛날 일들이? 그 장면이, 사람들이 했던 말과 그들의 몸짓, 얼굴에 떠오른 표정 등이, 생각나시나 보군요?"

메러디스 블레이크는 천천히 말했다.

"그렇군요. 하지만 많은 시간이 흘렀다는 것을 아셔야 합니다. 예를 들자면 에이미어스가 캐롤라인을 버리겠다고 하는 것을 처음으로 들었을 때 내가 충격을 받았던 건 기억이 나는데 그 말을 했던 사람이 에이미어스였는지, 아니면 엘사였는지는 생각이 나지 않는다는 겁니다. 내가 그 문제에 대해서 엘사와 이야기를 나누며, 그녀에게 그게 얼마나 좋지 못한 일인가를 이해시키려고 애를 썼던 것도 생각나는군요. 그녀는 차갑게 웃으면서 내가 구식이라고 하더군요. 글쎄요, 나도 내가 구식이라는 건 알고 있지만, 그러나 그렇다 해도 내가 옳았다고 생각합니다. 에이미어스에게는 아내와 자식이 있고—따라서 그는 그들을 보살펴야 했던 거죠."

"하지만 그리어 양은 그런 생각이 시대에 뒤떨어진 낡은 사고방식이라고 생각하지 않았습니까?"

"그렇습니다. 솔직히 말해서, 16년 전만 해도 이혼이라는 것이 지금처럼 흔히 볼 수 있는 현상이 아니었습니다. 그렇지만 엘사는 현대를 지향하는 진보적인 여성이었다고 할 수 있지요. 그녀의 생각은 두 사람의 관계가 더 이상 행복하지 않다면 갈라서는 것이 마땅하다는 것이었죠. 그녀는 에이미어스와 캐롤라인이 끊임없이 다투며 지내는데, 어린 딸이 더 이상 그런 불화의 분위기 속에서 자라지 않도록 하기 위해서도 서로 헤어지는 것이 훨씬 좋은 일이라고 했습니다."

"그런데 그런 그녀의 주장이 당신에게는 별로 인상적이질 못했던 모양이로 군요?" 포와로가 물었다.

"그런 인상을 받았지요." 메러디스 블레이크는 천천히 말했다.

"그녀는 자신이 하고 있는 말을 진정으로 이해하고 있지 못한 것 같았습니다. 그저 친구들이나 책에서 주워들은 이야기를, 의미도 모르면서 뇌까리는,

마치 앵무새 같았지요. 그녀는 뭐랄까—어쩐지 애처롭게 들렸다고나 할까요. 그렇게 자신만만하던 젊은 아가씨가 말입니다." 그는 잠시 멈추었다.

"젊음이란 것은, 포와로 씨, 거기에는 사람의 심금을 울리는 강한 힘 같은 것이 깃들어 있다고 할 수 있지요."

에르큘 포와로는 상당한 호기심을 갖고 그를 살펴보았다.

"무슨 말씀을 하시는지 알았습니다."

블레이크는 포와로에게 한다기보다는 자신에게 말하듯이 계속해서 이야기를 이어나갔다.

"그것도 내가 크레일을 말리고 나섰던 이유 중 하나였던 것 같습니다. 그는 그 아가씨보다 거의 20년이나 연상이었지요. 어울리지 않는 것 같았습니다."

"아, 다른 사람에게 어떤 영향력을 행사하기란 그리 쉬운 일이 아니죠."

포와로가 중얼거렸다.

"어떤 사람이 일단 진로를 결정하게 되면, 특히 여인이 관련된 경우에는 마음을 돌리게 하기가 쉬운 일이 아니지요."

메러디스 블레이크가 말했다.

"옳으신 말씀입니다."

그의 어조에는 비통해하는 듯한 기색이 담겨 있었다.

"확실히 내 참견은 아무런 소용도 없었지요. 하지만 어떻게 하겠습니까? 나란 사람은 그리 설득력이 강한 사람이 못 되는 것을. 늘 그랬지요."

포와로는 그에게 재빨리 시선을 던졌다. 자신의 설득력이 부족한 성격에 대해 불만을 품고 있는 감상적인 사람의 어조에 담긴 비통한 기색을 그는 역력히 읽을 수가 있었다. 그리고 블레이크가 자신에 대해서 진실을 말했다는 것도 알 수 있었다. 메러디스 블레이크는 어떤 식으로든 간에 남을 설득시킬 수가 있는 사람이 못되었다. 그가 선으로 행하는 시도는—보통 너그럽게 허용이 되지만, 그러나 아무도 그의 말에 귀를 기울이지는 않으리라. 그의 말에는 무게가 없었다. 그는 본질적으로 무기력한 사람이었다.

포와로는 곤란한 입장을 모면하기 위해 화제를 바꾸었다.

"아직도 약을 제조하는 실험실을 가지고 있습니까?"

"아뇨."

그 말은 날카롭게 터져 나왔다—마치 화를 내기라도 하는 듯이 메러디스 블레이크는 얼굴을 붉히며 말했다.

"다 포기했습니다. 전부 치워 버렸지요. 어떻게 그 일을 계속할 수 있겠습니까. 그런 비극이 일어났는데도 말입니다. 모든 게 내 탓이라고들 말할지도 모르는데."

"아니오, 그렇지 않습니다, 블레이크 씨. 그건 너무 감상적인 생각입니다."

"하지만 당신은 모르시나 보군요. 내가 그 망할 놈의 약들을 수집하지 않았다면, 그것들에 대해서 강조하지 않았다면—자랑스럽게 떠벌리지 않고, 그날 오후에 사람들의 시선을 그 끔찍한 약에 쏠리도록 하지 않았다면, 하지만 전혀 생각지도, 꿈도 꾸지 못했던 일이었습니다. 어떻게 내가……."

"글쎄요……."

"하지만, 나는 멋도 모르고 떠들어댔습니다. 얄팍한 내 지식을 과시하는 것에 만족해서, 어리석고 교묘한 바보였던 겁니다. 내 손으로 그 빌어먹을 코닌을 알려준 거요. 내가 정말 어리석게도, 그들을 실험실로 다시 데리고 가서 그들에게 파에도가 소크라테스의 죽음에 대해서 묘사한 구절을 읽어 주었던 거지요. 아름다운 문장이어서, 나는 늘 그 문장에 대해서 감탄했지만, 그러나 그날 이후로 그것은 내 머릿속에서 떠나질 않고 있습니다."

포와로가 말했다.

"경찰은 코닌 병에서 지문을 채취했습니까?"

블레이크는 한마디로 일축해 버렸다.

"그녀의 것을."

"캐롤라인 크레일의 지문?"

"그렇습니다."

"당신 지문이 아니고요?"

"아니에요. 나는 그 병에 손대지 않았습니다. 단지 가리키기만 했지요."

"하지만 한 번쯤은 당신도 그것을 만졌을 게 아닙니까?"

"그야 그렇지요. 이따금씩 정기적으로 약병들을 소독하곤 했지요. 물론, 하인들은 출입하지 못하게 했고, 사건이 나기 4~5일 전에 청소했을 겁니다."

"실험실은 잠가 두고 있었습니까?"

"열어 둔 적은 한 번도 없었습니다."

"캐롤라인 크레일은 언제 그 병에서 코닌을 꺼내 갔습니까?"

"그녀가 제일 늦게 실험실에서 나왔지요."

메러디스 블레이크는 내키지 않는 듯 마지못해 대답했다.

"내가 그녀를 부르자 그녀가 황급히 나오던 일이 생각납니다. 그녀의 얼굴은 약간 상기되어 있었고, 눈을 크게 뜨고 흥분하는 것 같았지요. 지금도 그녀의 모습이 생생합니다……."

포와로가 말했다.

"그날 오후에 그녀와 이야기를 해보았습니까? 내 말은 그러니까, 그녀와 남편 사이의 일에 대해서 의논해 보았느냐는 것입니다."

"직접적인 이야기는 하지 않았지요."

블레이크는 나지막한 목소리로 천천히 말했다.

"그녀는, 말씀드린 대로, 몹시 동요하는 것처럼 보였습니다. 우리 둘이만 있게 되었을 때 그녀에게 물었지요. '무슨 문제가 있어요, 캐롤?' 그러자 그녀는, '모든 게 다 문제예요.' 하고 대답하더군요. 당신도 그녀의 목소리에 깃들어 있던 절망감을 충분히 상상할 수 있을 거요. 그 말은 정말 사실이었습니다. 에이미어스 크레일은 캐롤라인의 전부였던 겁니다. 그녀는 말했지요. '모든 게 다, 끝났어요. 나도 끝났어요, 메러디스.' 그러고는 웃으며 다른 사람들한테로 돌아가서 아주 부자연스러울 정도로 쾌활하게 어울렸습니다."

에르퀼 포와로는 신중하게 고개를 끄덕였다. 마치 고개를 끄덕이는 중국 인형처럼 보였다. 그가 말했다.

"그렇군요, 알았습니다. 그럴 수도 있었을 테지요."

메러디스 블레이크는 갑자기 주먹으로 테이블을 내리쳤다. 흥분으로 목소리가 고조되었다. 그건 거의 고함에 가까웠다.

"이 말씀은 꼭 드려야겠습니다, 포와로 씨. 캐롤라인 크레일이 법정에서 자기가 마시려고 독약을 가져왔다고 했을 때, 그것은 그녀가 진실을 말하고 있었다는 것을 나는 맹세할 수 있습니다. 처음부터 그녀의 마음속에서 살인할 생각을 품었던 것이 결코 아니었습니다. 그렇지 않았다는 걸 나는 맹세할 수 있습니다. 그런 생각, 살인에 대한 생각은 나중에 들었던 것일 겁니다."

"살인할 생각이 나중에 들었다는 것을 확신합니까?" 포와로가 물었다.

블레이크는 그를 쏘아보았다.

"무슨 말씀이신지 도무지 이해할 수가 없군요." 그가 말했다.

포와로가 다시 말했다.

"나는 당신이 그녀가 살인할 생각을 하기는 했는지 확신하느냐고 물었습니다. 당신은 캐롤라인 크레일이 의도적으로 남편을 살해했다는 사실에 대해 완전히 수긍하고 있습니까?"

메러디스 블레이크의 호흡이 가빠졌다. 그러고는 그가 말했다.

"하지만 그렇지 않다면, 그렇지 않다면, 당신 말씀은……, 그러니까 그게 일종의 우연한 사고였을 수도 있다는 겁니까?"

"반드시 그렇다고는 할 수 없지요."

"그건 말하기가 정말 곤란한 문제입니다."

"그렇습니까? 당신은 캐롤라인이 온화하고 착한 여인이라고 했지요. 그런 여인이 살인을 저지를 수 있을까요?"

"그녀는 분명히 온화하고 착한 여인이었어요. 하지만 동시에, 뭐랄까, 아주 격렬한 말다툼도 벌이곤 했지요."

"그렇다면 그렇게 온화하고 착한 여인이었다고는 볼 수 없지 않을까요?"

"하지만 그녀는……, 아 정말 뭐라고 설명하기가 어렵군요."

"나도 이해하려고 애쓰고 있습니다."

"캐롤라인은 성미가 급한, 마치 열화같이 말을 내쏘는 성격이었습니다. '난 당신을 증오해요. 당신 같은 사람은 죽어 버렸으면 좋겠어요.' 하고 그녀가 말해도, 그건 실제로 그럴 의도가 있지는 않은, 실제적인 행동이 따르지 않는 말에 불과한 겁니다."

"그렇다면 당신 생각으로는 살인을 저지른다는 것은 크레일 부인의 성격과는 전혀 어울리지 않는다는 겁니까?"

"뭐라고 대답하기가 정말 곤란한 질문을 하시는군요, 포와로 씨. 나는 다만 이렇게 말할 수밖에 없군요. 그건 전혀 그녀답지가 않은 짓 같다고 말입니다. 극도의 분노가 현실된 거라고 설명할 수밖에 없군요. 그녀는 남편을 끔찍이 사랑했습니다. 그러한 상황에 부닥친 여인은, 글쎄요, 살인을 저지를 수도 있겠지요."

포와로는 고개를 끄덕였다.

"그건 나도 동감입니다."

"처음에는 정말 믿기지가 않았습니다. 그게 도무지 사실일 것 같지가 않았던 겁니다. 그건 절대로 사실이 아니고—내 말을 이해하실지 모르겠군요. 그 일을 한 사람도 진짜 캐롤라인이 아니라고 생각했던 거죠."

"하지만 당신은 법률적인 관점으로는 캐롤라인이 살인을 범했다고 확신하지 않습니까?"

메러디스 블레이크는 다시 그를 쏘아보았다.

"이보시오, 만일에 그녀가 하지 않았다면……."

"글쎄요, 그녀가 하지 않았다고 한다면?"

"그밖에 달리 해결책을 찾을 수가 없지 않습니까? 우연한 사고였다는 것은 도저히 있을 수 없는 일이지요."

"전혀 불가능한 일이라고 나도 생각합니다."

"그리고 그 자살설도 나는 믿을 수가 없습니다. 자살설로 낙찰을 시키려고 했지만, 그건 크레일을 알고 있는 사람들에게는 전혀 설득력이 없는 주장이었죠."

"물론입니다."

"그렇다면 도대체 어떻게 되는 겁니까?" 메러디스 블레이크가 물었다.

포와로는 냉랭하게 대답했다.

"누군가 제3의 인물이 에이미어스 크레일을 살해했으리라는 가능성이 남지요."

"하지만, 그건 너무도 터무니없는 주장이오! 그의 아내를 제외하고는 아무도 그를 살해할 수가 없었을게요. 그가 그렇게 하도록 몰아붙였던 겁니다. 그렇게 본다면, 결국 그것도 자살한 것과 마찬가지로 칠 수도 있을 테지만서도"

"그가 스스로 목숨을 끊지는 않았지만, 결국 그 자신의 행위에 대한 결과로 죽었다는 말씀입니까?"

"그렇죠. 지나치게 공상적인 생각일 테지만. 하지만, 글쎄요. 일종의 인과관계로 볼 수도 있지 않겠습니까?"

에르큘 포와로가 말했다.

"이런 걸 생각해 보신 적이 있습니까, 블레이크 씨. 살인의 원인은 대개 살해당한 사람을 연구함으로써 밝혀지곤 한다는 사실을 말입니다."

"글쎄요, 잘은 모르겠지만서도, 음, 무슨 말씀을 하시는 건지 알 것도 같군요."

포와로가 다시 말했다.

"살해당한 사람이 어떤 인물이었는지에 대해서 정확하게 파악하기 전까지는 그 범죄 상황을 확실하게 알 수가 없는 법입니다." 그러고는 다시 덧붙였다.

"내가 추구하고 있는 것도 바로 그겁니다. 그리고 당신과 당신 동생이 나를 도와주실 것도, 에이미어스 크레일이라는 사람을 재구성하는 일이지요."

메러디스 블레이크는 그 말의 중요한 점은 다 흘려버리고 오직 한 단어에만 관심을 기울였다. 그가 재빨리 물었다.

"필립이?"

"그렇습니다."

"당신은 그 애하고도 이야기를 해보았습니까?"

"물론입니다."

메러디스 블레이크가 날카롭게 말했다.

"당신은 먼저 나를 찾아왔어야 했습니다."

약간 미소를 지어 보이며 포와로는 정중한 제스처를 썼다.

"당신 동생이 런던 근처에 살고 있어서 먼저 찾아가게 되었던 겁니다."

메러디스 블레이크는 같은 말을 되풀이했다.

"당신은 먼저 나를 찾아왔어야 했습니다."

이번에는 포와로도 대답하지 않았다. 그는 기다렸다. 이윽고 메러디스 블레이크가 다시 말을 이었다.

"필립은……, 편견을 가지고 있어요."

"예?"

"사실, 그는 많은 편견을 가지고 있습니다—언제나 그랬었지요."

그는 포와로에게 재빨리 불안한 듯한 시선을 보냈다.

"그는 당신에게 캐롤라인에 대해서 불리하게 말하려고 했을 겁니다."

"그게 무슨 문제가 될까요. 그렇게 오랜 세월이 지났는데."

메러디스 블레이크는 짧게 한숨을 쉬었다.

"나도 압니다. 그게 오래전의 일이고, 이미 다 끝난 일이란 것을 잠시 잊고 있었군요. 이미 저세상 사람이 된 캐롤라인에게 무슨 해가 될까마는. 하지만 그래도 당신이 그릇된 인상을 받게 되기를 원치는 않습니다."

"그렇다면 당신은 당신 동생이 나에게 나쁜 이미지를 줄 수도 있다고 생각하십니까?"

"솔직히 말해서 그렇습니다. 그러니까 항상, 뭐라고 해야 할까요? 그와 캐롤라인은 견원지간이었다고 할 수 있습니다."

"그 이유는?"

그 질문은 블레이크를 짜증 나게 만든 것 같았다. 그가 신경질적으로 말했다.

"이유라뇨? 내가 그걸 어떻게 알겠습니까? 사실이 그러하다는 거죠. 필립은 언제냐 기회만 있으면 그녀를 헐뜯었습니다. 에이미어스가 캐롤라인과 결혼했을 때도 그는 화를 냈던 것 같습니다. 1년이 넘도록 그들을 찾아가지 않았으니까요. 어쨌든 간에 에이미어스는 그의 가장 친한 친구였답니다. 실은 그것이 그 이유였던 것 같습니다. 그는 어떤 여자도 마음에 들어 하지 않았지요. 아마도 그는 캐롤라인 때문에 그들의 우정에 금이 갈 거라고 생각했던 모양입니다."

"실제로 그런 일이 있었습니까?"

"아뇨, 전혀 그렇지는 않았습니다. 에이미어스의 필립에 대한 우정은, 시종일관 변함이 없었지요. 항상 그를 돈만 아는 수전노에다 점점 속물이 되어간다고 놀렸지만, 필립은 상관하지 않았습니다. 그는 단지 싱긋 웃으면서 에이미어스가 그처럼 존경할 만한 친구를 가진 것은 일종의 복이라고 맞장구를 치곤 했답니다."

"당신 동생은 엘사 그리어에 대해서는 어떻게 생각했습니까?"

"글쎄요, 뭐라고 말씀드리기가 곤란하군요. 사실 그의 태도는 뭐라고 꼬집어 말하기가 쉽지 않았거든요. 그는 에이미어스가 그 아가씨 때문에 자신을 망치고 있다고 분개했던 것 같습니다. 여러 번 그는 그건 있을 수 없는 일이고 에이미어스도 결국 후회하게 될 거라고 말했지요. 하지만 동시에 나는 그가 캐롤라인의 몰락을 보고 다소 만족해하는 것 같다는 느낌을 분명히 받았습니다."

잠시 침묵이 흘렀다. 그러고 나서 블레이크는 짜증스런 목소리로 말했다.

"그건 모두 지나간 일로, 잊고 있었는데, 이제 당신이 그 일을 새삼스럽게 들추어내고 있다니."

"내가 아닙니다. 그건 캐롤라인 크레일입니다."

메러디스는 그를 쏘아보았다.

"캐롤라인이라니? 대체 무슨 말씀을 하시는 거요?"

포와로는 그의 표정을 지켜보며 말했다.

"제2의 캐롤라인 크레일을 말하는 겁니다."

메러디스의 표정이 풀어졌다.

"아, 그렇군요. 그 아이가 있었지. 칼라! 내, 내가 당신을 잠시 오해했던 모양입니다."

"당신은 내가 원래의 캐롤라인 크레일을 말한다고 생각했습니까? 당신은 그 살해범이 그녀가 아니었다면—뭐라고 할까? 그녀가 무덤 속에서 편히 쉬고 있을 거라고 생각해 본 적이 있습니까?"

블레이크는 몸을 떨었다.

"제발, 그만하십시오."

"당신은 그녀가 자신의 딸에게 죽기 전에 마지막으로, 자신이 결백하다는 내용의 편지를 남긴 것을 알고 있습니까?"

메러디스는 다시 그를 쏘아보았다. 그가 말했다—그의 목소리는 도저히 믿을 수 없다는 듯한 기색을 담고 있었다.

"캐롤라인이 그런 편지를 남겼다고요?"

"그렇습니다." 포와로는 잠시 멈추었다가 다시 말했다.

"놀라셨습니까?"

"당신도 법정에 선 그녀의 모습을 보았었다면 틀림없이 놀랐을 겁니다. 가련하고도, 상처를 받아 저항할 기력이 전혀 없는 모습이었습니다. 결코 대항해서 싸우려고 하지 않았지요."

"패배주의자였다는 말씀인가요?"

"아니, 그게 아니에요. 그녀는 그렇지 않았습니다. 그건 뭐랄까, 자기가 사랑하는 사람을 죽였다는 사실을 알고 있었다고나 할까요. 아무튼 그런 거였어요."

"그런데 지금은 어떻게 생각합니까?"

"그런 편지를 쓴다는 것은—그것도 엄숙하게, 최후를 맞이하는 순간에……." 포와로가 말했다.

"그런 순간에도 과연 거짓말을 할 수가 있을까요?"

"글쎄요." 메러디스는 차츰 자기 생각에 자신을 잃기 시작했다.

"거짓말을 한다는 것은……, 그것은 캐롤라인답지가 않습니다."

에르큘 포와로는 고개를 끄덕였다.

칼라 레마천트도 그런 말을 했었다. 칼라는 단지 어린아이의 순지무구한 기억밖에는 없었다. 하지만 메러디스 블레이크는 캐롤라인에 대해서 잘 알고 있었다. 처음으로 칼라의 믿음이 전혀 근거가 없는 것이 아니었다는 생각이 포와로의 머릿속에 자리를 잡기 시작했다.

메러디스 블레이크는 그를 쳐다보았다. 그리고 천천히 말했다.

"만일, 만일 캐롤라인이 결백했다면……. 제기랄, 모든 게 다 완전히 엉망이 되는군요! 나는, 달리는 무슨 해결책을 찾지 못하겠습니다."

그는 갑자기 포와로를 돌아보았다.

"그런데 당신은? 무슨 묘안이라도 갖고 계십니까?"

잠시 침묵이 흘렀다. 이윽고 포와로가 입을 열었다.

"아직은 나도 달리 뾰족한 대안이 없습니다. 다만 막연한 생각들을 모으고 있을 따름이지요. 캐롤라인 크레일은 어떤 여인이었는가? 에이미어스 크레일은 어떤 사람이었을까? 그 당시 그곳에 있던 사람들은 어떠했을까? 과연 그

이틀 동안 무슨 일이 있었던 것일까? 이런 것들이 바로 내가 찾고 있는 문제입니다. 끈질기게 하나하나 사실을 검토하는 거죠. 당신 동생은 나를 도와주기로 했습니다. 그가 기억하고 있는 사실들을 정리해 보내 주기로 되어 있지요."

"별로 도움이 되지는 않을 겁니다." 메러디스 블레이크가 쏘듯이 말했다.

"필립은 바쁜 애니까요. 지난 일들은 그 애의 기억 속에서 오래 머물지 못한답니다. 전혀 엉뚱하게 기억하고 있을지도 모르죠."

"물론 실제 사실과는 많은 차이가 있을 겁니다. 나도 그 점은 충분히 인식하고 있습니다."

"내 말은 무엇인가 하면……."

메러디스는 돌연 말을 중단했다. 그러고는 얼굴을 붉히며 다시 말을 이었다.

"당신만 좋다면, 나, 나도 그와 같은 일을 할 수 있을 겁니다. 내 말은, 그렇게 하면 서로 비교 검토할 수 있을 거라는 겁니다. 안 그렇습니까?"

에르퀼 포와로가 열정적으로 말했다.

"그거 정말 해볼 만한 충분한 가치가 있는 일이겠군요. 그야말로 최고로 멋진 생각입니다!"

"그렇다면 좋습니다. 나도 해보죠. 어딘가에 옛날 일기장이 있을 겁니다. 사실 솔직히 말씀드리자면……."

그는 어색하게 웃으며 말했다.

"나는 문장 실력이 형편없는 편이랍니다. 철자법도 엉망이고요. 이해해 주시겠죠?"

"아, 내가 필요한 것은 아름다운 문체가 아닙니다. 다만 당신이 기억하고 있는 것을 솔직하게 적어 주십사 하는 거죠. 즉, 사람들이 무슨 이야기를 했으며, 그들의 표정이 어떠했고, 무슨 일이 있었는가 하는 것들을 말합니다. 그것이 사건과 관계가 있건 없건 거기에 대해서는 신경 쓰지 마십시오. 다시 말해서, 모든 것이 다 그 당시의 분위기를 파악하는 데 도움이 될 수 있다는 겁니다."

"예, 알았습니다. 한 번도 본 적이 없는 사람들과 장소를 형상화하는 것은 어려운 일일 테지요."

포와로는 고개를 끄덕였다.

"그것이 바로 내가 당신에게 부탁하고 싶었던 또 다른 문제입니다. 올더버리는 이곳에서 그리 멀지가 않지요? 가능하다면 그곳에 가서, 내 눈으로 직접 그 비극이 발생했던 곳을 보고 싶습니다만?"

메러디스 블레이크가 천천히 말했다.

"지금 당장에라도 그곳으로 안내할 수 있습니다. 하지만 이제는 그곳도 많이 달라졌답니다."

"그 저택이 없어지기라도 했나요?"

"그렇지는 않습니다. 다행스럽게도, 아직 그 정도로 비참해지지는 않았지요. 다만, 이제는 그곳이 일종의 숙박 장소로 쓰이고 있는데 무슨 사회단체에서 그곳을 인수했다고 하더군요. 여름이면 젊은이들이 떼를 지어 몰려온답니다. 옛날의 방들은 모두 칸막이를 해서 작은 방들로 나누었고, 특히 정원의 모습은 많이 변했지요."

"옛날 모습을 다시 그려 볼 수 있도록 자세히 설명해 주셔야 합니다."

"내 힘껏 도와드리겠습니다. 당신이 그 당시의 모습을 보지 못해서 유감이로군요. 그곳은 정말 아름다운 곳이었답니다."

그는 앞장서서 잔디가 깔린 언덕을 내려가기 시작했다.

"누가 그곳을 팔았습니까?"

"칼라를 대신한 유언집행인이었죠. 크레일의 모든 재산이 그녀에게 돌아갔습니다. 그는 유언장을 남기지 않았고, 따라서 그의 재산은 자동으로 아내와 자식에게 분배하게 되어 있었던 모양입니다. 캐롤라인은 모든 것을 칼라에게 남겼지요."

"그녀의 이복 여동생에게는 아무것도 남기지 않았습니까?"

"안젤라에게는 그녀의 아버지가 남긴 상당한 재산이 있었습니다."

포와로는 고개를 끄덕였다.

"알았습니다." 그러고는 갑자기 소리를 질렀다.

"그런데 지금 도대체 어디로 가시는 겁니까? 저 앞에 보이는 건 해변이 아니오!"

"아, 당신에게 이곳의 지형을 설명해 드리지 않았군요. 당신도 곧 알게 될 겁니다. 저쪽에 보이는 후미가 카멜 크리크라는 곳인데, 곧장 내륙으로 통하고 있어서 마치 강어귀처럼 보이지만, 실제로는 바다이지요. 육로로 해서 올더버리로 가려면 내륙으로 들어가서 후미를 돌아가야 하지만, 보트를 타고 좁은 후미를 건너가는 지름길도 있습니다. 올더버리는 바로 맞은편에 있거든요. 저기, 숲 사이로 그 집을 볼 수가 있을 겁니다."

그들은 조그마한 해변으로 나왔다. 맞은편에 숲이 무성한 곳이 있었고, 흰 저택이 나무들 사이로 우뚝 솟아 있어 한눈에 뚜렷하게 볼 수 있었다.

해변에는 보트가 두 척 매어져 있었다. 메러디스 블레이크는 포와로의 서툰 도움을 받으며 한 척을 물로 끌어내렸다. 이윽고 그들은 맞은편을 향하여 보트를 저어갔다.

"옛날에 우리는 늘 이런 식으로 왕래했지요." 메러디스가 설명해 주었다.

"폭풍이 불거나 비가 오는 날은 제외하고요. 그럴 때에는 자동차를 이용했습니다. 하지만 육지로 돌아가게 되면 거의 3마일 이상 걸린답니다."

그는 맞은편 해안의 바위로 된 선착장에 보트를 바싹 붙였다. 그는 나무로 만든 오두막들과 콘크리트로 된 테라스를 생소한 듯한 시선으로 훑어보았다.

"이건 모두 새로 지은 것들입니다. 전에는 다 쓰러져 가는 낡은 정고(보트 등을 보관하는 곳)밖에는 아무것도 없었지요. 그리고 누구든 해변을 따라가 저기 보이는 바위 너머에서 수영을 했답니다."

그는 포와로가 보트에서 내리는 것을 도와주고는 보트를 잡아맨 다음에 앞장서서 가파른 벼랑길을 올라갔다.

"아마 아무도 만나지 못할 겁니다." 그가 어깨너머로 말했다.

"4월에는 아무도 찾아오지 않거든요—동부 사람들을 제외하고는. 누굴 만난다 하더라도 별문제는 없을 겁니다. 나는 이웃 사람들과 잘 지내고 있는 편이니까요. 오늘은 정말 날씨가 좋군요. 마치 여름 같습니다. 그때도 날씨가 정말 좋았지요. 9월이라기보다는 오히려 7월 같은 날씨였습니다. 태양이 밝게 빛나고, 단지 바람이 다소 쌀쌀하게 불었지요."

길은 숲을 벗어나서 바위를 끼고 돌아 나 있었다. 메러디스가 손으로 가리켰다.

"저게 바로 배터리 가든이지요. 우리는 지금 그 바로 밑을 돌아서 올라가고 있는 겁니다."

그들은 다시 숲으로 들어섰고, 길은 가파른 산기슭을 돌아 높다란 벽에 나 있는 문으로 통하고 있었다. 길은 계속해서 굽이굽이 위로 이어져 있었지만, 메러디스는 그곳에서 멈추어 문을 열고 안으로 들어갔다.

밝은 곳으로 나오자, 포와로는 잠시 눈이 부셨다. 배터리 가든은 인공적으로 벼랑을 깎아서 총안과 포대를 설치한 곳이었다. 그곳에서는 누구나 바다와 맞닿아 있는 듯한 기분을 느끼게 된다. 사방이 숲으로 둘러싸여 있었지만, 바다와 인접해 있는 쪽에는 아무것도 없었고, 눈부신 푸른 물결만 내려다보였다.

"정말 멋있는 곳이죠." 메러디스가 말했다.

그는 뒤쪽 벽의 맞은편에 세워 놓은 커다란 천막을 쳐다보며 경멸하듯이 고개를 끄덕였다.

"물론, 옛날에는 저것이 없었고, 다만 낡은 오두막이 한 채 있어서 에이미어스가 그림 도구와 맥주, 그리고 몇 개의 접이식 의자 등을 넣어 두곤 했지요. 콘크리트로 지은 집이 아니었습니다. 벤치와 테이블은 쇠로 만든 것인데 페인트칠이 되어 있었죠. 그게 전부였습니다. 아무튼, 여긴 별로 변하지 않았군요."

그의 목소리에는 어딘지 모르게 불안한 감이 어려 있었다.

포와로가 말했다.

"여기가 바로 그 사건이 일어났던 곳입니까?"

메러디스가 고개를 끄덕였다.

"벤치가 저쪽에, 오두막을 마주 보고 있었지요. 그는 그 위에 누워 있었고, 그는 이따금씩 그림을 그리다가 저기에 벌렁 누워서, 멍하니 생각에 잠겼다가는 갑자기 벌떡 일어나 미친 듯이 캔버스에 물감을 찍어 바르곤 했답니다."

그는 잠시 말을 멈추었다.

"그의 죽은 모습이 너무나 자연스럽게 보였던 것도 바로 그 때문이었죠. 마치 깊은 잠에 빠진 것처럼 보였거든요. 다만 눈을 뜨고 있었고……, 사지가 경직되어 있었을 뿐이지요. 일종의 근육마비 현상이었습니다. 별로 고통을 받지 않지요. 나는 늘 그걸로 위안을 삼는답니다."

포와로는 이미 아는 사실을 물었다.

"누가 이곳에서 그를 발견했습니까?"

"그녀였지요, 캐롤라인. 점심식사 뒤에 말입니다. 그가 살아 있는 것을 마지막으로 본 사람은 아마 나와 엘사였을 겁니다. 그때 이미 발작이 일어나고 있었음이 틀림없어요. 그는, 어딘가 이상이 있는 것처럼 보였거든요. 그 일에 대해서는 더 이상 이야기하고 싶지 않습니다. 대신, 그 일에 대해서는 글로 적어 드리겠습니다. 그게 오히려 쉬울 것 같군요."

그는 갑자기 돌아서서 배터리 가든을 나섰다. 포와로는 아무 말도 하지 않고 그를 따라갔다.

그들은 계속 벼랑길을 돌아 올라갔다. 배터리 가든보다 높은 곳에 또 다른 작은 평지가 있었다. 그곳은 숲으로 둘러싸여 있었고, 벤치 하나와 테이블이 있었다. 메러디스가 다시 입을 열었다.

"여기도 별로 변한 게 없군요. 하지만 벤치는 나무로 만든 게 아니었습니다. 쇠로 만든 것에 페인트를 칠했었죠. 앉기에는 다소 딱딱했지만, 상당히 보기 좋았답니다."

포와로는 고개를 끄덕였다. 울창한 숲을 통해서 배터리 가든 너머로 해안 후미가 보였다.

"나는 그날 아침 여기 앉아 있었습니다." 메러디스가 설명해 주었다.

"그때만 해도 숲이 그렇게 울창하진 않았지요. 배터리 가든의 총안이 있는 흉벽을 아주 똑똑히 볼 수 있었답니다. 저기가 바로 엘사가 포즈를 취하고 있었던 곳이지요. 저기 앉아서는 고개를 외로 꼬고 있었습니다."

그는 흠칫하고 어깨를 떨었다.

"나무들이 생각보다 빨리 자라는군요." 그가 중얼거렸다.

"오, 글쎄요, 아마도 내가 늙고 있다는 것이겠지요. 자, 그 집으로 올라갑시다."

그들은 저택 근처까지 이어진 길을 계속 올라갔다. 오래된 저택인데 멋진 조지아 양식으로 지어져 있었다. 증축이 되었고, 근처에 있는 푸른 잔디 위에는 작은 오두막이 많이 세워져 있었다.

"남자애들은 저기에서 자고, 처녀애들은 집 안에서 잔답니다."

메러디스가 알려 주었다.

"여기에서는 더 이상 볼 게 없을 겁니다. 방들은 모두 칸막이로 나뉘어 있지요. 이쪽에 작은 온실이 있었는데, 로지아(한쪽에 벽이 없는 방, 복도 또는 거실로 씀)로 개조를 했습니다. 오, 글쎄요. 그들도 나름대로 휴가를 즐기려는 거겠죠. 하지만 예전대로 모든 것들이 지켜질 수 없다는 것은, 상당히 애석한 일입니다."

그는 갑자기 돌아섰다.

"우리 다른 길로 내려갑시다. 그건, 당신도 알다시피 모든 일이 너무 생생하게 떠올라서 그렇습니다. 유령들, 곳곳에 유령들이 나돌아다니는 것 같습니다!"

제5장

그들은 천천히 길을 돌아서 선착장으로 돌아왔다. 포와로나 블레이크 모두 전혀 말이 없었다. 그들이 다시 핸드크로스 장원으로 돌아왔을 때, 블레이크가 갑자기 입을 열었다.

"아실지 모르겠지만 나는 그 그림을 샀습니다. 에이미어스가 그린 그림말입니다. 그림이 팔려서, 그러니까, 하잘것없는 값어치로 말이죠. 추잡한 작자들이 멍하니 입을 벌리고 그림을 감상하게 될 거라는 생각을 하니 도저히 견딜 수가 없더군요. 그건 대단히 훌륭한 작품이었습니다. 에이미어스 자신이 자기의 작품 중에서도 최고의 걸작이라고 했거든요. 그가 옳을 겁니다. 그림은 거의 완성되었다고 볼 수 있지요. 그는 단지 하루나 이틀 정도 그림을 더 다듬으려고 했을 뿐이었답니다. 한번 보시겠습니까?"

에르퀼 포와로는 얼른 대답했다.

"물론이지요."

블레이크는 홀을 가로질러 가서 주머니에서 열쇠를 꺼냈다. 문을 열고 먼지 냄새가 나는 제법 커다란 방으로 들어갔다. 창에는 모두 덧문이 닫혀 있었다. 블레이크는 창 쪽으로 걸어가 나무로 된 덧문을 열었다. 그러고는 약간 힘을 기울여 창문을 들어 올리자 상쾌한 봄 공기가 방 안으로 밀려들어 왔다.

메러디스가 말했다.

"훨씬 좋군요."

그는 창가에 서서 공기를 들이마시고 있었고, 포와로도 그의 곁으로 다가갔다. 그 방이 무엇을 하는 방이었는지는 물어볼 필요도 없었다. 선반들은 텅 비어 있었지만, 그러나 한때는 병들이 있었다는 것을 보여 주는 흔적이 남아 있었다. 한쪽 벽에는 유기화학 실험용 기구와 싱크대가 놓여 있었다. 방에는 먼지가 두껍게 쌓여 있었다.

메러디스 블레이크는 창 밖을 내다보며 말했다.

"너무도 생생하게 생각이 나는군요. 여기 서서, 재스민 향기를 맡으며 이야기하고 있었죠. 한심스럽기 짝이 없는 멍청이처럼, 나의 그 잘나 빠진 독약에 대해서 의기양양하게 지껄이고 있었다는 말입니다!"

무심코 포와로는 창 밖으로 손을 내밀었다. 그는 가지에서 막 돋아난 재스민 이파리의 새순을 잡아당겼다.

메러디스 블레이크는 단호한 태도로 방을 가로질러 갔다. 벽에는 먼지 덮개가 씌워진 그림이 한 장 걸려 있었다. 그는 거칠게 먼지 덮개를 치워 버렸다.

포와로는 숨을 죽였다. 그는 지금까지 에이미어스 크레일의 작품을 넉 장 보았다—두 개는 테이트에서, 하나는 런던의 수집상에서, 마지막으로 하나는 장미를 그린 정물화였다. 하지만 이제 그는 화가 스스로 자신의 최고 걸작이라고 말했다는 그 그림을 보고 있는 것이다. 포와로는 즉시 에이미어스 크레일이 최고의 화가였다는 사실을 깨달을 수 있었다.

그 그림은 이상하게도 겉으로 보기에는 별로 뛰어난 점이 없는 것 같았다. 처음에는 조잡해 보이는 강렬한 색상의 대조로 인해서 무슨 포스터처럼 보였다. 흰 소녀가, 가나리아 색 셔츠와 짙은 청색 바지를 입고 있는 소녀가 짙은 푸른색의 바다를 배경으로 해서 햇빛으로 가득 찬 회색 벽 위에 앉아 있는 그림이었다. 무슨 포스터의 주제 같아 보였다.

그러나 처음의 인상은 그릇된 것이었다. 거기에는 미묘한 비틀림이 있었다. 그 빛 속에는 놀라운 광채와 선명함이 있었다. 그리고 그 소녀는……

그렇다, 여기에는 생명이 있었다. 순수하고 타오르는 듯한 생명력에 넘치는 젊음의 활력으로 가득 차 있었다. 그 생기로 빛나는 얼굴과 눈동자는……

그 넘치는 생명력! 정열적으로 타오르는 젊음! 그렇다, 그것이 바로 에이미어스 크레일이 온화하고 착한 아내를 외면하고 젊은 엘사 그리어한테서 찾던 것이었다. 엘사는 생기가 있었다. 엘사에게는 젊음이 있었다.

화려하고, 날씬하고, 꼿꼿한 자세로 거만하게 고개를 돌리고 있는 그녀의 눈에는 의기양양해하는 듯한 오만함이 담겨 있었다. 상대방을 쏘아 보며, 살피며, 기대하며…….

에르퀼 포와로가 손을 뻗으며 이렇게 말했다.

"걸작이로군요, 정말 훌륭한 작품입니다."

메러디스 블레이크가 감동적인 목소리로 말했다.

"그녀는 정말이지 아주 젊었답니다."

포와로는 고개를 끄덕였다. 그러고는 생각했다.

'사람들은 대체 자신이 하는 말의 의미를 아는 것일까? 저렇게 젊다니. 어딘지 모르게 순결하고, 호소력이 있으며, 어쩐지 가련해 보인다는 것을 의미하는 걸까? 그렇다! 하지만 젊음이란 결코 그런 것이 아니다! 젊음은 미숙하고, 젊음은 강하고 활력이 있는 것이다─그렇다, 그리고 무자비한 것이다! 더욱이나, 젊음은 상처 입기 쉬운 존재이다.'

포와로는 주인을 따라 문쪽으로 향했다. 그의 관심은 이제 엘사 그리어에게로 쏠리기 시작했다. 그가 다음으로 방문할 사람이었다. 그렇게 정열적이고, 당당하며, 한편으로는 미숙했던 그 어린 아가씨는 지금 과연 어떤 모습을 하고 있을까?

그는 그림을 돌아다보았다. 그 눈동자. 그를 지켜보면서─그를 지켜보며, 무언가를 말하고 있는 듯한 그 눈동자.

그것이 그에게 무엇을 말하고 있는 것인지 그는 결코 이해하지 못하는 건 아닐까? 실제의 여인이 그에게 말해 줄 수 있을까? 아니면 그림 속의 눈이 무엇을 말하는지 그 실제의 여인도 모르고 있는 것은 아닐까?

그토록 오만하고, 그토록 당당한 기대─그런데 바로 그때 죽음의 여신이 끼어들어 그토록 탐욕스럽게 움켜쥔 젊은 손에서 먹이를 가로챈 것이었다. 그리고 그 정열적으로 타오르던 눈빛이 이제는 완연히 사라져 버렸다.

지금의 엘사 그리어의 눈빛은 과연 어떻게 변해 있을까?

그는 마지막으로 한 번 더 그림을 쳐다보며 방을 나섰다.

'그녀는 너무 지나치게 생동감이 넘쳐 있어.' 그는 생각했다.

그는 느꼈다, 어쩐지 섬뜩해짐을…….

브루크가(街)에 있는 그 집에는 창가에 튤립이 피어 있었다. 홀 안쪽에 있는 커다란 라일락 꽃병에서는 진한 꽃향기가 현관문 쪽으로 풍겨오고 있었다. 중년의 집사가 포와로의 모자와 지팡이를 받아들었다. 하인이 나타나서 다시 그것을 받아들자, 집사가 공손히 말했다.

"이쪽으로 오십시오, 선생님."

포와로는 그를 따라 홀을 지나서 세 칸으로 된 계단을 내려섰다. 집사가 문을 열고는 포와로의 이름을 또박또박 명확하게 알렸다.

뒤에서 문이 닫히자, 키가 크고 마른 사람이 벽난로 옆에 있는 의자에서 일어나 그에게 다가왔다.

디티샴 경은 마흔이 조금 안 돼 보였다. 그는 귀족일 뿐만 아니라 시인이기도 했다. 그의 환상적인 시극 두 편이 엄청난 비용을 들여 무대에 올려졌고, 그로 인해 다소 평판도 좋아졌다. 그의 이마는 조금 튀어나와 있었고, 진지해 보이는 턱, 눈과 입은 믿기지 않을 정도로 아름답게 균형이 잡혀 있었다.

"앉으시오, 포와로 씨." 그가 말했다.

포와로는 의자에 앉아서 그가 권하는 담배를 받아들었다. 디티샴 경은 상자를 닫고 성냥을 그어서 포와로의 담배에 불을 붙여 주고 나서는, 다시 의자에 앉아 주의 깊게 방문객을 살펴보았다.

"당신이 아내를 찾아왔다는 것을 나도 잘 알고 있습니다." 그가 말했다.

포와로가 대답했다.

"디티샴 부인께서는 친절하게도 나와 만나 주시겠다고 약속하셨습니다."

"알고 있습니다."

잠시 침묵이 흘렀다.

"반대하시지 않겠지요, 디티샴 경?"

포와로가 실례를 무릅쓰고 이렇게 말했다.

꿈에 잠긴 듯한 표정을 짓던 그의 여윈 얼굴에 갑자기 미소가 떠올랐다.

"남편들의 반대란, 포와로 씨, 오늘날에는 한 푼의 값어치도 없답니다."

"그렇다면 반대하시는군요?"

"아뇨. 그렇게 말할 수는 없지요. 다만 솔직히 말해서, 아내에게 나쁜 영향이라도 미치지나 않을까 다소 걱정이 되는 것뿐입니다. 내 아주 솔직하게 말하겠습니다. 아주 오래전, 아내가 어린 처녀에 불과했을 때 아내는 끔찍한 시련을 겪었어요. 이제는 그 충격에서 회복된 듯합니다. 나도 아내가 그 일을 다 잊었으리라고 믿게 되었지요. 그런데 당신이 나타났고, 틀림없이 당신의 질문들은 옛 기억들을 일깨우게 될 겁니다."

"그렇게 된다면 유감이로군요." 포와로가 정중하게 말했다.

"나도 그 결과가 어떻게 나타날지는 확실히 알 수 없습니다만."

"분명히 약속드릴 수 있는 것은, 디티샴 경, 될 수 있는 대로 조심스럽게 부인께서 충격을 받지 않도록 최선을 다하겠다는 것입니다. 부인께서는 아주 섬세하고 예민한 성격을 지니고 있음에 틀림없을 테니까요."

그러자 갑자기 정말 뜻밖의 웃음이 터져 나왔다. 그러고는 디티샴 경이 말했다.

"엘사가? 엘사는 말처럼 튼튼하답니다!"

"그렇다면……."

포와로는 의도적으로 말끝을 흐렸다. 그 효과는 만점이었다.

디티샴 경이 다시 말했다.

"내 아내는 어떤 충격도 이겨낼 수 있을 거요. 아내가 무엇 때문에 당신을 보자고 했는지 아십니까?"

포와로는 침착하게 대답했다.

"호기심에서 그런 것이 아닌가요?"

디티샴 경의 눈에 감탄의 빛이 떠올랐다.

"아, 당신도 그걸 알고 계셨군요?"

"그거야 당연한 일이지요." 에르퀼 포와로가 말했다.

"여자들은 으레 사립탐정을 보고 싶어 하는 법이니까요. 남자들은 그들에게 몹쓸 놈이라고 말할 테지만."

"여자들 중에서도 그들에게 그렇게 말하는 경우가 가끔 있지요."

"그건 그들을 만나본 다음의 일이자—그전에는 그렇지 않습니다."

"글쎄요." 디티샴 경은 잠시 생각에 잠겼다.

"그 책을 발간하고자 하는 진정한 의도는 무엇입니까?"

에르퀼 포와로는 어깨를 으쓱했다.

"옛 곡조와, 옛 무대, 그리고 옛날 풍속들이 재현되는 것처럼 옛 살인사건도 재현될 수 있지요."

"허어, 그래요?" 디티샴 경이 경멸조로 말했다.

"'허어!'라고 좋으실 대로 생각하십시오. 하지만 경멸한다고 해서 인간의 본성을 바꿀 수는 없을 겁니다. 살인은 하나의 드라마입니다. 드라마에 대한 욕망은 인류에게 있어서 매우 강한 충동이지요."

디티샴 경이 중얼거렸다.

"압니다. 물론 잘 알고 있지요……." 그는 일어나서 벨을 울렸다.

"아내가 당신을 기다리고 있을 겁니다." 그는 퉁명스럽게 말했다.

문이 열렸다.

"부르셨습니까, 나리?"

"포와로 씨를 마님께 모셔다 드리게."

층계를 올라가자 푹신푹신한 카펫이 깔렸다. 휘황찬란한 조명이 그를 압도하는 듯했다. 돈, 모든 게 다 돈이었다. 디티샴 경의 방에는 엄숙하고 검소한 분위기가 있었다. 그러나 이 저택에서도 유독 이곳만은 호사의 극치를 이루고 있었다.

포와로가 안내된 곳은 그다지 큰 방이 아니었다. 큰 응접실은 1층에 있었다. 이곳은 이 집의 여주인이 거처하는 개인용 거실이었고, 포와로가 들어섰을 때 여주인은 벽난로 둘레 장식에 기대어 서 있었다.

그는 놀란 나머지 이런 말이 튀어나오려는 것을 가까스로 참았다.

'그녀의 젊음은 모두 사라져 버렸어.'

이것이 예전에 엘사 그리어라고 불렸던 엘사 디티샴을 보면서 그가 느낀 점이었다.

그는 그녀에게서 메러디스 블레이크가 그에게 보여 주었던 그림에서의 모습을 전혀 찾아볼 수 없는 것 같다고 생각했다. 그것은 무엇보다도 젊고 생기에 넘치는 모습이 있었다. 하지만 지금 여기 있는 그녀에게서는 전혀 젊음을 찾아볼 수가 없었다—마치 젊은 시절이 없었던 것 같았다. 하지만 비록 크레일의 그림에서 본 인상을 찾아볼 수는 없었지만, 엘사가 여전히 아름답다는 것은 알 수 있었다. 그렇다, 지금 그에게로 다가온 여인은 매우 아름다운 모습이었다. 그리고 그렇게 나이가 들지도 않았다. 얼마나 되었을까? 그녀가 그 비극적인 사건이 일어났을 당시에 스물한 살이었다면 지금은 서른여섯 살 정도 되었으리라.

그는 묘한 아픔을 느꼈다. 조나산 씨가 그녀를 두고 줄리엣을 운운했던 것은 커다란 실수가 아니었을까? 이 여인에게는 줄리엣 같은 면이 전혀 없었다. 로미오를 빼앗기고도 여전히 살아 있는 줄리엣을 상상할 수 있을까? 그녀에게는 근본적으로 줄리엣 같은 순정이 없었기에 단지 젊음만 잃고 말았던 것이 아닐까?

엘사 그리어는 살아남았다.

그녀는 단조로운 목소리로 그에게 인사를 했다.

"정말 흥미있는 일이에요, 포와로 씨! 자, 이리로 앉아서 제게 뭘 원하시는지 말씀해 주세요."

그는 생각했다.

'하지만 그녀는 흥미가 없구먼. 그녀에게는 전혀 흥미가 없는 일이야.'

커다란 회색 눈은, 마치 죽은 호수 같았다.

포와로는 주특기인 어딘지 외국인 같은 인상을 주는 수법을 쓰기 시작했다.

"나는 지금 아주 혼란스럽답니다, 부인. 정말 어찌해야 좋을지 모르겠군요."

"오, 저런. 왜 그렇게 걱정하시는 거죠?"

"왜냐하면 나는 이걸 깨달았기 때문입니다. 이렇게 과거지사를 다시 들추어내는 것이 부인에게는 엄청나게 고통스러운 일이 될 거라는 것을 말이죠."

그녀는 즐거워 보였다. 그렇다, 그건 즐거움이었다. 아주 순수한 즐거움.

그녀가 말했다.

"제 남편이 당신에게 그런 생각을 갖도록 한 모양이로군요. 그이는 당신이 도착했을 때 당신을 알아보았어요. 물론 그이는 전혀 이해해 주질 않는답니다. 저를 전혀 몰라요. 저는 그이가 상상하듯 그렇게 감수성이 예민한 사람이 결코 아니랍니다."

포와로는 속으로 생각했다.

'물론 그건 사실이지. 예민한 사람이라면 결코 캐롤라인 크레일의 집에서 지내려고 하지 않았을 테니까.'

디티샴 부인이 말했다.

"그래, 제가 당신을 어떻게 도와드려야 하나요?"

"부인, 지난 일을 다시 돌이키는 것이 고통스럽지 않을 거라고 확신하시는지요?"

그녀는 잠시 생각에 잠겼는데, 그것은 포와로에게 갑자기 디티샴 부인이 아주 솔직한 여성이라는 생각이 들게 했다. 그녀는 필요에 따라서는 거짓말을 할지도 모르지만, 그러나 결코 상습적으로 거짓말을 할 여인은 아닌 것 같았다.

엘사 디티샴이 천천히 입을 열었다.

"아뇨, 고통스러워하지 않을 거예요. 아무튼, 그러길 바라요."

"이제서인가요?"

그녀가 조바심을 내며 말했다.

"그건 너무도 어리석은 짓이었기 때문이에요. 이제는 그 일에 대해서 아무런 감정도 느끼지 않는답니다."

다시 포와로는 생각했다.

'맞아, 엘사 그리어는 이미 죽은 지 오래야.'

그가 큰 소리로 말했다.

"하여튼, 디티샴 부인. 그렇다면 나에게는 더욱 부담이 적어지겠군요. 부인의 기억력은 좋은 편인가요?"

"상당히 좋은 편이라고 생각해요."

"그리고 그 당시의 일들을 하나하나 들추어내는 것이 고통스럽지 않을 거라고 확신하십니까?"

"하나도 고통스럽지 않을 거예요. 무슨 일이든 일어나는 당시에만 사람을 고통스럽게 할 뿐이거든요."

"어떤 사람들에게는 그럴 수도 있다는 걸 나도 알고 있습니다."

디티샴 부인이 말했다.

"그것이 바로 제 남편 에드워드가 이해하지 못하는 점이랍니다. 그이는 그 재판과 그 모든 것들이 나에게는 끔찍한 시련이었다고 생각하나 봐요."

"그럼, 전혀 그렇지가 않았다는 말입니까?"

엘사 디티샴이 말했다.

"그래요, 전 그것이 재미있었답니다."

그녀의 목소리에는 깊은 상념과 만족의 분위기가 담겨 있었다. 그녀가 계속 말했다.

"세상에, 그 늙어빠진 짐승 같은 디플리치가 저를 얼마나 심하게 다그쳤는 지! 그는 악마예요. 저는 그와 싸우는 게 재미있었어요. 결국 그는 저를 넘어 뜨리지 못했지요."

그녀는 포와로에게 미소를 지어 보였다.

"당신 생각에 혼란을 가져오게 하고 싶지는 않아요. 스무 살의 아가씨라면, 부끄러워서라도 굴복당하게 마련일 거예요. 하지만, 전 그렇지가 않았답니다. 그들이 제게 뭐라고 하든 상관하지 않았어요. 제가 원했던 것은 오직 한 가지 였어요."

"무엇이었습니까?"

"그야 그녀를 교수당하게 하는 것이었죠." 엘사 디티샴이 말했다.

그는 그녀의 손을 보았다—아름다운 손이었지만 길고 구부러진 손톱이 달 렸다. 약탈자의 손이었다.

그녀가 말했다.

"당신은 제가 원한이 깊은 여자라고 생각하시죠? 그래요, 전 원한이 깊어요 —저에게 상처를 입힌 사람에게는. 그 여자는 제가 생각하기에는 가장 비열한 여자였어요. 그녀는 알고 있었어요. 에이미어스가 저에게 관심이 있고 자기에 게서 떠나려고 한다는 것을—그래서 그녀는 그를 살해했고, 결국 저는 그를 갖지 못하게 되었던 거예요."

그녀는 포와로를 바라보았다.

"그건 정말 비열한 짓이라고 생각하지 않으세요?"

"당신은 질투심에 대해서 동정하거나 이해하려 들지를 않는군요."

"아뇨, 전 그렇다고 생각하지 않아요. 잃을 거라면 어차피 잃게 되는 거예요. 남편을 지킬 수가 없다면 기꺼이 그를 보내 주어야 마땅한 거죠. 제가 이해할 수 없는 건 바로 그 악착같은 소유욕이에요."

"당신이 그와 결혼한 사이였다면 그걸 이해했을까요?"

"그렇게 생각하지 않아요. 우린 그렇지 않았어요……."

그녀는 갑자기 포와로에게 미소를 지어 보였다. 그녀의 미소는 어딘지 모르게 섬뜩한 분위기를 자아냈다. 그것은 실제의 감정과는 아주 동떨어진 것이었다.

"당신은 이걸 잘 아셔야 해요." 그녀가 다시 말을 이었다.

"에이미어스 크레일이 순진하고 철없는 아가씨를 유혹했던 거라곤 생각하지 마세요. 전혀 그렇지가 않았어요. 유혹했던 건 오히려 제 쪽이었답니다. 저는 어느 파티에서 그를 만났고, 곧 그에게 반해 버렸어요. 그를 소유해야겠다는 것을 깨닫고……."

"그에겐 이미 아내가 있었는데도 말입니까?"

"가정파괴범으로 기소당할 거란 말인가요? 그건 지나친 고정관념이에요. 그기 아내와는 불행하게 지내고, 저와 함께라면 행복해질 수 있다고 한다면 왜 그럴 수 없다는 거죠? 우리에게는 오직 단 한 번의 인생이 있을 뿐이에요."

"하지만 그는 아내와 행복한 사이였다고 하던데요."

엘사는 고개를 저었다.

"그렇지 않았어요. 그들은 마치 고양이와 개 사이처럼 늘 다퉜어요. 그녀는 그를 끊임없이 들볶았지요. 그녀—오, 그녀는 정말 끔찍한 여자였다고요!"

그녀는 일어나서 담배에 불을 붙였다. 그러고는 살짝 미소를 띠면서 말했다.

"제가 그녀에게 지나치게 나쁜 감정을 가지고 있는지도 모르죠. 하지만 정말로 저는 그녀를 아주 증오했어요."

포와로가 천천히 말했다.

"그건 끔찍한 비극이었습니다."

"그래요, 그건 정말로 끔찍한 비극이었죠."

그녀는 갑자기 포와로를 돌아다보았다. 그녀의 죽은 듯이 단조롭고 권태로운 표정에 약동하는 생기가 떠올랐다.

"그 비극이 저마저 살해당했다는 것을 당신은 아세요? 저도 함께 살해당했던 거예요. 그날 이후로 아무, 아무런 삶의 의미도 느낄 수가 없었어요."

그녀의 목소리는 다시 가라앉았다.

"허무!" 그녀는 견딜 수 없다는 듯이 손을 휘저었다.

"마치 유리 상자 속의 박제 물고기 같은 허무!"

"에이미어스 크레일이 그토록 당신에게 중요한 존재였습니까?"

그녀는 고개를 끄덕였다. 그건 이상하게도, 애처로운 느낌이 들게 하는 태도였다. 그녀가 말했다.

"저는 언제나 외곬으로 빠져들었던 것 같아요."

그녀는 침울한 표정으로 생각에 잠겼다.

"전, 사실이지, 제 가슴을 단검으로 찔렀어야 했어요—줄리엣처럼. 하지만, 하지만 그렇게 하는 것은 자신이 인생에 패배했다는 것을, 스스로 인정하는 셈이 되죠."

"그렇다면 어떻게 해야 하는 겁니까?"

"어떻게 하든, 전혀 상관없지만, 일단 그걸 극복해야 하겠지요. 저는 그걸 극복했어요. 그건 더 이상 저에게는 아무런 의미가 없는 것이었죠. 계속해서 다른 대상을 찾아야겠다고 생각했던 거예요."

그렇지, 다음 대상을 찾아서. 포와로는 그녀가 자신의 미숙한 결심을 실천에 옮기기 위해 무진 애를 쓰는 모습이 눈에 선했다. 그녀의 아름다움과 재산, 그리고 남자를 끄는 매력으로 자신의 텅 빈 생활을 채우기 위해 탐욕스럽게 먹이를 찾아 헤매는 모습이 보였다. 영웅 숭배라 할자—어떤 유명한 비행사와의 결혼, 다음에는 탐험가로 그는 아놀드 스티븐슨이라는 우람한 체구의 사나이여서 에이미어스 크레일과는 육체적으로 좋은 대조가 되었으리라—그러고는 다시 예술가인 디티샴으로!

엘사 디티샴이 말했다.

"저는 결코 위선자가 아니었어요. 제가 좋아하는 스페인 속담에 이런 말이 있답니다. '무엇을 얻고자 하면 그 대가를 지불하라.' 그래요. 전 그렇게 했어요. 전 원하던 것을 거의 다 손에 넣었죠. 하지만 언제나 그 대가를 기꺼이 지불했어요."

"당신은 잘 모르시는가 보군요." 포와로가 말했다.

"세상에는 돈으로 살 수 없는 것들도 있습니다."

그녀는 그를 쏘아보았다.

"제 말은 단지 돈만을 의미하는 게 아니에요."

포와로가 말했다.

"아니 그렇지 않습니다. 무슨 말씀을 하시는 건지 잘 알고 있습니다. 인생의 모든 것들에 그리 쉽게 정가표를 달 수는 없는 거지요. 거기에는 팔 수 없는 것들도 있지요."

"말도 안 되는 소리예요!"

그는 보일 듯 말 듯 희미하게 미소를 지었다. 그녀의 목소리에는 벼락부자가 된 방직공의 거드름이 깃들어 있었다.

에르퀼 포와로는 갑자기 가슴에서 동정심이 일어나는 것을 느꼈다. 그는 불로(不老)의 매끈한 얼굴과 권태로운 눈을 바라보면서, 에이미어스 크레일이 그림을 그렸던 처녀를 생각했다.

엘사 디티샴이 말했다.

"그 책 말인데요, 그 목적이 뭔가요? 누가 생각해 낸 일이죠?"

"오, 부인, 다른 목적이 있다고 한다면, 그건 뭐랄까, 요즈음의 양념으로 옛 맛을 내려는 것이라고나 할까요?"

"하지만, 당신은 작가가 아니잖아요?"

"그래요, 나는 범죄 전문가이지요."

"당신 말씀은, 작가들이 당신에게 범죄 소설에 대한 자문을 구한다는 건가요?"

"꼭 그렇다고만은 할 수 없습니다. 이번 경우에 있어서는 내가 일을 맡았지요."

"누구한테서요?"

"나는, 부인께서는 뭐라고 하실지? 아무튼, 어떤 이해 당사자를 위해서 이

책을 출판하려는 겁니다."

"어떤 이해 당사자라뇨?"

"칼라 레마천트 양이지요."

"그 아가씨가 누군데요?"

"에이미어스와 캐롤라인 크레일 부부의 따님입니다."

엘사는 잠깐 동안 그를 쏘아보았다. 그러고 나서 말했다.

"오, 맞아요, 어린 딸이 있었어요. 이제 생각이 나는군요. 이젠 어른이 다 되었겠죠?"

"스물한 살입니다."

"어떻게 생겼나요?"

"그녀는 날씬하고, 검은 머리에 아름다운 아가씨라고 할 수 있지요. 그리고 용기와 개성이 뚜렷하답니다."

엘사가 신중한 어조로 말했다.

"그녀를 한번 만나보고 싶군요."

"그녀는 부인을 만나려 하지 않을 겁니다."

엘사는 뜻밖이라는 표정을 지었다.

"어째서요? 오, 알겠어요. 하지만, 그건 말도 안 돼요! 그녀는 그 사건에 대해서 거의 기억하지 못할 텐데요. 그때는 여섯 살도 채 되지 않았어요."

"그녀는 자기 어머니가 아버지를 살해했다는 것을 알고 있습니다."

"그리고 그것이 제 잘못이었다고 생각하는군요?"

"가능한 해석입니다."

엘사는 어깨를 으쓱했다.

"정말 어리석군요!" 그녀가 말했다.

"캐롤라인이 조금이라도 이성을 가지고 행동했다면……."

"그렇다면 부인에게는 전혀 책임이 없다는 말입니까?"

"제가 왜요? 저는 부끄러울 게 전혀 없어요. 저는 그를 사랑했어요. 그를 행복하게 해주려고 했을 뿐이에요."

그녀는 포와로를 돌아다보았다. 그녀의 표정이(갑자기 믿을 수 없으리만큼),

흐트러지면서 그는 그림 속의 처녀의 모습을 볼 수 있었다.

다시 그녀가 말했다.

"당신을 이해시킬 수 있다면. 당신이 제 쪽에서 그 사건을 볼 수 있다면. 당신이 아신다면……."

포와로는 상체를 앞으로 내밀었다.

"그래요. 그것이 바로 내가 원하는 겁니다. 그 당시 그곳에 있었던 필립 블레이크 씨는 그 당시에 일어났던 모든 일들을 아주 자세하게 기록해 주기로 했고, 메러디스 블레이크 씨 역시 같은 일을 해주기로 했답니다. 이제 부인께서도……."

엘사 디티샴은 갑자기 숨을 들이마셨다. 그러고는 경멸하듯이 말했다.

"그 두 사람! 필립은 항상 멍청이였어요. 메러디스는 캐롤라인의 꽁무니만 졸졸 쫓아다녔고요. 하지만 그는 꽤 좋은 사람이었답니다. 아무튼 당신은 그들과 이야기해 봤자 아무런 중요한 사실도 얻어낼 수 없을 거예요."

그는 그녀를 지켜보았다. 그녀의 눈에 생기가 놀고, 죽은 듯이 침체한 모습에서 살아 있는 생생한 여인의 모습이 되살아나고 있었다. 그녀는 급히, 거의 격정적으로 소리쳤다.

"당신은 진실을 알고 싶죠? 오, 책을 쓰기 위해서가 아니라 당신 자신을 위해서……."

"부인의 허락이 없이는 출판하지 않을 겁니다."

"저는 진실을 쓰고 싶습니다."

그녀는 한동안 말없이 생각에 잠겼다. 그는 그녀의 경직된 표정이 부드럽게 풀리면서 더욱 뚜렷하고 생생한 윤곽이 드러나는 것을 보았다. 다시 젊음을 찾기라도 한 듯 생기가 그녀의 몸속으로 흘러들어 가는 것을 알 수 있었다.

"옛날로 돌아가, 그 모든 이야기들을 적어 당신에게 보여 주고 싶어요. 그녀가 어떤……."

그녀의 눈이 빛을 발했다. 그녀의 가슴이 격정을 못 이겨 심하게 일렁거렸다.

"그녀는 그를 살해했어요. 에이미어스를 죽였어요. 에이미어스, 그토록 삶을 추구했고―그토록 삶을 즐겼던 에이미어스를. 증오는 사랑보다 강할 수 없는 법이라고 하던데—그래요, 그녀는 증오가 더 강했어요. 그리고 그녀에 대한 제 증오도. 저는 그녀를 증오해요, 그녀를 증오해요. 저는 그녀를 몹시 증오해요."

그녀는 그에게 다가왔다. 그러고는 그의 옷소매를 움켜쥐고 애절하게 말했다.

"당신은 아셔야 해요, 꼭. 우리가 서로 어떻게 느꼈는지 말이에요—에이미어스와 제가. 당신에게 보여 줄 것이 있어요."

그녀는 급히 방을 가로질러 갔다. 책상을 열고는 서류를 보관하는 비밀 서랍을 잡아당겼다.

그러고는 빛이 바랜 구겨진 편지 한 통 들고 돌아왔다. 그녀는 그것을 포와로에게 내밀었다. 포와로는 갑자기 그리운 옛날 기억이 뼈저리게 되살아났다. 그가 알고 있던 어떤 소녀가 해변에서 주운 그녀의 보물인, 예쁜 조개껍데기를 그에게 내밀고는 아주 진지한 표정으로 자기를 바라보던 모습이. 그런 모습으로 그 소녀는 가만히 뒤로 물러나서 그를 지켜보았다. 자랑스러워하며, 초조하게 자기 보물에 대한 그의 칭찬을 몹시 갈망하며.

그는 낡은 편지를 조심스럽게 펴보았다.

> *엘사, 당신은 너무나도 아름다운 여인이오. 그 아름다움은 이 세상의 어느 것과도 비교할 수 없다오. 하지만 나는 두렵소. 나는 너무 늙었고, 자신을 떳떳하게 내세울 만한 것이 하나도 없는 추악한 악마와 다를 바가 없기 때문이라오. 부디 나에게 의지하지 말아요. 나를 믿지도 말아요. 내게서 그림을 빼놓으면 나는 아무짝에도 쓸모없는 인간이라오. 내게는 그림이 전부요. 그러니 나중에 후회하지는 말아요. 하지만 내 사랑, 나는 어떻게 해서든지 기필코 당신을 갖고야 말겠소. 당신을 위해서라면 악마라도 사양치 않을 거요. 그건 당신도 잘 알겠지. 그리고 당신 모습을 화폭에 담아 세상의 얼간이들이 깜짝 놀라 입도 다물지 못하게 할 거요! 나는 당신에게 반해 버렸다오. 잠을 잘 수도, 먹을 수도 없을 지경이라오. 엘사, 엘사, 엘사, 나는 영원히 당신의 포로라오. 죽을 때까지 당신의 것이오.*

16년 전의 잉크도 바래고, 종이도 다 해진 편지였다. 그러나 그 말은 아직도 생생하게 귀에 울리는 듯했다.

그는 편지의 주인공인 여인을 바라보았다. 하지만 그가 본 것은 여인이 아니었다. 그것은 사랑에 빠진 젊은 아가씨였다. 그는 다시 줄리엣을 생각했다.

"그 이유를 물어봐도 될까요, 포와로 씨?"

에르퀼 포와로는 대답하기에 앞서 잠시 생각에 잠겼다. 그는 주름진 작은 얼굴에 쏘는 듯 예리한 잿빛 눈동자가 자신을 주시한다는 것을 깨달았다.

그는 초라한 건물의 맨 위층까지 올라가서 길레스피 빌딩 584호의 문을 노크했다. 그것은 직장 여성들에게 작은 방을 제공하기 위해 지어진 건물이었다.

이 조그만 3차원의 공간에서 세실리아 윌리엄스 양이 살고 있었다. 침실 겸 거실이자 주방으로 사용되는 방으로, 그 좁은 공간에 가스풍로가 있는 부엌, 그리고 조그만 욕실까지 딸려 있었다.

비록 이처럼 초라한 공간일지라도, 윌리엄스 양은 나름대로 아늑하게 꾸며 놓고 있었다. 벽은 엄숙한 느낌을 주는 흐린 회색으로 칠해져 있었고, 거기에 다양한 복제 그림들이 걸려 있었다. 단테가 다리 위에서 베아트리체를 만나는 장면을 묘사한 그림이 있었는데, 그 그림은 언젠가 한 아이가, '장님 소녀가 오렌지 위에 앉아 있는 것을 왜 희망이라고 하는지 모르겠어요.' 하고 묘사했던 그림이었다. 그리고 베네치아 풍경을 그린 수채화 두 점과 보티첼리(1444~1510; 이탈리아 화가)의 '프리마베라'의 세피아(오징어 먹물로 만든 갈색 재료) 복사판이 있었다. 나지막한 서랍장 위에는 낡은 사진들이 많이 있었는데, 머리 모양으로 보아서 대개가 20~30년은 된 것 같았다.

조그만 카펫은 다 낡아빠졌고, 가구도 값싼 물건인데 망가져 있었다. 그것은 에르퀼 포와로에게 세실리아 윌리엄스가 얼마나 어렵게 지내고 있는지를 단적으로 보여 주는 증거였다. 여기서는 로스트 비프 따위는 전혀 상상해 볼 수도 없었다. 이 여인은 아무것도 가진 것이 없는 작은 돼지였다.

맑고 힘찬 목소리로 윌리엄스 양이 다시 물었다.

"당신은 내가 크레일 사건을 회고해 보기를 바라시는 거죠? 그 이유를 물어봐도 될까요?"

이번에는 지나간 사건들에 대한 책을 쓰려고 한다는 등의 그럴듯한 구실을 달지 않았다. 대신에 칼라 레마천트가 그를 찾아오게 된 상황에 대해서 간단하게 알려 주었다.

낡기는 했지만 깔끔한 옷차림을 한 상당히 나이가 들어 보이는 작은 부인은 주의 깊게 그의 이야기를 듣고 있었다. 이윽고 그녀가 말했다.

"그렇지 않아도 그 아이에 대해서 무척 궁금해하고 있었답니다. 그 아이가 어떻게 변했는지 한번 보고 싶군요."

"그녀는 아주 매력적이고 아름다운 아가씨로, 풍부한 개성과 용기를 지니고 있답니다."

"그래요." 윌리엄스 양은 간단하게 대꾸했다.

"그리고 내가 보기에 그녀는 아주 완고한 성격인 것 같습니다. 그러니까, 쉽게 포기하거나 물러설 사람이 아니라는 말이지요."

전 가정교사는 신중하게 고개를 끄덕였다. 그녀가 물었다.

"그녀도 그림을 그리나요?"

"그렇지는 않은 것 같습니다."

윌리엄스 양은 냉랭한 목소리로 말했다.

"그건 정말 다행한 일이로군요!"

윌리엄스 양의 말투로 보아서 그녀가 예술가에 대해서 어떻게 생각하고 있는지는 물어볼 것도 없이 뻔했다. 다시 그녀가 덧붙였다.

"당신 말씀으로 봐서 그녀는 아버지보다 어머니를 더 많이 닮았으리라고 여겨지는군요."

"아마도 그럴 겁니다. 그건 당신이 그녀를 만나보면 자연히 밝혀지겠지요. 그녀를 만나보고 싶으시다고요?"

"나는 정말 그녀를 몹시 보고 싶어 했어요. 옛날에 보았던 어린아이가 어떻게 자랐는지 보고 싶은 것은 인지상정이라고 할 수 있잖겠어요?"

"당신이 마지막으로 그녀를 본 것은 그녀가 아주 어렸을 때였겠군요?"

"그녀가 다섯 살이 좀 지났을 때였죠. 아주 귀여운 아이였어요—좀 지나치게 얌전하기는 했지만. 속이 깊은 아이였다고나 할까요. 혼자서 장난감을 가지고 놀면서 다른 아이들과 어울리고 싶어 하지도 않았어요. 정말 티없이 맑은 아이였답니다."

포와로가 말했다.

"그녀가 아주 어렸던 것이 오히려 다행한 일이었겠군요."

"예, 그래요. 그녀가 좀더 나이가 들었었다면 그 비극으로 인한 충격은 그 아이에게 아주 좋지 않은 영향을 끼쳤을 거예요."

"하지만, 사람들은 그녀가 상당한 상처를 입었을 거라고 생각하지요."

포와로가 말했다.

"비록 어린아이라 할지라도 뭔가 불안하거나 알 수 없는, 갑자기 돌변하는 분위기를 충분히 감지할 수 있을 거라는 겁니다. 그런 것들이 어린아이에겐 좋지 않지요."

윌리엄스 양이 신중하게 대꾸했다.

"그런 영향들은 당신이 생각하는 것만큼 그렇게 해롭지 않을 수도 있어요."

포와로가 말했다.

"칼라 레마천트, 그러니까 칼라 크레일에 대해서 물어볼 것이 있습니다. 당신이라면 대답해 주실 수 있을 겁니다."

"예?" 그녀는 무슨 말인지 잘 모르겠다는 듯이 의아한 표정을 지었다.

포와로는 손짓을 해가면서 자신의 의사를 표현하려고 애썼다.

"그게 뭐냐 하면, 음, 뭐라고 확실하게 설명할 수는 없지만……, 내가 그녀에 대해 언급할 때마다 느낀 것인데, 어쩐지 아이에 대해서는 모든 게 다 불분명한 것 같다는 말입니다. 즉, 내가 사람들에게 아이에 대해 물어볼 때마다 다소 뜻밖이라는 반응을 보였는데, 그건 마치 사람들이 그녀가 있었는지조차도 모르고 있는 것 같았습니다. 확실히 그건 이상한 일이라고 할 수 있지요. 그런 상황에서 아이는 중요한 존재입니다. 즉, 일종의 매개변수로 작용한다는 말이지요. 에이미어스 크레일이 과연 아내를 버릴 만한 이유가 있었는지 없었는지는 모르겠지만, 그러나 대부분의 경우에 있어서 아이들은 부부관계의 존재 여부에 매우 중요한 요소로 등장하게 되는 법입니다. 그런데도 이 경우에는 아이의 존재가 거의 고려되지 않았던 것 같아요. 그 점이 나에게는……, 잘 이해가 가지 않습니다."

윌리엄스 양이 재빨리 말을 받았다.

"바로 정곡을 찌르시는군요, 포와로 씨. 옳으신 말씀입니다. 그리고 그것이 바로 내가 방금 말했던 이유예요. 즉, 칼라의 환경이 갑자기 바뀌게 된 것이 어떻게 보면 그녀를 위해 다행한 일이었을지도 모른다는 말이지요. 그녀가 좀 더 나이가 들었다면 자신의 가정생활에 어떤 결핍을 느꼈을 테니까요."

그녀는 상체를 앞으로 기울이면서 신중하게 이야기를 끌어나갔다.

"당연히, 직업상 나는 부모와 자식 간의 문제에 대해서 많은 경험을 해왔지요. 대부분 많은 아이가 부모의 지나친 관심으로 인해 고통을 겪고 있다고 할 수 있어요. 자식에게 지나친 사랑, 지나친 관심을 기울이게 되면 오히려 그들은 불편함을 느끼고는 부모들의 손에서 벗어나 관심의 시선이 미치지 않는 곳으로 탈출하고 싶어 하게 되죠. 특히 자식이 하나밖에 없는 경우에는, 어머니들은 자식에게 있어서 가장 불편한 존재가 될 수도 있습니다.

그 결과 결혼생활이 종종 파경에 이르게 되지요. 남편은 자신의 위치가 뒤로 밀려나게 된 것에 분개하고 다른 위안거리를 찾게 되거나, 아니면 더욱 아내의 관심을 사려고 애쓰게 되는데, 어느 경우에 있어서건 조만간 이혼이라는 결과를 가져오게 되는 겁니다. 결국, 자식을 위해서 가장 좋은 것은 부모로부터 적당히 무시당하는 것이라고 할 수 있죠. 이런 일은 자식이 많은 대가족이나 가난한 가정에서는 흔히 볼 수 있어요. 그들은 어머니가 정말로 그들을 보살필 만한 시간적 여유가 없기 때문에, 자연히 어머니의 관심에서 벗어나는 거죠. 물론 그들은 어머니가 자기들을 사랑한다는 것을 잘 알고 있지만, 아무튼 지나친 잔소리로 인한 고통에서는 벗어날 수 있는 거예요.

하지만 여기에는 또 다른 경우가 있어요. 즉, 남편과 아내가 서로에게 완전히 만족하고 서로에게 아주 깊이 빠져 있을 경우에는 결혼의 부산물인 자식들에 대해서는 거의 관심을 기울이지 않게 될 수도 있죠. 그런 상황에서는 아이들은 그 사실에 분개하고, 자신이 냉대를 받고 애정을 박탈당했다는 심정에 사로잡히게 되는 겁니다. 무슨 얘기인지 아시겠죠? 이를테면 크레일 부인은 훌륭한 어머니였다고 할 수 있는데, 언제나 칼라의 행복과 건강에 대해서 세심하게 신경 쓰면서 많은 시간을 함께 놀아 주며 항상 상냥하고 밝게 대해 주었어요. 하지만, 그럼에도 불구하고 크레일 부인은 남편에게 완전히 빠져 있었지요. 그녀는 남편이 그녀의 모든 것이고 남편을 위해서 존재했다고 할 수 있어요."

윌리엄스 양은 잠시 멈추었다가 조용한 목소리로 말을 이었다.

"그것이 결과적으로 그녀가 그런 행동을 하게 되었던 이유라고 생각합니다."

"당신 말은……." 에르퀼 포와로가 말했다.

"그들이 부부라기보다는 연인 사이 같았다는 겁니까?"

윌리엄스 양은 그의 외국인 같은 말투에 약간 짜증을 내며 말했다.

"그런 식으로 표현할 수도 있죠."

"그는 그녀가 그에게 했던 만큼 그녀에게 헌신적이었습니까?"

"그들은 헌신적이 부부였어요. 하지만 물론 그는 남자였지요."

윌리엄스 양은 그 마지막 말을 완전히 빅토리아 여왕 시대의 말투로 표현했다.

"남자들이란……." 윌리엄스 양은 말끝을 흐렸다.

마치 부자들이, '볼셰비키들이란…….' 하고 말하듯이, 골수 공산주의자들이, '자본가들이란…….' 하고 말하듯이, 착한 가정주부들이, '바퀴벌레들이란…….' 하고 말하듯이, 그렇게 윌리엄스 양은, '남자들이란…….' 하고 말했던 것이다.

독신녀로서, 오랫동안 가정교사 노릇을 해온 그녀의 생활이 자신도 모르게 열렬한 여권 운동가 같은 말을 내뱉게 했던 것이다. 아무도 듣는 사람이 없다면 윌리엄스 양은 틀림없이 남자들이란 모두 적이라고 말했을 것이다!

포와로가 말했다.

"당신은 남자들을 달갑게 생각지 않는군요?"

그녀는 냉랭하게 대꾸했다.

"남자들은 자기들이 세상에서 최고인 줄로 생각하고 있지요. 하지만 언제까지나 그럴 수는 없을 거예요."

에르큘 포와로는 그녀를 주의 깊게 살폈다. 그는 윌리엄스 양이 자신을 철저하게 울타리 속에 가두고 불굴의 투지로 단식투쟁이라도 기꺼이 벌일 사람이라는 것을 쉽게 그려볼 수 있었다. 그런 생각은 나중에 하기로 하고, 그가 말했다.

"당신은 에이미어스 크레일을 좋아하지 않았군요?"

"확실히 난 크레일 씨를 좋아하지 않았어요. 그렇다고 해서 그를 비난하지도 않았지요. 내가 그의 아내였다면 나는 그를 떠났을 거예요. 그런 생활을 견뎌낼 여자는 아무도 없을 거예요."

"하지만 크레일 부인은 그걸 견뎌냈지 않았습니까?"

"그렇죠."

"그녀가 잘못한 거라고 생각합니까?"

"예, 난 그렇게 생각해요. 여성들은 자신이 존경을 받도록 해야지 스스로 굴욕을 감수해서는 안 되는 거예요."

"그런 말을 크레일 부인에게 해본 적이 있습니까?"

"없어요. 그건 내 본분이 아니었어요. 난 안젤라를 가르치도록 고용되었던 것이지, 묻지도 않은 말을 크레일 부인에게 해주도록 고용되었던 것이 아니에요. 만일 그렇게 했다면 그건 아주 주제넘은 짓이었을 거예요."

"당신은 크레일 부인을 좋아했습니까?"

"난 크레일 부인을 아주 좋아했어요."

그녀의 딱딱한 어조는 따뜻한 정감을 띠며 부드러워졌다.

"그녀를 아주 좋아하면서도, 한편으로는 그녀가 무척 측은했어요."

"그리고 당신의 학생인, 안젤라 워렌은 어땠습니까?"

포와로는 상체를 앞으로 내밀면서 윌리엄스 양의 얼굴에 시선을 고정했다.

제6장

"그녀는 대단히 흥미 있는 아이였어요. 이제껏 내가 가르쳐 본 학생 중에서도." 윌리엄스 양이 말했다.

"정말 머리가 좋은 아이였지요. 미숙하고 성미가 급해서 여러모로 다루기가 몹시 어렵기는 했지만. 그러나 아주 훌륭한 자질을 갖추고 있었어요."

그녀는 잠시 생각에 잠겼다가 다시 말을 이었다.

"나는 그녀가 언젠가는 정말 가치 있는 일을 해낼 거라고 늘 마음속으로 생각하고 있었어요. 그런데 결국 그녀는 해냈던 거예요! 당신은 그녀의 책을 읽어 보셨나요, 사하라에 대한 책을? 그리고 그녀는 페이윰에서 고고학적으로 대단히 가치 있는 무덤을 발굴해 내기도 했답니다! 나는 올더버리에서 그렇게 오래 있지 않았어요—한 2년 반 남짓이었지만. 항상 나는 그녀가 고고학에 취미를 갖도록 자극하고 고무했었다고 자부하고 있답니다."

"내가 알기로는……." 포와로가 중얼거리듯 말했다.

"그녀를 학교에 보내서 계속 교육받도록 했었다던데요. 당신은 그 결정이 못마땅했겠군요?"

"조금도 그렇지가 않았어요, 포와로 씨. 난 그 결정에 대해 전적으로 찬성했지요." 그녀는 잠시 멈추었다가 계속했다.

"그 문제에 대해서는 당신에게 분명히 밝혀야겠군요. 안젤라는 귀여운, 정말로 귀여운 소녀였어요—온화하고 감정이 풍부한. 하지만 역시 까다로운 소녀였지요. 그 나이에는 다 다루기가 까다로운 법이에요. 어린애도 아니고, 그렇다고 다 자란 어른도 아닌, 자신에 대해서 확신하지 못하는 그런 나이죠. 어떤 순간에는 안젤라가 분별 있고 성숙한(실로 어른이 다된 듯한) 행동을 하다가도, 갑자기 그녀는 다루기 어려운 어린아이로 되돌아가서, 심술궂은 장난을 치거나 무례하게 제멋대로 굴기도 하는 거예요.

소녀들이란, 그 나이 때에는 다 어려움을 겪지요—끔찍할 정도로 예민하거든요. 그들에게 하는 말은 다 잔소리로 여겨지게 마련이죠. 자기들이 어린아이 취급을 받는다고 화를 내다가도 갑자기 어른 대접을 받게 되면 부끄러워한답니다. 안젤라가 그런 상태였어요. 그녀는 발작적으로 갑자기 자기가 부당하게 들볶이고 있다고 원망하며 화를 발칵 내고는 며칠 동안 토라져서 찌푸린 얼굴로 틀어박혀 있다가는, 다시 원기 왕성해져 나무에 기어오르거나 사내애들과 함께 마당을 뛰어다니면서 누구의 말도 아랑곳하지 않곤 했지요.

그런 상황에 처한 소녀에게는 학교 생활이 많은 도움을 줄 수 있어요. 그들에게는 다른 정신적인 자극이 필요하고, 또한 건전한 단체생활을 익히는 것이 그들을 온전한 사회의 한 일원으로 성장하게 하는 데 도움이 되죠. 안젤라의 가정환경은 그리 바람직하다고 할 수 없었어요. 우선 크레일 부인이 그녀를 응석받이로 만들었지요. 안젤라는 오로지 그녀에게게만 매달렸고, 그녀도 언제나 안젤라 편을 들어주었어요. 그 결과 안젤라는 자기 언니의 시간과 관심을 자기가 제일 먼저 차지해야 한다는 생각에 젖게 되었던 거예요. 이런 그녀의 사고방식이 크레일 씨와 자주 마찰을 빚게 된 원인이 된 것이죠.

크레일 씨는 당연히 자기가 우선이 되어야 한다고 생각했고, 또한 그렇게 요구했어요. 그는 정말 안젤라를 좋아했고, 그들은 좋은 친구로서 함께 어울리며 곧잘 장난도 치곤 했답니다. 물론, 크레일 부인이 너무 지나치게 안젤라 편을 든다고 갑자기 화를 낸 적도 종종 있었어요.

모든 남자들이 그런 것처럼, 그도 응석받이 어린애 같았지요—모두 자기를 우습게 여긴다고 생각했던 거죠. 그럴 때에는 그들은 정말로 다투었고, 거의 언제나 크레일 부인은 안젤라 편을 들곤 했어요. 그러면 그는 몹시 화를 냈어요. 반대로 그녀가 그의 편을 들어주었다면, 안젤라가 화났을 테죠. 안젤라가 유치한 어린애로 돌아가 그에게 심술궂은 장난을 치는 것이 그런 경우였어요.

그는 음료수 같은 것을 단숨에 마시는 버릇이 있었는데, 한번은 그녀가 그의 마실 것 속에 소금을 듬뿍 집어넣은 적이 있었지요. 물론, 그 장난은 야단을 맞을 만한 짓이었고, 그는 말할 수 없을 정도로 화를 냈답니다. 하지만, 정말로 문제가 되었던 사건은 그녀가 그의 침대 속에 달팽이를 집어넣은 사건이었어요. 그는 유난히도 달팽이를 싫어했거든요. 그는 완전히 이성을 잃고 그 아이를 학교에 보내 버리자고 말했던 거예요. 그는 더 이상 그런 터무니없는 장난들을 참을 수가 없었던 것이었죠. 물론, 안젤라는 몹시 당황했어요—비록 한두 번 큰 학교에 가고 싶다는 생각을 하기도 했었지만, 결국 그녀는 그건 끔찍한 생각이라고 결론짓곤 했죠. 크레일 부인은 그녀를 보내고 싶지 않았지만 어쩔 수가 없었고, 그 때문에 내가 그 문제에 대해서 그녀에게 이야기했던 것 같아요. 나는 그녀에게 그건 안젤라에게 커다란 이득이 될 거라고 말했고, 사실 나도 그게 그 아이를 위해 좋을 거라고 생각했어요. 그래서 그녀는 헬스턴으로 가게 되었죠—남부 연안에 있는 아주 훌륭한 학교로, 가을 학기부터 다니기로 했답니다.

하지만 크레일 부인은 그 일로 해서 휴가 내내 우울해했어요. 그리고 안젤라는 그 일이 생각날 때마다 크레일 씨를 원망했고요. 그건 사실 심각한 문제는 아니었지만, 그렇지 않아도 암울하기만 했던 그 여름을 더욱 우울하게 만드는 요인이 되었죠."

"엘사 그리어로 해서 말인가요?"

윌리엄스 양이 날카로운 목소리로 말했다.

"물론이죠."

"엘사 그리어에 대해서는 어떻게 생각했습니까?"

"그녀에 대해서는 더 이상 생각하고 말고도 할 게 없었어요. 완전히 파렴치하기 짝이 없는 젊은 여자였지요."

"아주 젊었지요."

"그래도 뭔가를 알 만큼은 충분히 나이가 들었어요. 그녀에게는 변명할 구실이 없어요—그럼요, 구실이 없고말고요."

"그녀는 그를 몹시 사랑했다고 하던데……."

윌리엄스 양은 코웃음을 치며 그의 말을 가로챘다.

"흥, 그에게 폭삭 빠졌던 건 사실이죠. 하지만 내 생각은 이래요, 포와로 씨, 우리에게는 그런 감정들을 자제할 수 있는 이성이 있다고 말이에요. 그리고 우리는 분명히 우리의 행동을 통제할 수 있어요. 그런데 그 여자는 도덕심 같은 것이라고는 전혀 없었지요. 그녀에게는 크레일 씨가 유부남이란 것도 아무런 문제가 되지 않았던 거예요. 정말 염치도 없는 여자로, 냉정하고 독선적이었죠. 아마도 그녀는 자기 뜻대로 되지 않을 테지만, 그것만이 내가 그녀를 안됐다고 생각할 수 있는 유일한 것이에요."

"크레일 씨의 죽음이 그녀에게는 엄청난 충격이었겠군요." 포와로가 말했다.

"오, 물론이지요. 그리고 그녀가 그 일에 대해서 전적으로 책임을 졌어야 했지요. 나는 살인을 용인하는 것은 절대 아니지만, 그러나 그렇다고 해도 포와로 씨, 어떤 여인이 극한의 행동을 하도록 궁지에 몰리게 되는 때가 있다면, 그건 바로 캐롤라인 크레일이라는 여인을 두고 하는 말일 거예요. 솔직히 말씀드리지만, 나 자신도 내 손으로 그들을 죽이고 싶었던 적이 있었어요. 자기 아내의 면전에서 그 계집애를 보란 듯이 과시하며, 계집애의 건방진 태도를 아내에게 견뎌내도록 강요한다는 건……. 게다가, 그 계집애는 정말 건방지기 짝이 없었어요, 포와로 씨. 오, 그래요, 에이미어스 크레일은 당연히 받을 걸 받았던 거예요. 자기 아내를 그렇게 대한 남자가 응분의 대가를 치르지 않는다는 것은 있을 수 없는 일이죠. 그의 죽음은 일종의 천벌이었던 거예요."

에르큘 포와로가 말했다.

"당신은 강심장을 가지고 계시군요."

그 작은 여인은 불굴의 잿빛 눈동자로 그를 쏘아보며 말했다.

"나는 결혼이란 인연의 끈에 대해서 아주 강하게 느끼고 있어요. 비록 그것이 진보적인 생각이 못된다고 무시를 당할지라도 말이에요. 크레일 부인은 헌신적이고 충실한 아내였어요. 그런데도 그녀의 남편은 의도적으로 그녀를 무시하고 엘사 그리어를 집 안으로 끌어들였던 거예요. 이미 말씀드렸듯이, 그는 당연히 받을 걸 받았던 거죠. 그가 그녀를 더 이상 견딜 수 없도록 몰아붙였기 때문에, 내 개인적으로는 그녀의 행동을 절대 비난하지 않아요."

포와로가 천천히 말했다.

"그가 아주 못되게 굴었다는 것은, 나도 인정합니다. 하지만 그가 위대한 예술가였다는 것을 기억하십시오."

윌리엄스 양은 몹시 경멸한다는 듯이 냉랭하게 코웃음을 쳤다.

"오, 그렇군요. 그건 나도 잘 알고 있어요. 오늘날에는 그걸로 모든 것을 다 덮어 버리죠. 예술가라! 방탕과 폭음, 난폭함, 부정 등 온갖 부도덕함에 대한 그럴 듯한 핑곗거리죠. 크레일 씨 같은 화가는 결국 어떤 평가를 받게 될지 아세요? 그의 그림들은 몇 년 정도는 꽤 인기를 끌 거예요. 하지만 그건 오래 갈 수 없어요. 그는 선조차도 제대로 긋지 못했어요! 구도도 엉망이고 인체 묘사는 아주 엉터리였어요! 지금 내가 무슨 말을 하는지 알고 있답니다, 포와로 씨. 한때는 나도 플로렌스에서 그림 공부를 한 적이 있어서 크레일 씨의 마구 물감을 찍어 바른 위대한 걸작품들이 실상은 우스꽝스러운 엉터리에 지나지 않는다는 것쯤은 알아볼 수 있는 사람이에요. 단지 캔버스 위에 몇 가지 색의 물감을 찍어 바른, 구성도 없고 세밀한 묘사도 볼 수 없는 화법이죠."

그녀는 고개를 설레설레 저었다.

"아니요, 나에게 크레일 씨의 작품을 좋아하느냐고 묻지 마세요."

"그의 그림 중에서 두 작품이나 테이트 갤러리에 걸려 있던데요."

포와로가 한마디 했다.

윌리엄스 양이 코웃음 치며 말했다.

"글쎄요. 그렇다면, 그건 엡스타인 씨의 개인적인 취향일 거예요."

포와로는 더 이상 예술에 대한 문제를 꺼내지 않기로 했다.

"크레일 부인이 시체를 발견했을 때 당신도 같이 있었습니까?"

"그래요. 그녀와 나는 점심식사 뒤에 함께 집을 나섰어요. 안젤라가 수영을 하고 나서 스웨터를 해변에다(그게 보트였던가) 벗어놓고 왔었죠. 그녀는 언제나 자기 물건을 아무 데나 내버려두고 다니곤 했답니다. 나는 배터리 가든 입구에서 크레일 부인과 헤어졌는데, 곧 그녀가 나를 불렀어요. 그때는 이미 크레일 씨가 죽은 지 한 시간 정도는 지났던 것 같아요. 그는 화가(畵架) 근처에 있던 벤치 위에 누워 있었어요."

"그녀는 남편의 시체를 발견하고 몹시 당황했을 테지요?"

"대체 무슨 뜻으로 그런 말씀을 하시는 건지 모르겠군요, 포와로 씨?"

"그 당시 당신이 어떤 인상을 받았었는지에 대해서 묻는 겁니다."

"오, 알겠어요. 그래요, 그녀는 완전히 넋이 빠진 듯했어요. 나더러 의사에게 전화를 걸어 달라고 했지요. 우리는 그가 죽었다는 것을 확실히 알 수가 없었기 때문이었어요. 그건 일종의 마비 증세일 수도 있었거든요."

"그녀가 그럴 가능성이 있다고 말했습니까?"

"생각이 잘 나지 않는군요."

"그래서 당신이 전화를 걸러 갔었습니까?"

윌리엄스 양의 어조가 냉랭해졌다.

"내가 반쯤 올라갔을 때 메러디스 블레이크 씨를 만났어요. 내 대신 그에게 전화를 걸어 달라고 부탁하고는 크레일 부인한테로 돌아왔지요. 그녀가 혹시 정신을 잃지 않을까 해서였는데―그럴 때 남자들은 전혀 쓸모가 없거든요."

"그럼, 그녀가 정말로 정신을 잃었습니까?"

윌리엄스 양이 냉담한 목소리로 말했다.

"크레일 부인은 자신을 아주 잘 자제했어요. 그녀는 그리어 양과는 전혀 달랐지요. 그리어 양은 온통 야단법석을 떨며 아주 망측한 소동을 벌였답니다."

"소동이라뇨?"

"그녀는 크레일 부인을 마구 다그쳤어요."

"그러니까 크레일 부인이 크레일 씨의 죽음에 혐의가 있다는 것을 그녀가 알고 있었다는 말인가요?"

윌리엄스 양은 잠시 생각에 잠겼다.

"아뇨, 그녀가 확증하고 있었던 것은 아니었을 거예요. 그건, 음, 아주 강한 의심은 하지 않았었던 거라고 할 수 있죠. 그리어 양은 마구 소리를 질렀어요. '그건 모두 당신 짓이야, 캐롤라인. 당신이 그이를 죽인 거야. 모두 당신 잘못이야.' 그렇지만, '당신이 그이를 독살했어.'라고는 말하지 않았지요. 하지만 그녀가 그렇게 생각한 것은 틀림없었던 것 같아요."

"크레일 부인은 뭐라고 했습니까?"

윌리엄스 양은 심기가 불편한 듯이 자세를 바로잡지 못했다.

"나보고 위선자가 되라는 말씀인가요, 포와로 씨? 크레일 부인이 당시 정말로 무슨 생각을 하고 있었으며, 어떤 심경이었는지에 대해서는 뭐라고 말씀드릴 수가 없군요. 그녀가 보였던 것이 공포였다면……."

"그렇게 보였습니까?"

"아니, 아—아니에요, 그렇게는 말씀드릴 수 없어요. 넋이 나갔다고나 할까요, 그래요, 그리고 무척 겁을 집어먹고 있었던 것 같아요. 하지만 그건 충분히 있을 수 있는 일이에요."

에르큘 포와로가 불만스러운 목소리로 말했다.

"그럴 테죠, 그건 충분히 있을 수 있는 일입니다. 그녀는 남편의 죽음에 대해서 공식적으로는 어떻게 받아들였습니까?"

"자살이라고 했지요. 그녀는 처음부터 그게 자살임이 틀림없을 것 같다고 말했어요."

"그녀는 당신에게 개인적으로 말할 때도 그와 같이 말했습니까, 아니면 다른 이론을 제시했습니까?"

"아니, 그녀는……, 그녀는 그것이 자살이 틀림없을 거라는 사실을 이해시키려고 무척 애쓰는 것 같았어요."

윌리엄스 양의 목소리는 상당히 당황하고 있는 것 같았다.

"당신은 그 일에 대해서 뭐라고 말했습니까?"

"아니, 포와로 씨, 내가 뭐라고 말했든 그게 무슨 문제가 됩니까?"

"나는 문제가 된다고 생각합니다."

"이유를 모르겠군요……."

하지만 그녀의 대답을 기다리는 그의 침묵이 그녀에게 최면이라도 건 듯이, 그녀는 마지못해 대답했다.

"나는, '틀림없어요, 크레일 부인. 그분은 자살하신 것 같아요.' 하고 말했을 거예요."

"당신도 자신의 말을 정말이라고 믿었습니까?"

윌리엄스 양이 고개를 쳐들었다.

"아뇨, 난 믿지 않았어요." 그녀가 단호하게 말했다.

"하지만 제발 이건 아셔야 해요, 포와로 씨, 나는 완전히 크레일 부인의 편이었다는 것을 말이에요. 당신이 그런 식으로 말씀하신다고 하더라도 말이죠.

나는 그녀를 동정했지, 경찰을 옹호하진 않았어요."

"당신은 그녀가 석방되기를 바랐습니까?"

윌리엄스 양이 대들듯이 말했다.

"그래요."

"그렇다면, 당신은 그녀의 딸인 칼라의 심정도 충분히 공감하시겠군요?"

"나는 칼라의 심정을 충분히 이해할 수 있어요."

"당신은 그 비극에 관계된 모든 것들을 상세하게 적어주실 수 있겠습니까?"

"그녀에게 보여 주실 생각인가요?"

"그렇습니다."

윌리엄스 양이 천천히 말했다.

"좋아요, 기꺼이 해 드리지요. 그녀는 그 문제에 대해서 단단히 결심한 모양이죠?"

"그렇습니다. 오히려 그녀가 사실을 몰랐었더라면 더 좋았을지도 모르겠습니다만."

윌리엄스 양이 그의 말을 가로챘다.

"그렇지 않아요. 어차피 알게 될 거라면 사실과 과감하게 대면하는 편이 더 나아요. 사실을 은폐함으로써 불행을 모면하려는 것은 소용없는 짓이에요. 칼라는 사실을 알고 커다란 충격을 받았을 테지만―그러나 이제 그녀는 그 비극이 어떻게 해서 일어나게 되었는지를 정확하게 알고 싶어 하고 있어요. 그것은 용기를 가진 젊은 여성으로서 마땅히 취해야 할 태도라고 생각되는군요. 일단 그녀가 모든 사실을 알게 되면 그 비극적인 사실들을 다시 잊어버리고 자신의 인생을 충실히 살아갈 수가 있을 거예요."

"글쎄요, 당신 생각이 옳을지도 모르겠군요." 포와로가 말했다.

"내 생각이 틀림없다고 확신해요."

"하지만 거기에는 더 중요한 문제가 있답니다. 그녀는 단지 사실을 알려고만 하는 것이 아니라, 자기 어머니의 결백을 입증하고 싶어 하고 있습니다."

윌리엄스 양이 말했다.

"가엾은 것."

"당신도 그렇게 생각하십니까?"

"이제야 당신이 차라리 그녀가 모르는 편이 더 좋았을지도 모르겠다고 하신 이유를 알겠군요. 그렇다고 하더라도 내 생각은 변함없습니다. 자기 어머니의 결백을 밝히고자 하는 것은 자연스러운 소망이고—설혹, 그 소망을 실현하기 거의 불가능하더라도, 당신 말씀으로 보아서 칼라는 진실을 외면하지 않고 과감하게 받아들일 만한 충분한 용기가 있는 것 같아요."

"당신은 그것이 진실이라고 확신하십니까?" 포와로가 물었다.

"무슨 말씀을 하시는 건지 알 수가 없군요."

"크레일 부인이 결백했다고 믿는 것이 전혀 근거가 없는 믿음이라고 생각하십니까?"

"그 점에 대해서는 진지하게 생각해 본 적이 없어요."

"하지만 그녀는 그것이 자살이었다고 끈질기게 주장하지 않았습니까?"

윌리엄스 양이 냉담하게 말했다.

"그 불쌍한 여인은 그렇게라도 해야만 했던 거예요."

"당신은 크레일 부인이 죽기 전에 자기가 결백하다는 사실을 엄숙하게 맹세하는 편지를 딸에게 남겼다는 것을 알고 있습니까?"

윌리엄스 양이 그를 쏘아보고는 날카로운 어조로 말했다.

"그건 전혀 그녀답지 않은 짓이로군요."

"당신은 그리 생각하십니까?"

"예, 그래요. 오, 당신은 정말 감상주의자라고 하지 않을 수가 없군요……."

포와로가 분연히 그녀의 말을 가로막으면서 말했다.

"나는 결코 감상주의자는 아닙니다."

"하지만 그건 도무지 걸맞지 않은 감상과 다를 게 뭐가 있나요? 어째서 그런, 거짓말을 그토록 엄숙한 순간에 쓴다는 거죠? 자식의 고통을 덜어 주기 위해서였을까요? 그래요, 많은 여성이 그럴 수도 있을 거예요. 그러나 크레일 부인이 그랬을 거라고는 도저히 생각할 수 없어요. 그녀는 용감하고 진실한 여성이었어요. 나는 그녀가 자기 딸의 판단을 흐리게 할 거짓말을 남길 여자라고는 도무지 생각할 수가 없군요."

포와로는 약간 화를 내며 말했다.

"그렇다면, 당신은 캐롤라인 크레일이 남긴 편지가 진실일 수도 있다는 가능성에 대해서는 전혀 생각해 보지 않으시는가 보군요?"

"물론이에요!"

윌리엄스 양은 아주 기이한 시선으로 포와로를 쳐다보았다.

"이제 내가 이렇게 말해도 상관없을 거예요—오랜 세월이 흐른 지금에 와서는. 나는 캐롤라인 크레일이 유죄였다는 사실을 우연히 알게 되었단 말입니다!"

"뭐라고요?"

"그건 사실이에요. 내가 그 당시에 알고 있던 사실을 누설하지 않은 것이 옳은 일이었는지는 확실히 알 수가 없지만, 아무튼 나는 그것을 입 밖에 내지 않았어요. 하지만 당신은 내 말을 믿으셔야 해요. 나는 캐롤라인 크레일이 유죄였다는 것을 알고 있어요."

안젤라 워렌의 방에서는 리젠트 공원이 한눈에 내려다보였다. 이처럼 화창한 봄날에는 따사로운 대기가 창문을 통해 흘러들어와 질주하는 차량의 시끄러운 소음만 없다면, 마치 자신이 시골에라도 와 있는 듯한 착각에 빠지게 된다.

포와로가 창문에서 몸을 돌리자 문이 열리며 안젤라 워렌이 방 안으로 들어왔다.

그가 그녀를 본 것은 이번이 처음은 아니었다. 언젠가 그녀가 왕립 지리학회에서 강연할 때 그녀의 모습을 볼 기회가 있었다. 그는 그것은 대단히 훌륭한 강연이었다고 생각했다. 호소력이 다소 부족하기는 했지만, 아무튼 워렌 양은 훌륭한 연사였다.

이제 가까이에서 그녀를 보게 되자 그는 안젤라 워렌이 아주 인상적인 여성이라는 것을 알 수 있었다. 엄격해 보이기는 했지만, 균형이 잘 잡힌 얼굴이었다. 매우 인상적인 짙은 눈썹과, 맑고 이지적인 갈색 눈동자에 새하얀 살결을 하고 있었다. 그녀는 딱 벌어진 어깨에 걷는 모습이 다소 남성적인 인상을 풍겼다.

그녀에게서는 '꿀꿀' 거리며 돌아다니는 작은 돼지 같은 인상은 전혀 찾아볼 수 없었다. 하지만 오른쪽 뺨에는 흉한 모습으로 주름진 상처 자국이 나 있었다. 오른쪽 눈은 약간 일그러지고 눈초리가 아래로 처져 있는 듯했지만, 누구도 그 눈이 시력을 잃었다는 것을 알아차리지 못할 것 같았다. 에르퀼 포와로에게는 그녀가 오랫동안 자신의 손상된 용모와 시력에 대해 완전히 잊고 지내왔던 것이 분명하다는 생각이 들었다. 그리고 그런 사실은 그가 관심을 두고 있던 다섯 사람을 모두 만나본 결과, 모든 유리한 점을 갖추고 인생을 출발한 사람들이 모두 실제로 인생에서 성공과 행복을 손에 넣지는 못한다는 생각이 들게 했다.

엘사만 하더라도 유리한 점(젊음과 미모, 그리고 재산)을 갖추고 인생을 출발했다고 할 수 있지만, 결국에는 가장 좋지 못한 결과를 빚고 말았다. 그녀는, 마치 철 이른 서리를 맞아 미처 피기도 전에 시들어 버린 꽃과 같았다. 세실리아 윌리엄스는 겉으로 보기에 이렇다 하게 내세울 만한 것이 전혀 없었다. 그런데도, 포와로의 눈에 비친 그녀의 모습에는 외기소침하거나 좌절된 기색이 전혀 보이지 않았다. 윌리엄스의 일생은 자신에 대한 관심으로 가득 차 있었고, 여전히 세상사와 사람들에 대해서 흥미를 잃지 않고 있었다.

이제, 안젤라 워렌(손상된 용모와 그로 인해 어쩔 수 없이 느껴야 하는 굴욕감이란 악조건을 지닌), 그녀에게서 포와로는 그녀가 자신감과 확신을 쟁취하려고 투쟁한 결과로 얻어진 넘치는 활력을 분명히 느낄 수 있었다. 미숙하기만 하던 여학생이 유능하고 정력적인 여성으로, 자신의 야망을 성취하기 위해 넘치는 에너지를 지닌 놀라운 정신력과 재능을 겸비한 여성으로 변모된 것이었다. 그녀는 인생에 있어서 행복과 성공을 모두 성취한 여성이라는 것을 포와로는 확실하게 느낄 수 있었다. 그녀의 인생은 활력과 가치 있는 삶을 추구하는 즐거움으로 가득 차 있었다.

그녀는 확실히 포와로가 좋아하는 타입의 여성은 아니었다. 비록 그녀의 명쾌하고 뛰어난 정신력은 감탄할 만한 것이었지만, 단순한 남자로서 그를 대하는 그녀의 태도에는 만만하게 얕잡아 볼 수 없는 여장부다운 면모가 역력히 드러나 보였다. 그는 언제나 우아하고 화려한 여성들을 좋아하는 편이었다.

안젤라 워렌에게 있어서는 그의 방문 목적을 솔직히 밝히는 편이 나았다. 핑곗거리가 전혀 없었다. 그는 칼라 레마천트가 그를 찾아와서 나누었던 이야기들을 자세하게 들려주었다.

　안젤라 워렌의 엄숙한 표정이 눈에 띄게 밝아졌다.

　"칼라가요? 그 애가 이곳에 건너왔다고요! 정말이지 빨리 한번 만나보고 싶군요."

　"그녀와 서로 연락하지는 않았습니까?"

　"거의 하지 못했다고 할 수 있지요. 제가 여학교에 다니고 있을 때 그 애는 캐나다로 건너갔고, 몇 년 지나지 않아 그 애는 저에 대한 기억을 거의 잊어버릴 거라고 생각했어요. 어쩌다가 크리스마스 때에 선물을 주고받는 것만이 우리 둘을 연결해 주는 유일한 끈이었답니다. 이제는 그 애가 캐나다의 풍습에 완전히 익숙해져 그곳에서도 별 어려움 없이 잘 살아갈 거라고 생각했어요. 사람은 환경에 적응하게 마련이니까요."

　포와로가 말했다.

　"물론, 누구든 그렇게 생각할 수 있지요. 이름도 바뀌고, 생활 환경도 바뀌었으니. 즉, 새로운 생활을 하게 된 거죠. 하지만 모든 일이 그렇게 순조롭게 되지만은 않았답니다."

　그러고 나서 그는 칼라의 약혼과 그녀가 나이가 들어서 알게 된 사실, 그리고 영국으로 건너오게 된 동기 등에 대해서 말해 주었다.

　안젤라 워렌은 조용하게 한쪽 손을 흉터가 있는 뺨에 올려놓은 채 그의 이야기를 들었다. 그녀는 이야기를 듣는 동안 아무런 감정도 보이지 않다가, 포와로가 이야기를 마치자 조용한 목소리로 말했다.

　"칼라에게는 잘된 일이에요."

　에르퀼 포와로는 깜짝 놀랐다. 이런 반응은 여지껏 본 적이 없었기 때문이었다. 그가 말했다.

　"찬성하시는 건가요, 워렌 양?"

　"물론이에요. 그 애가 원하는 결과를 얻을 수 있길 바라요. 제가 도와줄 수 있는 거라면 무엇이든 그 애를 위해 할 거예요. 그 일을 밝히기 위해서 저 자신이 아무런 노력도 하지 않았던 것에 대해서 저는 몹시 죄책감을 느끼고 있답니다."

"그렇다면 당신은 그녀의 생각이 옳을 수도 있다고 생각하십니까?"

안젤라 워렌은 날카로운 어조로 말했다.

"물론 그녀의 생각이 옳아요. 캐롤라인 언니는 절대로 그런 짓을 하지 않았어요. 저는 그것을 분명히 알고 있었어요."

"당신은 정말로 나를 몹시 놀라게 하시는군요, 마드모아젤."

포와로가 숨을 죽이며 말했다.

"다른 사람들과도 이야기를 나누어 보았지만……."

그녀가 날카롭게 그의 말을 가로챘다.

"더 이상 말씀하실 것도 없어요. 그때의 상황 증거가 돌이킬 수 없을 정도로 완벽하다는 것은 저도 익히 알고 있습니다. 제 확신은 지식에, 언니에 대한 지식에 근거를 둔 것이에요. 캐롤라인 언니가 아무도 살해할 수 없었다는 것을 저는 너무도 분명하고 확신하게 알고 있어요."

"어떤 인간의 본성에 대해서 그렇게 자신있게 말씀하실 수 있습니까?"

"아마 대부분의 경우에 있어서는 그럴 수 없을 거예요. 저두 인간이란 동물이 불가사의한 존재라는 것을 인정해요. 하지만 캐롤라인 언니는 특별한 이유가 있는데……, 그것은 누구보다도 제가 더 잘 아는 이유예요."

그녀는 상처 난 뺨을 가리켰다.

"당신도 이 상처가 보이죠? 이 상처에 대한 이야기는 당신도 이미 알고 계실 거예요."

포와로는 고개를 끄덕였다.

"캐롤라인 언니가 이렇게 만든 거예요. 이것이 바로 제가 확신하는, 제가 아는, 언니가 살인을 저지르지 않았다는 것을 알 수 있는 이유예요."

"대부분의 사람에게는 결코 설득력이 있는 근거라고는 할 수 없을 것 같군요."

"아니에요, 그 반대일 수도 있어요. 그리고 저는 실제로 그렇게 쓰일 수도 있었다고 생각해요. 캐롤라인 언니는 격정적이고 발작적인 성격을 가졌다고들 증언했지요! 언니가 어린 아기였던 저에게 상처를 입혔기 때문에, 그 사실을 아는 사람들은 언니가 마찬가지로 불성실한 남편을 독살시킬 수도 있다고 주장했던 거예요."

포와로가 말했다.

"나라면, 적어도 그 차이를 알아차렸을 겁니다. 발작적이고 급한 성격을 가진 사람이라면 먼저 독살을 구상하고 나서, 다음 날 신중하게 그 계획을 실행에 옮긴다는 것은 불합리한 추론이라는 것이겠지요."

안젤라 워렌은 참을 수 없다는 듯이 손을 저었다.

"제 말은 그런 뜻이 아니에요. 이제 분명히 말씀드리겠어요. 당신이 친절한 마음씨와 일반적인 애정을 지닌 사람이면서도, 동시에 심한 질투심도 보일 수 있는 사람이라고 가정해 보세요. 그리고 가장 자신의 행동을 통제하기 어려운 시기에 발작적인 질투심으로 인해, 거의 살인을 저지른 것이나 다름없는 끔찍한 사건을 저질렀다고 가정해 보세요. 아마도 끔찍한 충격과 공포, 그리고 극심한 자책감이 일생을 두고 당신을 괴롭힐 거예요.

당신이 캐롤라인 언니처럼 감수성이 예민한 사람이라면, 그런 공포와 자책감이 결코 당신에게서 떠나지 않을 거예요. 언니는 그런 것들을 결코 떨쳐 버릴 수가 없었어요. 그 당시만 해도 저는 그것을 분명히 인식하지 못했지만, 이제 와서 돌이켜보면 그걸 확연하게 깨달을 수 있어요. 언니는 자기가 나를 해쳤다는 사실로 끊임없이 괴로워하고 있었던 거예요. 그 사실은 언니를 결코 평화롭게 놓아두지를 않았던 거죠. 언니의 모든 행동에도 영향을 미쳤어요. 언니가 저를 대했던 태도만 봐도 그건 알 수 있죠. 저를 위해서라면 아무리 잘 해줘도 모자란다고 생각했던 거예요. 언니에게 있어서는 언제나 제가 우선이었던 것 같아요. 언니가 에이미어스와 다투는 원인 중에서 반 이상은 제 문제 때문이었죠."

워렌 양은 잠시 멈추었다가 다시 말을 이었다.

"물론, 그것은 저에게 있어서도 좋지 않았지요. 저는 끔찍하게 응석받이가 되었거든요. 그거야 어쨌거나 상관없는 일이고, 우리는 지금 캐롤라인 언니에 대해서 이야기하고 있었죠? 격렬한 충동을 억제하지 못한 결과로 언니는 평생토록 그와 같은 행동을 다시는 저지르지 않겠다고 다짐했던 거예요. 언니는 그런 일이 다시 일어날까 봐 항상 두려워하며 자신을 살피곤 했어요. 그래서 거기에 대처하기 위한 자신만의 방법을 찾아냈던 거죠. 그 한 가지는 아주 방종한 언행을 쓰는 것이었어요. 언니 생각은(저도 심리학적으로 상당히 일리가 있다고 생각해요), 아주 격렬한 말투를 사용하면, 격정이 행동으로 나타날 염려가 없을 거라는 것이었죠. 언니는 경험에 의해서 그런 방법이 효과가 있다는 것을 알게 되었어요.

저는 캐롤 언니가 이렇게 말하는 것을 들은 적이 있어요. '나는 그이를 아주 조각조각 잘라서 기름 속에 집어넣고 천천히 튀겨 버렸으면 좋겠어.' 그리고 저한테인지, 아니면 에이미어스한테인지, '나를 자꾸 화나게 하면 정말 죽여 버릴 테야.' 하고 말하기도 했어요. 따라서 언니는 자주, 그것도 격렬하게 다투곤 했죠. 제 생각에는, 언니가 자기 내부에 본능적으로 존재하고 있는 격심한 충동을 잘 알고 있었고, 그래서 고의로 그것을 그런 식으로 분출시켰던 것이 아닌가 싶어요. 언니와 에이미어스는 아주 별나고도 끔찍하게 다투곤 했답니다."

에르큘 포와로는 고개를 끄덕였다.

"그렇죠, 그랬다는 증언이 있었지요. 그들은 마치 고양이와 개 사이처럼 다투었다고들 하더군요."

안젤라 워렌이 다시 말을 이었다.

"바로 그거예요. 그리고 그것은 너무나 어리석고도 잘못되게 해석되었던 거예요. 물론 캐롤 언니와 형부는 심하게 다투곤 했어요! 정말이지 할 말 못 할 말 다해 가면서 싸웠어요! 하지만 그들이 그런 싸움을 즐겼다는 걸 아무도 깨닫지 못했을 거예요. 그들은 그런 부부였어요. 둘 다 극적이고 격정적인 소동을 좋아했던 거예요. 대부분의 사람은 그렇지 않고 평화스러운 분위기를 좋아하죠. 하지만 형부는 화가였어요. 그는 소리 지르고 위협하고 심한 욕설을 듣기를 좋아했던 거예요. 그것이 형부에게 있어서는 화산의 분출구와도 같은 것이었죠. 자기의 색단추를 어디선가 잃어버리고는 집에 와서 찾는 그런 사람이었어요. 아주 괴상한 소리로 들릴 거라는 것을 저도 잘 알아요. 하지만 그런 식으로 끊임없이 다투었다가는 화해하며 사는 것이 에이미어스 형부와 캐롤 언니에게는 삶의 재미와도 같은 것이었어요!"

그녀는 참을 수 없다는 듯이 손을 내저었다.

"만일에 그들이 저에게도 증언하도록 했다면, 저는 그런 점을 분명히 증언했을 거예요." 그러고 나서 그녀는 어깨를 으쓱해 보였다.

"하지만 그들이 제 말을 믿어 주었으리라고는 생각지 않아요. 그리고 아무튼 그때라도 지금처럼 확실하게 알고 있지는 못했을 거예요. 뭔가 알고 있기는 했지만, 그걸 논리적으로 생각하거나 말을 한다는 것은 결코 꿈도 꾸지 못했을 게 틀림없어요."

그녀는 포와로에게 시선을 던졌다.

"제 말뜻을 아시겠어요?"

그는 힘차게 고개를 끄덕였다.

"물론 알고말고요. 그리고 당신이 한 말이 전적으로 옳다는 것도 잘 압니다. 남과 항상 의견 일치를 보는 것에 싫증을 내는 사람들이 있지요. 그런 사람은 자신들의 생활에 극적인 활력을 넣어줄 수 있는 견해차로 자극을 원하기도 하는 법입니다."

"바로 그런 거예요."

"한 가지 묻겠는데, 워렌 양, 그 당시 자신이 느낀 감정들은 어떤 것이었습니까?"

안젤라 워렌은 한숨을 쉬었다.

"대개는 당황함과 무기력함 같은 것들이었을 거예요. 마치 현실로는 보이지 않는 무슨 악몽이라도 꾸는 것 같았어요. 캐롤라인 언니는 곧바로, 아마 사흘쯤 지나서 체포되었고, 제가 막무가내로 앙탈을 부리며 펄펄 뛰었던 것이 아직도 생생하게 기억난답니다. 물론, 그건 어린애 같은 순진한 생각으로, 그것이 터무니없는 실수여서 곧 모든 일이 다 잘될 거라고 생각했기 때문이었죠. 캐롤 언니는 주로 저에 대해 걱정만 했어요—될 수 있는 대로 저를 그 사건에서 격리시키려고 했던 거죠. 언니는 윌리엄스 양에게 즉시 저를 어떤 친척한테 데려가도록 했어요. 경찰도 전혀 반대하지 않았죠. 그러고 나서 제 증언이 필요 없을 것 같다고 결정이 나자, 저는 외국에 있는 학교로 보내지게 되었던 거예요.

물론 저는 정말로 떠나고 싶지가 않았어요. 하지만 캐롤 언니는 저를 끔찍이도 사랑하고 있었고, 제가 떠나는 것만이 자기를 도울 길이라며 저를 설득시켰지요."

그녀는 잠시 숨을 돌렸다. 그리고 나서 다시 이야기를 계속했다.

"그래서 저는 뮌헨으로 가게 되었어요. 제가 그곳에 있을 때, 배심이 열렸지요. 그들은 제가 언니를 만나보러 가도록 허락하지 않았어요. 캐롤 언니도 그걸 바라지 않았을 거예요. 그건 언니가 잘못했던 거라고 생각해요."

"그것은 자신할 수 없는 겁니다, 워렌 양. 끔찍이도 사랑하는 사람이 감금된 곳을 방문한다는 것은 감수성이 예민한 어린 소녀에게 심각한 영향을 줄지도 모르는 일이거든요."

"그럴 수도 있겠죠." 안젤라 워렌은 자리에서 일어나며 말했다.

"배심원에게 유죄 판결을 받은 뒤에 언니는 저에게 편지를 보냈어요. 저는 그걸 누구에게도 보여 준 적이 없어요. 이제 그걸 당신에게 보여 드려야겠다고 생각해요. 그건 당신에게 캐롤라인 언니가 어떤 사람이었는지를 이해하는데 도움이 될 거예요. 당신이 좋으시다면 칼라에게도 보여 주도록 하세요."

그녀는 문쪽으로 걸어가다가 다시 돌아서며 말했다.

"따라오세요. 제 방에 캐롤라인 언니의 초상화가 있어요."

포와로가 초상화를 응시하며 서 있게 된 것은 이번이 두 번째였다.

화법으로 볼 때, 캐롤라인 크레일의 초상화는 평범한 그림이었다. 하지만 포와로는 깊은 관심을 두고 바라보았다─그의 관심을 끄는 것은 예술적인 가치가 아니었다.

갸름한 달걀형의 얼굴에, 우아한 턱의 곡선과 상냥하고 다소 수줍어하는 듯한 표정을 짓고 있었다. 뭔가 알 수 없는 예민한 감성과 내면적인 아름다움을 지닌 얼굴이었다. 그녀 딸의 얼굴에서 볼 수 있는 넘치는 활력을 찾아볼 수가 없었다. 칼라 레마천트의 생기발랄함은 아버지의 영향을 받은 것이 틀림없었다. 이 여인에게서는 적극적인 기질 같은 것은 거의 찾아볼 수가 없었다. 그런데도, 초상화를 바라보고 있던 포와로는 퀜틴 포그처럼 상상력이 풍부한 사람이 어째서 그녀의 모습을 마음속에서 지울 수 없어 하는지 이해할 수 있었다.

안젤라 워렌이 다시(편지 한 통을 들고), 그의 옆에 와서 섰다. 그녀가 조용한 목소리로 말했다.

"이제 이 편지를 읽어 보시면 언니가 어떤 사람이었는지 알게 될 거예요."

그는 조심스럽게 편지를 펴서 캐롤라인 크레일이 16년 전에 적어놓은 글을 읽기 시작했다.

사랑하는 안젤라

네가 나쁜 소식을 듣고 몹시 슬퍼하리라는 것은 잘 알고 있지만 그러나 나는 아무쪼록 네가 그 일로 해서 아무런 상처도 입지 않기만을 바랄 뿐이란다. 이제껏 나는 너에게 거짓말을 한 적이 없었고, 지금 내가 정말로 행복하다고 말하는 것도 결코 거짓말이 아니란다—진실로 나는 그 어느 때보다도 마음속으로부터 평정과 정의로움을 느끼고 있어. 그건 정말이란다. 그리고 나에 대해선 조금도 염려하지 마라. 지난날을 돌이켜보며 나를 원망하고 슬퍼하거나 노여워하지 말고—너의 인생을 위해서, 성공을 향해 계속 앞으로만 나가는 거야. 너는 충분히 해낼 수 있다는 것을 나는 잘 알고 있단다. 괜찮아, 난 정말 괜찮아. 안젤라. 나는 곧 에이미어스한테로 갈 거야. 우리가 함께 있게 될 거라는 것을 나는 추호도 의심치 않는단다. 나는 그이 없이는 살 수가 없어. 이렇게 하는 것만이 내가, 행복해질 수 있는 거란다. 말했지? 내가 행복하다는 것을. 사람은 누구나 자신의 빚을 갚아야 하는 거란다. 평화로움을 느낀다는 것은 정말로 기분 좋은 일이야.

언제까지나 너를 사랑하는 언니 캐롤.

에르큘 포와로는 한 번 더 읽고 나서 편지를 돌려주었다. 그가 말했다.

"참으로 정겨운 편지로군요, 마드모아젤, 그리고 아주 주목할 만한 편지이기도 하고요."

"캐롤라인 언니는……." 안젤라 워렌이 말했다.

"정말 특이한 사람이었답니다."

"그렇습니다. 흔히 볼 수 있는 그런 마음씨의 소유자가 아닌 것 같습니다. 당신은 이 편지가 그녀의 결백을 보여 주는 증거라고 생각하십니까?"

"물론이죠!"

"그런 사실을 분명하게 지적하지는 않은 것 같은데요."

"그건 캐롤 언니가 유죄일 거라고는 제가 꿈에도 생각지 않으리란 것을 언니가 잘 알고 있기 때문이었을 거예요!"

"글쎄요, 그렇게 볼 수도 있겠죠. 하지만 그건 다른 식으로 생각할 수도 있습니다. 그녀가 자신이 죄인이라는 것을 자각하고는 자신의 죄를 속죄함으로써 평화를 찾을 수 있게 된 거라고 말이죠."

그것은 법정에 선 그녀의 모습과 잘 들어맞는 것 같다고 그는 생각했다. 그리고 그 순간 그가 아주 강하게 느낀 것은 자신이 과연 바른길로 들어섰는지에 대해서 아직도 확신할 수가 없다는 것이었다. 지금까지는 모든 점이 한결같이 캐롤라인 크레일의 유죄를 가리키고 있었다. 이제는 그녀 자신의 말조차도 자신에 대해 불리한 증거가 되는 것이었다.

다른 한편에서는 안젤라 워렌만이 흔들리지 않는 확신을 고수하고 있을 뿐이었다. 안젤라가 그녀를 잘 알고 있다는 것은 분명했지만, 왠지 그녀의 확신은 자기가 극진히 사랑하는 언니를 감싸고도는 사춘기 소녀의 '맹목적인 애정' 같은 것이 아니었을까 하는 생각이 들었다.

마치 그의 생각을 읽기라도 한 듯이 안젤라가 말했다.

"그렇지 않아요, 포와로 씨. 저는 언니가 결백했다는 것을 알고 있어요."

포와로가 쾌활하게 말했다.

"나도 그 점에 대한 당신의 신념을 흔들리게 하고 싶지는 않답니다. 하지만 우리는 이 문제를 보다 실제로 보아야 할 겁니다. 당신은 언니에게 죄가 없다고 말하고 있어요. 좋습니다, 그렇다면 실제로 무슨 일이 있었던 것일까요?"

안젤라는 신중하게 고개를 끄덕였다.

"그게 문제라는 것은 저도 동감이에요." 그녀가 말했다.

"저는 그렇게 생각해요. 캐롤라인 언니의 말대로 형부가 자살을 했던 거라고요."

"그것이 그의 성격으로 봐서 가능한 일일까요?"

"거의 있을 수 없는 일이죠."

"하지만 당신은 처음에는 그렇게 말하지 않았습니까, 그럴 가능성도 있다고 말입니다."

"그게 아니에요. 왜냐하면, 방금 말했던 대로 사람들은 가끔 전혀 상상 외의 행동을 하는 수도 있는데—그것은 다시 말해서, 그런 행동은 그 사람의 성격과 맞지 않는 것처럼 보일 수도 있다는 거예요. 하지만 제가 생각하는 것은, 그것이 결코 그 사람의 성격에서 벗어난 것이 아닐 수도 있다는 거죠."

"당신은 형부에 대해서 잘 알고 있었습니까?"

"그래요. 하지만 제가 언니에 대해서 알고 있던 것과는 달라요. 에이미어스 형부가 자살했을 거라는 것은 저에게도 거의 믿기지 않는 일로 여겨지지만, 그럴 수도 있었을 거예요. 사실, 형부는 자살한 것이 틀림없어요."

"그밖에 다른 가능성은 없다고 봅니까?"

안젤라는 침착한 태도로 그 말을 듣고 있었지만, 그렇다고 해서 그리 많은 관심을 보인 것은 아니었다.

"오, 무슨 말씀을 하시는 건지 알겠어요. 하지만 그런 가능성에 대해서는 정말 전혀 생각해 본 적이 없어요. 당신 말씀은 누군가 다른 사람이 형부를 살해했다는 건가요? 그것도 아주 잔인하고 용의주도하게?"

"그랬을 수도 있잖습니까?"

"물론, 그럴 수도 있죠. 하지만 그건 너무 가능성이 희박한 생각 같군요."

"자살보다도 더 가능성이 희박할까요?"

"그건 뭐라고 말하기가 어렵군요. 겉으로 봐서는 의심이 갈 만한 사람이 아무도 없었어요. 아무리 생각해 봐도 그건 마찬가지예요."

"그렇다고 하더라도 우리는 그 가능성에 대해서 고려해 보아야 합니다. 곰곰이 생각해 보면 누군가 마음에 걸리는 사람이—가장 가능성이 크다고 여겨지는 인물이 누구였습니까?"

"생각해 봐야겠어요. 아무튼, 저는 형부를 죽이지 않았어요. 그리고 엘사라는 요물도 분명히 아니었을 거예요. 그 여자는 형부가 죽자, 마치 약 먹은 개처럼 미쳐 날뛰었으니까요. 또 누가 있죠? 메러디스 블레이크? 그 사람은 캐롤라인 언니에게 아주 헌신적이었어요. 마치 잘 길들여진 고양이처럼. 어떻게 보면 그에게는 동기가 있었다고도 할 수 있을 거예요. 소설 같은 얘기지만, 그는 에이미어스 형부를 제거하고 캐롤 언니와 결혼하려 했을지도 모르죠. 하지만 형부가 엘사와 함께 떠나도록 내버려두고, 나중에 기회를 봐서 캐롤라인 언니를 위로함으로써 보다 쉽게 자신의 목적을 이룰 수 있었을 거예요. 게다가 저는 메러디스가 살인자라고는 정말 상상할 수도 없어요. 살인을 하기에는 지나치게 순하고 소심한 사람이었거든요. 그 밖에 또 누가 있나요?"

"윌리엄스 양은? 그리고 필립 블레이크는 어떤가요?" 포와로가 말했다.

안젤라의 엄숙한 표정이 풀리면서 얼굴에 미소가 떠올랐다.

"윌리엄스 양? 가정교사가 살인을 저질렀을 거라는 건 정말 말도 안 되는 소리예요! 윌리엄스 양은 아주 엄격하고 절제가 있는 사람이었어요."

그녀는 잠시 멈추었다가 다시 말을 이었다.

"물론, 그녀는 캐롤라인 언니에게 헌신적이었어요. 언니를 위해서라면 무슨 일이든 했을 거예요. 그녀는 에이미어스 형부를 싫어했지요. 철저한 여권주의자로, 남자들을 좋아하지 않았어요. 그것도 살인 동기가 될 수 있을까요? 그건 어불성설이에요."

"그녀를 용의자로 보기에는 문제가 있는 것 같군요." 포와로도 동의했다.

안젤라가 계속했다.

"필립 블레이크는 어떠냐고요?"

그녀는 잠깐 동안 생각에 잠겼다. 그리고 나서 침착한 어조로 말했다.

"가능성으로만 본다면 그가 가장 유력한 인물이라고 저는 생각해요."

포와로가 말했다.

"대단히 흥미 있는 얘기로군요, 워렌 양. 어째서 그렇게 생각하시는 겁니까?"

"분명한 것은 없어요. 하지만 제가 기억하기로는, 그는 상당히 편협한 사고 방식을 가진 사람이라고 할 수 있어요."

"그럼, 그런 사고방식이 살인을 범할 수도 있다는 겁니까?"

"여러 가지 어려운 문제들을 한꺼번에 해결할 수 있는 좋은 방법이 될 수도 있죠. 그런 종류의 사람은 그와 같은 행동을 함으로써 어떤 만족을 얻게 되는 법이에요. 그렇게 보면 살인이 가장 손쉬운 방법이 아닐까요?"

"예, 당신 생각이 옳을지도 모르겠습니다. 거기에는 분명히 그런 점도 있지요. 하지만 그렇다고 하더라도 한 가지 맹점이 남습니다. 필립 블레이크가 살인을 저질렀다면 그 동기가 무엇이었을까요?"

안젤라 워렌은 곧바로 대답을 하지 않았다. 그녀는 양미간을 찌푸린 채 바닥을 내려다보고 있었다.

에르퀼 포와로가 다시 말했다.

"그는 에이미어스 크레일의 가장 친한 친구였습니다, 그렇지 않습니까?"

그녀는 고개를 끄덕였다.

"그런데 워렌 양, 당신은 마음속에 있는 무엇인가를 아직 나에게 털어놓지 않았어요. 그 두 사람 사이에, 그러니까 그 엘사라는 아가씨 때문에 알력 같은 것이 있지는 않았습니까?"

안젤라 워렌이 고개를 저었다.

"오, 아니에요, 필립이 아니에요."

"그렇다면 무엇입니까?"

안젤라 워렌이 천천히 말했다.

"당신도 어떤 생각이……, 그것도 몇 년이 지난 뒤에 갑자기 떠오르는 현상을 경험해 보신 적이 있을 거예요. 이제 무슨 얘기인지 말씀드리겠어요. 제가 열한 살 때 누군가가 제게 어떤 이야기를 해주었어요. 그 이야기의 요점이 무엇인지 전혀 몰랐지요. 그 때문에 애태울 일도 없었고—그래서 그건 곧바로 내 머릿속에서 사라졌어요. 그것을 다시 떠올리리라고는 전혀 생각지도 못했어요. 그런데 한 2년 전 어떤 레뷰(시사 풍자 희극) 극장의 특등석에 앉아 있을 때, 그 이야기가 갑자기 떠올라서 저도 모르게 큰 소리로 말했어요. '오, 이제야 그 라이스 푸딩(우유와 쌀로 만든 달콤한 푸딩)에 대한 엉터리 이야기의 요점을 알겠어.' 하지만 여전히 항로도 모르는 채, 바람 부는 대로 끌려가는 항해와 같은 상태였지요."

포와로가 말했다.

"무슨 말인지 알 것 같군요."

"그렇다면, 이제 제가 말씀드리려는 것을 이해하실 수 있을 거예요. 언젠가 어느 호텔에 묵었던 적이 있었는데, 저는 복도를 지나가고 있었어요. 그때 한 침실문이 열리면서 제가 알고 있던 어떤 여성이 그 방에서 나왔답니다. 그런데 그건 그녀의 침실이 아니었어요—그리고 그런 사실이 저와 마주친 그녀의 얼굴에 쓰여 있었던 거예요.

그래서 전 어떤 사실을 깨닫게 되었어요. 올더버리에서 캐롤라인 언니가 어느 날 밤 필립 블레이크의 방에서 나왔을 때 제가 보았던 언니의 얼굴에 떠올라 있던 그 표정이 무엇을 뜻했는지 말이에요."

그녀는 몸을 앞으로 내밀면서 포와로의 말을 가로막았다.

"그 당시에는 정말 아무것도 몰랐답니다. 저도 제 또래의 소녀들이 대개 어떻다는 것쯤은 알고 있었어요. 하지만 그런 일들과 현실을 서로 연관 지어 생각지는 못했던 거예요. 캐롤라인 언니가 필립 블레이크의 방에서 나온다는 것은 저에게 있어서 캐롤라인 언니가 필립 블레이크의 방에서 나온다는 사실 이외에는 아무런 의미가 없었던 거죠. 그것은 윌리엄스 양의 방이었을 수도 있었고, 아니면 제 방이었을 수도 있었어요. 하지만 저는 언니의 얼굴에 떠올라 있던 표정을 놓치지 않았어요—그건 제가 알지도, 이해할 수도 없었던 기묘한 표정이었답니다. 방금 말씀드렸듯이, 저는 파리에서 그날 밤 어떤 여인의 얼굴에 떠올랐던 그 표정을 보기 전까지만 해도 이해할 수가 없었어요."

포와로가 천천히 말했다.

"그런데 워렌 양, 당신 말은 나에게는 정말 뜻밖이로군요. 필립 블레이크의 말을 들어 보면, 그는 당신 언니를 몹시 싫어했던 것 같던데요."

"그건 저도 알아요." 안젤라가 말했다.

"어떻게 설명할 수 없지만, 아무튼 그런 일이 있었던 것은 사실이에요"

포와로는 천천히 고개를 끄덕였다. 이미 필립 블레이크와의 대화에서 그는 어쩐지 필립 블레이크의 이야기가 진실하지 못한 것 같다는 막연한 인상을 느꼈었다. 캐롤라인에 대한 그의 적개심은 도에 지나친 것으로, 그것은 왠지 자연스럽지가 못한 것 같았다.

그리고 그는 메러디스 블레이크와 나누었던 대화도 다시 떠올리게 되었다.

'에이미어스가 결혼하자 몹시 당황했고, 그 뒤로 1년이 넘도록 그들을 찾아가지 않았지요.'

그렇다면 필립이 캐롤라인을 사랑하고 있었단 말이 아닌가? 그래서 그녀가 에이미어스를 선택하자, 그의 사랑이 분노와 증오로 변했던 것은 아니었을까?

그렇다, 필립은 그녀에 대해서 지나치게 감정적이었고, 지나친 편견을 가지고 있었다. 포와로는 곰곰이 그의 모습을 떠올려 보았다—골프를 즐기고, 안락한 집을 가진 쾌활하고 부유한 필립 블레이크의 모습을. 16년 전에 필립 블레이크가 정말로 느낀 감정은 어떤 것이었을까?

안젤라 워렌은 계속 이야기를 하고 있었다.

"저는 그걸 이해할 수 없어요. 아시다시피, 저는 남녀 간의 일에 대해서는 전혀 경험이 없거든요. 제가 이걸 말씀드린 것은 혹시 어떤 진가(眞價)—사건의 발달과 어떤 관계가 있지 않을까 해서였어요."

제7장

필립 블레이크의 이야기

친애하는 포와로 씨
귀하와의 약속을 충실히 수행하기 위해 동봉한 편지 속에 에이미어스 크레일의 죽음과 관련된 모든 사실들을 적어 보냅니다. 그날 이후로 많은 세월이 흘러 내가 기억하는 사실들이 정확하지 못할지도 모른다는 점을 미리 밝혀두는 바이지만, 그러나 기억할 수 있는 한 최선을 다해 성실하게 기술코자 합니다.

필립 블레이크 올림

19XX년 9월 18일에 있었던 에이미어스 크레일 살인사건이 일어나게 되었던 사건 경과에 대한 요약

고인(故人)과 나와의 우정은 오랜 옛날로 거슬러 올라간다. 그의 집은 우리 집과 이웃해 있었고, 서로 한 가족처럼 친하게 지내고 있었다. 에이미어스 크레일은 나보다 두 살 위였다. 우리는 같은 학교에 다니지는 않았지만, 소년 시절에는 휴일이면 함께 어울려 다니곤 했다.

어려서부터 그를 잘 알고 지내왔던 나의 입장에서 보면, 그의 성격과 생활 전반에 대한 그의 일반적인 태도에 대해서 나 자신이 어느 정도는 증언할 수 있는 특별한 자격을 갖추었다고 생각한다. 솔직히 말하건대, 에이미어스 크레일을 잘 아는 사람들에게 있어서는 그가 자살을 기도할지도 모른다는 것은 도무지 이해하기 어려운 일이다. 크레일은 결코 스

스로 목숨을 끊을 사람이 아니었다. 그는 지나칠 정도로 생에 애착이 있었다. 법정에서 크레일이 끊임없는 양심의 가책에 시달리다가 결국 독약을 복용하게 되었다는 변호인 측 주장은 그야말로 터무니없는 억지에 지나지 않는다.

크레일이 비양심적인 사람이었던 것은 사실이지만, 그렇다고 해서 병적일 정도로 냉혹한 사람은 아니었다. 더구나 그와 그의 아내 사이에는 심각한 불화가 존재했었고, 그가 자신의 불행한 결혼생활을 청산함에 있어서 추호도 망설이지 않았을 거라고 생각한다. 그는 경제적인 문제와 자식의 양육 문제에 있어서도 기꺼이 책임을 질 준비가 되어 있었고, 또한 아주 관대하게 처리했을 거라는 것도 믿어 의심치 않는다. 그는 아주 관대한 사람이었고, 동시에 따뜻한 마음씨에 정이 많은 사람이었다. 위대한 화가였을 뿐만 아니라, 자기 친구들에게도 헌신적이었다. 내가 알기로는 그를 적대시할 사람은 한 명도 없었다.

나는 캐롤라인 크레일 역시 잘 알고 있었다. 나는 그녀를 결혼하기 전부터 알고 있었는데, 그녀는 올더버리에 자주 내려와 지내곤 했다. 당시에도 그녀는 상당히 예민하고 자기 성질을 이기지 못하는 성격으로, 물론 매력적인 여인이기는 했지만 다른 사람과 함께 지내기에는 적당치 않은 여인임은 틀림없었다. 그녀는 에이미어스를 만나자마자 곧 한눈에 반해 버렸던 것이다. 내 생각에는 에이미어스는 사실 그녀를 그다지 사랑하지 않았던 것 같았다. 하지만 그들은 자주 만나곤 했다. 그녀는 매력적인 여인이었고, 따라서 그들은 약혼하게 되었다. 크레일의 친구들은 그 결혼에 대해서 우려했는데, 그것은 캐롤라인이 그에게는 어울리지 않는다고 생각했기 때문이다.

이것이 처음 몇 년간 크레일의 아내와 그의 친구들 사이에 상당한 긴장 관계가 존재하게 된 원인이었다. 그러나 에이미어스는 진실한 친구였고, 따라서 그 아내의 주문대로 그의 옛 친구들을 저버리지는 않았다. 그 뒤 우리는 다시 예전의 사이로 돌아가게 되었고, 나는 올더버리를 자주 방문하게 되었다. 덧붙여 말할 수 있는 것은, 내가 그의 어린 딸 칼라의 대부였다는 것이다. 그것은 바로 에이미어스가 나를 가장 친한 친구로 간주했었다는 것을 단적으로 보여주는 사실이었다.

이제 본론으로 들어가서, 내가 올더버리에 내려간 것은 사건이 일어나기 닷새 전이었다(이것은 옛날 일기를 보고 안 사실이다). 다시 말해 9월 13일의 일이었다. 나는 뭔가 심상치 않은 분위기가 감돌고 있다는 것을 금방 느낄 수 있었다. 그 집에는 엘사 그리어 양이라는, 에이미어스가 그리던 그림의 모델도 함께 지내고 있었다.

내가 엘사 그리어란 아가씨의 실물을 본 것은 그것이 처음이었지만, 그녀의 존재에 대해서는 이미 그전부터 알고 있었다. 에이미어스가 한 달 전부터 나에게 그녀에 대해서 떠들어댔기 때문이었다. 그의 말로는 어떤 놀라운 아가씨를 만났다고 했다. 그가 그녀에 대해서 너무 열광적으로 떠들어대기에 내가 농담조로 그에게 말했다. "조심하게나, 여보게. 그렇지 않으면 자네는 또다시 제정신을 잃고 말 테니까." 그러자 그는 자기를 실없는 사람으로 만들지 말라고 했다. 자기는 그녀를 그리려고 한 뿐이지 그녀에게 개인적인 관심은 전혀 없다는 것이었다. 그래서 내가 말했다. "허튼소리 말아, 이 친구야! 나는 전에도 자네가 그런 소리를 하는 걸 들었었지."

"이번에는 그것과 다르다네." 하고 그가 말했을 때, 나는 다소 냉소적으로 이렇게 말했다. "자네는 언제나 같은 식이야!" 그러자 에이미어스는 몹시 초조하고 걱정스러워하는 표정을 지으며 말했다. "자네가 잘못 아는 걸세. 그녀는 아직 소녀에 불과해. 어린애나 다를 바가 없단 말일세." 그러고는 그녀가 아주 현대적인 사고방식을 가진, 고리타분한 편견 따위와는 거리가 먼 아가씨라고 하며 이렇게 말했다. "그녀는 솔직하고 천진난만하며 겁이라고는 전혀 없다네."

비록 그렇게 말하지는 않았지만, 에이미어스가 이번에도 크게 잘못하고 있음이 틀림없다는 생각이 들었다. 몇 주일 뒤, 누군가가 이렇게 말하는 것을 듣게 되었다. "그리어란 아가씨는 그에게 완전히 홀렸어." 그리고 누군가는 에이미어스가 감당하기에는 너무 벅찬 상대라고 했고, 또 다른 사람들은 그녀가 너무 젊다는 걸 생각하고는 낄낄거리며 엘사 그리어란 아가씨도 알 건 다 알고 있다고 말하기도 했다.

크레일의 아내가 그 일에 대해서 어떻게 생각하고 있을는지에 대해서는 의문의 여지가 없었다. 그녀가 몹시 질투심이 강하고, 그 때문에 크레일을 끊임없이 괴롭혀 왔다는 사실에 대해서 그녀가 예전처럼 냉담한 반응을 보일지도 의문이었다.

이런 사실을 언급하는 것은 내가 앞서 진술했던 상황을 분명하게 파악하는 것이 중요하다고 생각했기 때문이다.

나는 그 처녀에 대해서 많은 관심이 있었다. 그녀는 매우 아름답고 매력적이었으며, 또한 나는 캐롤라인이 몹시 화를 내는 것을 보고 악마적인 즐거움을 느꼈다는 것을 솔직히 인정해야겠다.

에이미어스 크레일 자신도 평소보다는 덜 쾌활했다. 비록 그에 대해서 잘 모르는 사람일지라도 그의 태도가 평소와는 상당히 다르다는 것을 쉽사리 알 수 있을 것이다. 하물며 그를 너무도 잘 아는 나로서는 그가 몹시 긴장하고 있고, 왠지 불안해하는 것 같으며, 한편으로는 우울한 기분에 사로잡혀 있는 것 같기도 했고, 까닭 없이 짜증을 내는 것 같다는 것을 알아차릴 수 있었다.

비록, 그가 그림을 그릴 때면 언제나 침울한 기분에 빠지곤 하는 경향이 있었지만, 그가 보여 주던 과도한 긴장은 그림을 그리고 있기 때문이라는 것만으로는 설명이 충분치 않았다. 그는 나를 반갑게 맞이하며 우리 둘만이 남게 되자 이렇게 말했다. "자네가 이렇게 돌아와 주다니 정말 고맙네, 필. 여자 네 명과 한 집에서 지낸다는 것은 정말이지 온전한 정신으로는 견디기 어려운 일이라네. 그들 사이에서 이렇게 계속 지내다가는 언젠가는 정신병원에 들어가게 되고 말 걸세."

그 집에는 확실히 뭔가 불안한 분위기가 감돌고 있었다. 캐롤라인이 모든 일에 대해서 거칠게 굴고 있었던 것만은 틀림없었다. 비록 상대방의 감정을 상하게 하는 모욕적인 언사는 한마디도 쓰지 않았지만, 그녀의 공손하고 예의 바른 태도가 오히려 엘사를 더욱 못 견디게 하였던 것이

다. 엘사는 노골적으로 보란 듯이 캐롤라인에게 버릇없이 굴었다. 그녀는 건방지고 무례하기 짝이 없었으며, 그녀 자신도 그것을 잘 알고 있었고, 자신의 못된 행동을 조금도 자제하려 들지 않았다.

그 결과 크레일은 그림을 그리지 않을 때에는 대부분의 시간을 안젤라와 어울리며 지내게 되었다. 비록 크레일과 안젤라는 자주 티격태격하기는 했지만, 그런대로 상당히 친한 사이였다고 할 수 있었다. 하지만 에이미어스가 모든 일에 대해서 신경질을 내며 까다롭게 굴 경우에는 정말 그들은 서로 핏대를 세우고 맞서기도 했다. 마지막으로 가정교사가 있었다. 에이미어스는 그녀를 '음산한 얼굴을 한 마귀할멈'이라고 불렀다. "그녀는 나를 마치 사탄을 대하듯 미워한다네. 입술을 꼭 다물고 앉아서 끊임없이 나를 비난하는 거야."

그러고 나서 그는 이렇게 말했다. "망할 놈의 여편네들! 남자들이 조금이라도 평화롭게 지내려면 우선 여자들을 깡그리 쓸어 버려야만 할 걸세!"

"자네는 결혼하지 말았어야 했어." 하고 내가 말했다. "자네는 자질구레한 가정의 속박에서 벗어나야 할 사람이라고."

그는 이 말에 대해서 한참 있다가 대꾸를 했다. 그러고는 캐롤라인이 자기와 헤어지는 것을 아주 기꺼이 받아들일 거라고 덧붙였다. 이것이 바로 내가 첫 번째로 느낀 뭔가 심상치 않은 분위기의 징조였다.

내가 말했다. "대체 그게 무슨 소린가? 그렇다면 사랑스러운 엘사와의 일을 진지하게 고려해 보고 있다는 말인가?"

그러자 그는 입속말로 중얼거렸다. "그녀는 정말 사랑스러워, 그렇지 않은가? 가끔 나는 차라리 그녀를 만나지 않았으면 좋았을 걸 하고 생각한다네."

내가 말했다. "여보게, 제발 정신 좀 차리게나. 자네는 더 이상 여자들 문제로 골치를 썩혀서는 안 되네."

그는 나를 물끄러미 바라보더니 웃음을 터뜨리며 말했다. "자네 말은 모두 옳아. 하지만 나는 여자들을 그냥 내버려 둘 수가 없다네, 그럴 수가 없어. 설사 내가 그렇게 할 수 있다손 치더라도, 여자들이 나를 가만히 내버려두지 않을 걸세!" 그러고는 커다란 어깨를 으쓱하며 나에게 싱긋이 웃어 보이며 이렇게 말했다. "아, 어쨌거나 곧 결과가 나오게 되겠지. 그리고 자네도 그 그림이 걸작이라는 걸 인정해야 할 걸세!" 그는 작업 중이던 엘사의 초상화에 대해서 언급했는데, 비록 나는 그림에 대한 지식이 별로 없었지만, 그 작품이 특별히 정력을 기울여 그려지고 있었다는 것을 알 수 있다.

그림을 그리는 동안만은 에이미어스는 전혀 다른 사람이 되었다. 비록, 으르렁거리며 이마를 찡그리고 툴툴거리거나 거침없이 욕을 해대며 가끔 붓을 내동댕이치기도 했지만, 그 순간만은 진정으로 무한한 행복감에 도취해 있었던 것이다.

여인들 사이의 험악한 분위기가 그를 엄습해 오는 것은 그가 식사하러 집에 돌아올 때뿐이었다. 험악한 분위기가 최고조로 달아오른 것은 9월 17일이었다. 우리는 어색하기 짝이 없는 분위기 속에서 점심을 먹게 되었다. 엘사는 정말이지, 건방지다고 할 수밖에 없는 태도로 아주 무례하게 굴었다. 그녀는 마치 그 방에 자기와 에이미어스 둘만이 있는 것처럼 에이미어스에게 치근거림으로써 아주 노골적으로 캐롤라인을 무시했다. 캐롤라인도 그들을 전혀 무시하고 우리에게 짐짓 명랑한 태도로 이야기함으로써 그녀의 아무렇지도 않은 듯한 말 속에 더욱더 신랄함을 풍기게 하였다. 그녀에게는 엘사 그리어처럼 유치해 보이는 솔직함이 없었다. 캐롤라인은 모든 것을 직접적으로 말하기보다는 오히려 암시적으로 빗대어 표현하곤 했다.

점심을 끝내고 거실에서 막 커피를 마시고 난 다음에 바로 그 위기의 순간이 닥쳐왔다. 내가 윤이 반지르르하게 나는(아주 괴상하게 생긴) 너도밤나무로 만든 조각상에 대해서 언급하자 캐롤라인이 말했다. "그건 어떤 젊은 노르웨이 조각가의 작품이에요. 에이미어스와 나는 그의 작품을 무척 좋아한답니다. 다음 여름에는 그를 만나러 갈까 해요." 엘사가 조용하게 참아줄 거라고 기대하는 것은 무리였다. 어떤 도전도 그냥 넘어가게 내버려둔 적이 결코 없었다. 그녀는 잠시 기다렸다가 분명하고, 다소 강한 어조로 말했다.

"가구들을 적당하게 옮겨 놓으면, 이 방도 아주 멋지게 꾸며질 거예요. 방에 비해서 가구가 너무 많아요. 내가 여기서 살게 되면 쓸 만한 물건 한두 개를 빼놓곤 이 쓰레기 같은 것들은 모두 치워 버릴 거예요. 그러고는 구릿빛 커튼을 치게 되면, 내 생각에는, 그렇게 하면 석양 햇살은 단지 서쪽 창문을 통해서만 비쳐 들어오게 될 거예요." 그러고는 나를 돌아보며 말했다. "그렇게 하면 좀더 멋지게 꾸며지게 될 거라고 생각지 않으세요?"

나는 미처 대답할 시간이 없었다. 캐롤라인이 부드럽고 달콤한, 그러나 어쩐지 위기감을 느끼게 하는 목소리로 나를 앞질러 말했기 때문이었다. "이 집을 살 생각이에요, 엘사?" 하고 그녀가 말했다.

엘사가 말했다. "굳이 살 필요까지는 없을 거예요."

"무슨 말이죠?" 하고 말하는 캐롤라인의 목소리에는 이제 부드러운 기색이라고는 전혀 찾아볼 수가 없었다. 딱딱하고 다소 흥분된 목소리였다. 엘사는 웃음을 터뜨리며 대답했다. "굳이 모르는 체할 게 뭐람? 이봐요, 캐롤라인, 당신도 내 말이 무슨 뜻인지 아주 잘 알고 있을 텐데요!"

캐롤라인이 말했다. "나는 전혀 모르겠는데."

그러자 엘사가 다시 말했다. "그렇게 어리석은 체하지 말아요. 다 알고 있으면서도 모르는 체해 봐야 소용없어요. 에이미어스와 나는 서로 사랑하고 있어요. 여긴 당신 집이 아니에요. 그이의 집이란 말이에요. 우리가 결혼하게 되면 나는 그이와 함께 여기서 살 거예요!"

"도대체 제정신이 아닌 모양이군." 하고 캐롤라인이 냉랭하게 말했다.

"오, 천만에요, 난 아무렇지도 않아요. 그리고 당신도 잘 알걸요. 우린 서로에게 보다 솔직해야 할 거예요. 에이미어스와 내가 서로 사랑하고 있다는 걸 당신도 익히 알고 있을걸요. 이제 당신이 할 일이라곤 품위 있게 구는 거예요. 그이를 자유롭게 놓아 주어야 해요."

캐롤라인이 말했다. "난 당신이 무슨 소리를 하든지 한 마디도 믿지 않겠어."

하지만 그녀의 목소리에는 확신이 없었다. 엘사가 그녀의 자신감을 무너뜨린 것이었다.

그때 에이미어스가 방으로 들어오자 엘사가 웃으며 말했다. "나를 믿지 못하겠으면 그에게 직접 물어봐요."

그러자 캐롤라인이 말했다. "좋아요." 그러고는 곧바로 에이미어스에게 물었다. "에이미어스, 엘사 말이 당신이 자기와 결혼하고 싶어 한다는데, 그게 사실인가요?"

가엾은 에이미어스. 나는 그가 정말 불쌍했다. 그런 상황은 남자들을 어쩔 수 없이 바보처럼 만들게 마련이다. 그는 얼굴을 붉히며 호통을 치기 시작했다. 그는 엘사를 돌아보며, 어째서 그렇게 혓바닥을 조심하지 못하는 거냐고 다그쳤다.

캐롤라인이 다시 말했다. "그렇다면 그게 사실인가요?"

그는 아무런 말도 하지 못하고, 다만 목을 어루만지며 어정쩡하게 서 있기만 했다. 마치 궁지에 몰린 어린애처럼 쩔쩔맸다. 그는, 근엄하고 위엄 있게 말하려고 애썼지만, 그렇게 하지 못하고 단지, "그 일에 대해서는 더 이상 아무런 얘기도 하고 싶지 않소." 하고 말했을 뿐이었다.

그러자 캐롤라인이 단호하게 말했다. "하지만 우린 그 일에 대해서 따져 봐야겠어요!"

"난 캐롤라인에게 말해 주는 것이 떳떳하다고 생각해요." 하고 엘사가 참견하고 나섰다.

"그게 사실인가요, 에이미어스?" 이번에는 캐롤라인이 아주 평온한 어조로 물었다.

그는 몹시 부끄러워하는 것 같았다. 남자들이란 여자들에 의해 궁지에 몰리게 되면 다 그렇게 되기 마련이다.

다시 캐롤라인이 말했다. "대답해 주세요, 제발. 나는 알아야겠어요."

그는 마치 대들기라도 하듯이 고개를 홱 치켜들며 내뱉듯 말했다. "그건 사실이야. 하지만 지금은 그 일에 대해서 논하고 싶지가 않아."

그러고는 돌아서서 성큼성큼 그 방을 나가 버렸다. 나도 그를 따라나갔다. 그 여자들과 남아 있고 싶지 않았기 때문이었다. 나는 테라스에서 그를 붙잡았다. 그는 욕지거리를 퍼붓고 있었다. 나는 그보다도 더 심하게 욕을 해대는 사람을 여태까지 본 적이 없었다. 그는 마치 미친 사람처럼 소리를 지르고 있었다.

"제기랄, 어째서 그 여자는 혓바닥을 가만히 내버려 두지 못하는 거지? 그 망할 놈의 혓바닥을 어째서 주체하지 못하는 거야? 이제는 모든 게 무사하지 못하겠구먼, 제기랄. 하지만, 나는 그림을 끝내야만 한다고. 듣고 있나, 필? 그건 내 생애의 최고 걸작이라고. 암, 최고의 걸작이고말고. 그런데 바보 같은 여편네들이 그걸 망쳐 놓으려고 하다니!" 그러고는 좀 가라앉은 목소리로 여자들에겐 도무지 분별력이 없다고 말했다.

나는 그저 쓴웃음을 지어 보일 수밖에 없었다. 내가 말했다. "아무튼 이건 모두 자네 스스로 자초한 결과라네."

"내가 그걸 모를 것 같은가?" 하고 말하고는 신음을 냈다. 그러고는 이렇게 덧붙였다. "하지만 자네도 이건 인정해야 하네, 필. 남자들이란 여자에게 한 번 미치게 되면 어쩔 수 없다는 걸 말일세. 캐롤라인이 그걸 이해해야 할 도리밖에 없지."

나는 그에게 만일 캐롤라인이 마음을 모질게 먹고 이혼에 동의하지 않으면 무슨 일이 일어날지 아느냐고 물었다.

하지만 그는 뭔가에 정신이 팔려 있었다. 내가 다시 묻자, 그는 무심코 대답했다. "캐롤라인은 절대 앙심을 품지 않을 걸세. 자넨 이해할 수 없을 거야, 여보게."

"자네에겐 어린 딸이 있어." 하고 내가 지적했다.

그는 내 팔을 잡으며 말했다. "여보게, 필, 자네 뜻은 잘 알았는데, 제발 불길한 소리는 하지 말게. 내게도 내 문제들을 처리할 능력이 있어. 모든 게 잘될 걸세. 자네도 두고 보면 알 거야."

이것이 바로 에이미어스의 모든 걸 보여 주는 것이었다—도저히 이해할 수 없는 낙관주의자. 그는 다시 쾌활한 어조로 이렇게 말했다. "그들을 모두 한데 묶어서 지옥에나 던져 버렸으면 좋겠어!"

그밖에 우리가 또 무슨 이야기를 나누었는지는 잘 모르겠지만, 잠시 뒤에 캐롤라인이 좀 괴상하게 생긴 짙은 갈색의 상당히 매력적인 모자를 쓰고 테라스에 나타났다.

그녀는 평상시와 조금도 다를 바가 없는 목소리로 말했다. "그 작업복을 벗어요, 에이미어스. 메러디스한테 차를 마시러 간다고 한 것을 설마 잊은 건 아니겠죠?"

그는 멍하니 쳐다보며 상당히 당황한 듯 더듬거리며 말했다. "오, 그만 깜빡 잊고 있었군. 무, 물론 가야지."

"그렇다면……." 그녀가 말했다. "가서 그 누더기 같은 걸 벗어 버리고 좀 단정하게 차려입으세요."

비록 그녀의 목소리는 극히 자연스러웠지만, 그녀의 눈은 그를 전혀 쳐다보고 있지 않았다. 그녀는 달리아 꽃밭으로 걸어가서 시든 꽃가지들을 솎아 내기 시작했다.

에이미어스는 천천히 돌아서서 집 안으로 들어갔다.

캐롤라인은 나에게 이야기를 걸었다. 꽤 많은 이야기를 했다. 끊임없이 변하는 날씨에 대해서도 말했고, 바람만 알맞게 불면 에이미어스와 안젤라, 그리고 내가 낚시질을 하러 갈 수도 있을 거라고 했다. 그녀는 정말로 즐거워하는 것 같았다. 나는 그것을 분명히 느낄 수가 있었다.

하지만 나는 그것이 바로 그녀가 어떤 여자인지를 잘 보여 주는 일면이었다고 생각한다. 그녀는 놀라울 정도로 강한 의지와 자신을 완전히 억제할 수 있는 능력이 있었다. 그때 그녀가 그를 살해하기로 결심을 굳혔는지는 알 수가 없는 일이다. 하지만 그런 마음을 먹었다고 해도 그리 놀라운 일은 아니었으리라. 그녀에게는 철저하고 냉혹한 심정으로 자신의 계획을 겉으로는 전혀 드러내지 않고 용의주도하게 실행에 옮길 능력이 있었다.

캐롤라인 크레일은 아주 위험한 여자였다. 나는 그때 그녀가 자신의 계획을 절대 포기하지 않을 거란 사실을 깨달았어야 했다. 하지만 어리석게도 나는 그녀가 그 일을 어쩔 수 없는 일로 받아들이기로 마음을 돌렸거나, 아니면 평소와 다름없이 행동하면 에이미어스가 혹시 돌아설지도 모른다고 생각했을 수도 있다고 보았던 것이다.

이윽고 다른 사람들도 모두 밖으로 나왔다. 엘사의 태도는 건방져 보이면서도 한편으로는 의기양양해 보였다. 캐롤라인은 그녀에게는 전혀 눈길도 주지 않았다. 안젤라야말로 그런 상황에 있어서 구원의 천사였다. 그녀는 누구 때문에 스커트를 갈아입을 수는 없다고 윌리엄스 양과 다투며 밖으로 나왔다. 그건 정말 사실이었다. 아무튼 메러디스 형에 대한 한 결코 틀린 말이라고는 할 수 없었다. 그는 그런 옷차림 따위에는 전혀 신경 쓰지 않았으니까.

드디어 우리는 출발했다. 캐롤라인은 안젤라와 함께 걸었고, 나는 에이미어스와 나란히 걸었다. 그리고 엘사는 혼자 미소를 지으며 걷고 있다.

나는 그녀를 좋아하지 않았다. 지나치게 사나운 여자라고 생각했지만, 그날 오후에는 정말 믿을 수 없을 정도로 아름다워 보였다. 여자들이란 자신들이 원하는 것을 손에 넣게 되면 다 그렇게 되기 마련이다.

나는 그날 오후에 무슨 일이 있었는지 잘 생각나지 않는다. 모든 게 모호하기만 하다. 메리 형이 우리를 마중 나왔던 것은 기억이 난다. 우리는 우선 정원을 거닐었던 것 같다. 나는 안젤라와 쥐를 잡도록 테리어를 훈련하는 방법에 대해서 오랫동안 얘기를 했던 것이 생각난다. 그녀는 사과를 아주 많이 먹었고, 나에게도 그걸 먹이려고 애썼다.

우리가 다시 메러디스 형의 집으로 돌아오자, 커다란 삼나무 아래에다 차를 준비하기 시작했다. 내가 기억하기로는 메리 형이 몹시 혼란스러워 했던 것 같았다. 캐롤라인이나 에이미어스가 그에게 무슨 이야기를 하지 않았나 싶다. 그는 불안한 눈초리로 캐롤라인을 주시하다가 다시 엘사를 쳐다보곤 했다. 형은 극히 혼란스러워 보였다. 사실 캐롤라인은 메러디스 형을—헌신적이고 결코, 결코 지나치게 정도를 벗어나는 적이 없는 플라토닉한 친구인 형을 얼마간 짓궂게 괴롭히기를 좋아했다. 그녀는 그런 여자였다.

차를 마시고 나자, 메러디스 형은 나를 붙잡고 다급한 어조로 말했다. "이봐, 필. 에이미어스는 절대로 그런 일을 할 수 없어."

내가 말했다. "무슨 일이 있어도 그는 그렇게 하고 말 겁니다."

"그는 아내와 어린 딸을 버리고 그 아가씨에게 갈 수는 없어. 그는 그녀보다 훨씬 나이가 많아. 그녀는 이제 열여덟 살도 채 되지 않았을 거야."

나는 그에게 엘사 그리어가 완전히 알 건 다 아는 스무 살의 처녀라고 말해 주었다. 그러자 그가 말했다. "그래도 아직 어려. 그녀는 자기가 무엇을 하는지도 모르고 있을 거야."

가엾은 메러디스 형. 기사도 정신으로 가득 찬 훌륭한 신사라고나 할까.

내가 말했다. "걱정하지 말아요, 형. 그녀도 자기가 무엇을 하는지 잘 알고 있고, 또한 자기가 원해서 하는 거란 말입니다!"

이상이 우리가 나누었던 대화의 전부이다. 내 생각에는 아마도 메러디스 형이 캐롤라인을 버림받은 아내라고 여기고서 그토록 마음을 가누지 못했던 것 같다. 일단 이혼하게 되면 그녀는 자기의 충실한 도빈과 결혼하게 될 수도 있었다. 나는 절망적인 애정이 차라리 형에게는 더 나을 거라고 생각했다. 사실이지, 그건 한편으로는 나를 즐겁게 했다.

정말 이상하게도 나는 우리가 메러디스 형의 악취 나는 실험실을 방문했던 일에 대해서는 기억나는 것이 별로 없다. 형은 자기 취미를 사람들에게 보여 주기를 좋아했다. 솔직히 말해서 나는 그것이 아주 끔찍하게 싫었다. 형이 코닌의 효능에 대해 이야기할 때 나도 다른 사람들과 함께 그곳에 있었지만, 기억나는 것이라곤 전혀 없다. 또한 캐롤라인이 그 약을 슬쩍하는 것도 보지 못했다. 앞서 밝혔듯이 그녀는 아주 빈틈없는 여자였다. 나는 메러디스 형이 플라톤이 소크라테스의 죽음에 대해서 묘사하는 문장을 큰 소리로 읽어 주던 것을 기억하고 있다. 아주 지루하기 짝이 없는 이야기라고 생각했다. 나는 고전에 대해서는 영 취미가 없었다.

그날 있었던 일에 대해서는 더 이상 생각나는 것이 없다. 에이미어스와 안젤라는 일급 싸움꾼들이었고, 우리는 오히려 그것을 다행으로 여겼다. 그것이 다른 말썽에서 벗어나게 해주었기 때문이다. 안젤라는 결국 폭탄 선언을 하고는 침실로 달아나 버렸다. 그녀가 말하기를, (A) 자기는 그에게 단단히 화풀이할 것이며, (B) 그가 죽었으면 좋겠고, (C) 그것도 문둥병에 걸려서 죽길 바라고, (D) 옛날이야기처럼 그의 코에 소시지가 달라붙어서 다시는 떨어지지 않았으면 좋겠다고 했다. 그녀가 그렇게 말하자 우리는 도저히 웃음을 참을 수가 없었다.

캐롤라인은 곧 침실로 올라갔다. 윌리엄스 양도 안젤라의 뒤를 따라서 그 방을 떠났다. 에이미어스와 엘사는 함께 정원으로 나갔다. 날씨는 의외로 청명했고, 나는 혼자서 천천히 거닐었다. 아름다운 밤이었다.

나는 다음 날 아침 늦게 내려왔다. 식당에는 아무도 없었다. 내가 즐겨 먹었던 강낭콩과 베이컨 맛이 생각났다. 얼큰하게 양념한 아주 맛있는 강낭콩이었다.

그러고 나서 나는 사람들을 찾아보았다. 밖으로 나왔지만 아무도 볼 수 없었고, 담배를 한 대 피우고 있을 때 안젤라를 찾는 윌리엄스 양과 마주치게 되었다. 그녀는 평소에는 찢어진 옷을 수선하곤 했다.

홀로 다시 들어왔을 때, 나는 에이미어스와 캐롤라인이 서재에서 서로 다투고 있다는 것을 알게 되었다. 그들은 몹시 큰 소리로 말다툼하고 있었다. 나는 그녀가 이렇게 말하는 것을 들었다. "당신과 당신의 계집들! 난 당신을 죽이고 싶어요. 언젠가는 당신을 죽여 버리고 말 거예요." 그러자 에이미어스가 말했다. "바보같이 굴지· 말아요, 캐롤라인." 그녀가 다시 말했다. "난 진심으로 말하는 거예요, 에이미어스."

아무튼 나는 더 이상 엿듣고 싶지가 않았다. 나는 다시 밖으로 나왔다. 다른 길로 돌아서 테라스를 거닐다가 나는 우연히 엘사와 마주치게 되었다.

그녀는 긴 의자에 기대어 앉아 있었다. 그 의자는 서재 창문 바로 아래에 있었고 창문은 열려 있었다. 나는 그녀가 서재에서 흘러나오는 소리를 듣지 못했을 거라고는 생각할 수 없었다. 나를 보자 그녀는 태연하게 일어나서 나에게 다가왔다.

그녀가 내 팔을 잡으며 말했다. "정말 멋진 아침이죠?" 물론 그녀에게는 더할 나위 없이 멋진 아침이었을 거다! 정말 냉혹한 여자였다. 그녀가 원하던 것을 확인할 수 있었던 것이다.

우리가 한 5분 정도 테라스에서 이야기를 나누고 있을 때 서재 문이 닫히는 소리가 나고 곧 에이미어스 크레일이 밖으로 나왔다. 그의 얼굴은 몹시 상기되어 있었다.

그는 스스럼없이 엘사의 어깨를 툭 쳤다. 그가 말했다. "자, 이제 그림을 그릴 시간이야. 어서 그림을 끝내야겠어."

그녀가 말했다. "좋아요. 잠깐 올라가서 스웨터를 가져와야겠어요. 바람이 좀 쌀쌀한 것 같아요." 그러고는 집 안으로 들어갔다.

나는 에이미어스가 나에게 무슨 할 말이 있을 거라고 생각했지만, 그러나 그는 단지 이렇게 말했을 뿐이었다. "거참, 여자들이란!"

내가 말했다. "기운 내, 이 친구야."

그러고는 엘사가 다시 나올 때까지 우리는 더 이상 아무런 말도 하지 않았다.

그들은 함께 배터리 가든으로 내려갔다. 나는 다시 집 안으로 들어갔다. 캐롤라인이 홀에 서 있었다. 그녀가 나를 주목했으리라고는 생각하지 않는다. 그것이 그 당시 그녀의 일상적인 태도였다. 마치 어디론가 사라져 버릴 것 같은—다시 말하자면 자기 내면으로 빠져들 것 같은 그런 태도였다. 그녀는 뭐라고 중얼거렸다. 나에게 하는 소리가 아니라—자기 자신에게 하는 소리였다. 내가 들은 것은 이런 말이었다. "그건 너무 잔인해……."

그녀는 그렇게 말했다. 그러고는 나를 지나쳐 위층으로 올라갔다. 여전히 나의 존재는 아랑곳하지 않고, 마치 뭔가 마음속으로 골똘히 생각하고 있기라도 한 듯한 표정이었다. 내 생각에는 그녀가 그 약을 가지러 올라간 것이고, 그때 그 일을 결심했던 것 같다.

바로 그때 전화벨이 울렸다. 여느 집들 같으면 대개 하인들이 전화를 받을 때까지 기다릴 테지만, 올더버리에 자주 내려왔던 나는 마치 가족의 일원인 양 행동하게 되었다. 나는 얼른 수화기를 집어들었다.

그것은 메러디스 형에게서 온 전화였다. 그의 말은 실험실에 들어가 보았더니 코닌 병이 반쯤 비어 있더라는 것이었다. 지금은 내가 어떻게 해야 할지 잘 알고 있다는 것은 두말할 나위도 없는 일이다. 그 사실은 정말 끔찍한 일이었고, 나는 그만 어찌해야 좋을지 갈피를 잡을 수가 없었다. 메러디스 형의 목소리는 몹시 떨리고 있었다. 계단에서 발걸음 소리가 나서, 나는 즉시 형에게 이쪽으로 건너오라고 급히 말했다.

나는 그를 마중하러 내려갔다. 보트가 매어져 있는 작은 선착장까지 길을 따라 내려갔다. 배터리 가든의 담장 아래를 지날 때 나는 엘사와 에이미어스가 그림을 그리며 이야기를 나누는 것을 듣게 되었다. 그들은 아주 유쾌하고 태평스럽게 떠들어대고 있었다.

에이미어스는 날씨가 무척 덥다고 했고(사실 9월치고는 몹시 더운 날씨였다), 흉벽 위에 앉아서 포즈를 취하던 엘사는 바다 쪽에서 불어오는 바람이 쌀쌀하다고 했다. 그러고 나서 그녀는 이렇게 말했다. "포즈를 잡는 것이 너무 힘들어요. 잠시 쉬면 안 돼요, 자기?" 그러자 에이미어스가 소리치는 것이 들렸다. "안 돼! 좀 참으라고! 당신은 튼튼한 아가씨잖아? 그리고 이건 걸작이 될 거야. 틀림없어." 그러고는 엘사가 이렇게 말하는 것을 들었다. "짐승 같으니라고." 그녀는 웃음을 터뜨렸고, 나는 그들의 말소리를 뒤로하며 그곳을 지나쳐 갔다.

메러디스 형은 보트를 저어 건너오는 중이었다. 나는 잠시 형을 기다렸다. 형은 보트를 붙들어 매고는 계단을 올라왔다. 형의 얼굴은 걱정으로 인해 창백하게 질려 있었다. 형이 나에게 말했다. "너는 나보다 머리가 좋지? 그래, 내가 어떻게 해야 하지? 그 약은 매우 위험한 거야."

내가 말했다. "약이 없어졌다는 게 정말 확실한 겁니까?" 메러디스 형은 늘 그렇듯이 좀 멍청한 데가 있었다. 아마도 그것이 내가 취했어야 할 행동에 대해서 진지하게 생각해 보지 않았던 이유였을지도 모른다. 그런데 형은 분명히 확실한 일이라고 말했다. 그 병은 전날 오후까지만 해도 가득 차 있었다고 했다.

내가 말했다. "아니, 누가 그것을 훔쳐갔는지 전혀 모르세요?"

그는 그 말에는 대답하지 않고, 오히려 내가 어떻게 생각하고 있느냐고 물었다. 하인 중 누군가가 가져갔을 수도 있지 않을까? 나는 그럴 수도 있을 것이라고 말했지만, 사실 그건 거의 불가능한 일이라 생각되었다. 문은 항상 잠가두느냐고 물었더니 형은 그렇다고 했다. 그러고는 그 병이 있는 곳 창문이 약간 열린 것을 발견했다는 등의 이야기를 장황하게 늘어놓기 시작했다. 누군가가 그런 식으로 가져갔을 수도 있었다.

"도둑이 들었던 것은 아닐까요?" 하고 내가 말했다.

그러자 형은 내가 정말로 어떻게 생각하고 있느냐고 물었다. 나는 형이 잘못 본 게 아니라는 것이 확실하다면 혹시 캐롤라인이 엘사를 독살시키려고 가져갔거나, 아니면 그 반대로 엘사가 캐롤라인을 제거함으로써 더 쉽게 사랑을 얻으려고 가져갔을 수도 있을 거라고 말했다.

메러디스 형은 몹시 당황했다. 그건 도저히 있을 수 없는 멜로드라마 같은 얘기로, 그런 일은 생각할 수도 없다고 했다. 내가 말했다. "아무튼, 그 약이 사라진 건 사실이에요. 형은 그걸 어떻게 설명할 거죠?" 물론 형은 대답하지 못했다. 사실 나는 내 생각이 옳다고 말했지만, 그것이 사실로 입증되기는 절대 바라지 않았다.

형이 다시 말했다. "이제 우린 어떻게 해야 하지?"

그런데 나는 정말 어리석게도 이렇게 말했다. "우린 그 일을 신중하게 생각해야 할 겁니다. 형이 그 약을 잃어버렸다는 사실을 모든 사람들에게 솔직히 털어놓던가, 아니면 캐롤라인을 따로 불러내어 그 사실을 추궁하든가 해볼 수 있어요. 그녀가 그 일과 전혀 무관하다는 것을 확신하게 되면 같은 식으로 엘사를 추궁하는 것이고." 그가 말했다. "어린 아가씨가 어떻게! 그녀는 그걸 가져가지 않았을 거야." 나는 그녀가 그럴 수도 있었을 거고 말했다.

우리는 이야기를 하며 집을 향해 걸어 올라갔다. 우리가 다시 배터리 가든을 끼고 돌아가게 되었을 때, 나는 캐롤라인의 목소리를 들었다. 나는 세 사람이 다투는 모양이라고 생각했지만, 사실 그들은 안젤라에 대한 문제로 논쟁을 벌이고 있었던 것이다. 캐롤라인은 반대하고 있었다. "그건 그 애에게는 너무 가혹한 일이에요." 그러자 에이미어스가 뭐라고 짜증스러운 목소리로 대답했다. 우리가 배터리 가든의 입구에 이르렀을 때 갑자기 문이 열렸다. 에이미어스는 우리를 보자 약간 당황하는 것 같았다. 캐롤라인은 막 나오는 중이었다. 그녀가 말했다. "안녕, 메러디스. 우린 지금 안젤라를 학교에 보내는 문제에 대해서 의논하고 있었어요. 나는 그것이 그 애를 위해서 결코 옳은 일이 아니라고 생각해요." 에이미어스가 말했다. "자꾸만 그 애를 가지고 왈가왈부하지 말아요. 그 애는 괜찮을 거야. 속이 다 시원할 거고."

그때 마침 엘사가 집에서 뛰어 내려오고 있었다. 그녀의 손에는 진홍색 점퍼 같은 것이 들려 있었다. 에이미어스가 고함을 질렀다. "빨리빨리! 다시 자세를 잡아! 난 시간을 낭비하고 싶지 않아."

그는 이젤이 있는 곳으로 돌아갔다. 나는 그가 약간 비틀거리는 것을 보고 술을 마셨나 보다고 생각했다. 그런 소동을 겪게 되면 술을 마시는 것도 당연한 일일 것이다.

그가 툴툴거렸다. "맥주가 미지근하다 못해 뜨거워. 어째서 이곳에다가는 얼음을 갖다 놓을 수 없다는 거지?"

그러자 캐롤라인이 말했다. "내가 새로 냉장고에서 꺼낸 맥주를 가져다 줄게요."

에이미어스가 퉁명스럽게 말했다. "고마워."

캐롤라인은 배터리 가든의 문을 닫고 나서 우리와 함께 집으로 올라갔다. 우리는 테라스에 앉았고, 그녀 혼자 집 안으로 들어갔다. 한 5분쯤 뒤에 안젤라가 맥주 두 병과 잔을 가지고 나왔다. 날씨가 더워서 우리는 그것을 보자 무척 반가웠다. 우리가 맥주를 마시고 있을 때 캐롤라인이 우리 옆을 스치며 지나갔다. 그녀는 맥주병을 들고 있었는데, 에이미어스에게 갖다 줄 거라고 말했다. 메러디스가 대신 갖다 주겠다고 했지만, 그녀는 굳이 자기가 갖다 주겠다고 고집했다. 어리석게도―나는 그녀가 순전히 질투심 때문에 그런 줄로만 생각했다. 그곳에 에이미어스와 엘사 둘만이 남아 있는 것을 참지 못해서 그런 거라고 생각했던 것이다. 이미 안젤라를 학교에 보내는 문제에 대해서 의논한다는, 속이 빤히 들여다보이는 구실로 그곳에 내려갔던 적이 있기 때문이었다.

그녀는 구불구불한 길을 따라 내려갔고, 메러디스 형과 나는 그녀가 내려가는 것을 지켜보았다. 우리가 여전히 어떻게 해야 할지 결정을 내리지 못하고 있을 때, 안젤라가 나타나서는 자기와 함께 수영하러 가자고 졸라댔다. 메러디스 형 혼자서는 그 문제를 해결할 수 없을 것 같았다. 그래서 나는 형에게 말했다. "점심을 하고 나서 다시 얘기하죠." 형은 고개를 끄덕였다.

나는 안젤라와 함께 수영하러 갔다. 우리는 수영을 잘했는데, 맞은편 해안까지 헤엄쳐서 건너갔다가 돌아와서는 바위 위에 누워 일광욕을 했다. 안젤라는 별로 말이 없었고, 그건 나에게도 편했다. 나는 점심식사 뒤에 캐롤라인을 불러내어 그녀에게 그 약을 가져갔느냐고 솔직하게 추궁하기로 마음을 먹었다. 메러디스 형에게 그 일을 맡긴다는 것은 안 될 일이었다—형은 지나치게 소심했기 때문이다. 솔직하게 그녀를 다그치게 되면 그것을 내놓거나, 아니면 내놓지 않는다 하더라도 감히 그것을 사용하지 못하리라고 생각했던 것이다.

나는 생각을 거듭해 본 결과, 그 약이 그녀에게 있을 거라는 사실을 상당히 확신하게 되었다. 엘사는 독약을 사용하는 모험을 감행하기에는 지나치게 냉철하고 분별이 있었다. 그녀는 빈틈없었고, 무엇보다도 자신의 안전을 먼저 도모할 여자였다. 캐롤라인은 그녀보다는 훨씬 위험한 성격으로, 불균형적인 심리상태와 순간적인 충동과 예민한 감정의 손상으로 이성을 잃을 수도 있는 여자였다. 그렇지만, 여전히 나에게는 혹시 메러디스 형이 잘못 아는 게 아닐까 하는 생각이 남아 있었다. 아니면 하인이 그곳을 뒤지다가 그 약을 엎지르게 되었고, 그러자 추궁이 두려워 감히 나서지 못하는 것은 아닐까 생각했던 것이다. 그토록 독살이란 것은 너무 멜로드라마 같은 이야기였기 때문에—더더욱 실감이 나지 않았던 것이다.

아직은 아무런 일도 일어나지 않았다.

시계를 보자 상당히 시간이 흘러서, 안젤라와 나는 거의 뛰다시피 하며 점심을 먹으러 돌아왔다. 에이미어스를 빼고는 모두들 식탁에 앉아 있었다—그는 그림을 그리며 배터리 가든에 남아 있었다. 그런 일은 그에게 있어서 흔히 있는 일이었고, 또한 나는 개인적으로 그날따라 그가 그렇게 하기로 한 것은 아주 현명한 선택이었다고 생각했다. 함께 점심을 하기가 몹시 거북했을 테니 말이다.

우리는 테라스에서 커피를 마셨다. 그때 캐롤라인의 태도가 어떠했는지 좀더 분명하게 기억하고 있었더라면……. 아무튼 그녀는 별로 흥분한 것 같지는 않았다. 침착하면서도 다소 애처로워 보였다는 것이 내가 받았던 인상이었다. 정말 악마 같은 여자였다!

그런 일을, 냉혹하게 한 남자를 독살시킨다는 것은 정말 끔찍한 일이 아닐 수 없다. 차라리 권총으로 그를 쏘았다면, 그것은 그런대로 이해할 수 있었을 것이다. 하지만 냉정하고 침착하게 독살을 기도한다는 것은—그토록 침착하고 태연하게 꾸미고서…….

그녀는 일어나서 극히 자연스러운 태도로 그에게 커피를 갖다 주어야겠다고 말했다. 하지만 그녀는 알고 있었을 것이다—이미 알고 있었음에 틀림없다. 그때쯤에는 그가 죽어 있으리란 것을 말이다. 윌리엄스 양이 그녀와 함께 내려갔다. 캐롤라인이 같이 가자고 했던 것인지 어떤지에 대해서는 잘 기억이 나지 않는다. 내 생각에는 그녀가 같이 가자고 했던 것이 아닌가 싶다.

그들이 떠나고 나서 곧바로 메러디스 형이 어슬렁거리며 그 길을 내려갔다. 얼마 안 있어 그가 다시 뛰어 올라오는 것을 보았다. 그의 얼굴은 납덩어리처럼 굳어 있었다. 그가 헐떡거리며 말했다. "의사를 불러야겠어. 빨리, 에이미어스……."

나는 용수철처럼 벌떡 일어났다. "그가 위독한가요?"

메러디스 형이 말했다. "그는 벌써 죽은 것 같아."

우리는 잠깐 엘사가 있었다는 것을 까맣게 잊고 있었다. 갑자기 그녀가 울음을 터뜨렸다. 그것은 마치 죽음을 알리는 요정의 통곡소리처럼 들렸다.

그녀가 절규했다. "죽다니? 그이가 죽었다니?" 그러고는 뛰쳐나갔다. 나는 그런 장면은 처음이었다―그녀는 마치 총에 맞은 사슴처럼, 마치 복수의 여신처럼 보였다.

메레디스 형이 숨 가쁜 목소리로 외쳤다. "빨리 그녀를 쫓아가. 전화는 내가 걸 테니까. 어서 그녀를 쫓아가라니까. 그녀가 무슨 짓을 할지 몰라."

나는 그녀를 쫓아갔다. 그녀가 캐롤라인을 죽일지도 모르는 일이었다. 나는 그토록 비탄에 잠기고, 그토록 증오에 찬 모습을 본 적이 없었다. 이제껏 꾸미던 교양과 교육의 껍질을 모두 벗어 버린 것이었다. 사랑하는 사람을 빼앗긴 그녀는 본능 그대로의 여인이었다. 캐롤라인의 얼굴을 할퀴고, 머리채를 잡아 뜯으며, 할 수만 있다면 그녀를 절벽 아래로 내던지려고 했을 것이다. 엘사는 캐롤라인이 그를 단검으로 찔렀을 거로 생각했다. 그녀가 그렇게 생각하는 것도 당연했다.

나는 그녀를 붙잡을 수 없었고, 윌리엄스 양이 그녀를 붙잡았다. 그녀는 훌륭했다. 잠깐 동안 엘사를 달래며―그녀에게 침착해야 한다고 하며, 이렇게 소동을 벌여서는 안 된다고 했다. 윌리엄스 양은 매서운 여자였다. 하지만 그녀는 소기의 목적을 달성했다. 엘사는 평정을 되찾고, 다만 격한 감정을 억누르느라 몸을 떨고 있을 뿐이었다.

캐롤라인에 대해서 말하자면, 완전히 그 가면을 벗어 버렸다고 할 수 있었다. 그녀는 아주 침착하게 서 있었는데, 그것은 망연자실해하는 것으로 보일 수도 있었다. 하지만 그녀는 그렇지 않았다. 그녀의 눈이 그것을 보여 주었다. 그녀의 눈에는 경계심이, 모든 걸 다 알고 침착하게 경계하는 빛이 어려 있었다. 자기가 저지른 일에 대해서 걱정하기 시작했다고나 할까.

나는 그녀에게 가서 아주 나지막한 목소리로 말했다. 다른 여인들은 그 말을 엿듣지 못했을 것이다. 내가 말했다. "당신은 잔인한 살인자야. 당신은 내 가장 친한 친구를 살해했어."

그녀는 뒷걸음을 치며 말했다. "아니에요. 오, 그렇지 않아요. 그이는……, 그이는 자살한 거예요."

나는 그녀의 눈을 뚫어지게 들여다보며 말했다.

"당신은 그 말을 경찰에게 해보시지."

그녀는 그렇게 말했지만, 경찰은 그녀의 말을 믿어주지 않았다.

(이상이 내가 기억하는 전부입니다. 필립 블레이크).

메러디스 블레이크의 이야기

포와로 씨.

약속했던 대로 16년 전에 일어났던 비극적인 사건과 관계가 있는, 내가 기억할 수 있는 모든 것을 말씀드리겠습니다. 우선 말씀드릴 것은 저번에 우리가 만났을 때 당신이 내게 들려주었던 이야기를 다시 한 번 곰곰이 생각해 보았다는 겁니다. 그 결과 나는 캐롤라인 크레일이 남편을 독살했다는 것이 그녀에게는 극히 어울리지 않는, 다시 말해서 전혀 그녀답지 않은 행동이었다는 사실을 전보다 더욱 확신하게 되었습니다. 도무지 그녀에게는 어울리지 않는 짓이었다고 생각하면서도 그밖에는 달리 설명할 방법이 없고, 또한 그녀의 태도가 나로 하여금 어쩔 수 없이 다른 사람들의 의견과 그들이 하는 말에 따르도록 했던 것입니다. 만일 그녀의 소행이 아니었다면, 어떻게 그 상황을 설명할 수 있을까요?

당신을 만난 이후로, 나는 그 당시 제기되었던 다른 대안과 변호인 측에서 내놓았던 주장에 대해서 곰곰이 심사숙고해 보았습니다. 다시 말해서, 에이미어스 크레일이 스스로 목숨을 끊었다는 것이지요. 비록, 그 당시 그에 대해서 잘 알고 있었던 나에게는 그런 주장이 전혀 근거가 없는 것처럼 생각되었지만, 이제는 내 생각을 수정하기로 했습니다. 우선, 그리고 아주 중요한 것은 캐롤라인이 그것을 믿었다는 사실입니다. 우리가 지금 어떤 매력적이고 고상한 여인이 부당하게 유죄 판결을 받았다는 사실에 대해서 논하는 거라면 그녀 자신이 그토록 완강하게 주장했던 신념이야말로 커다란 비중을 두고 다루어져야 할 겁니다. 그녀는 누구보다도 에이미어스를 잘 알고 있었습니다. 그녀가 자살이 있을 수 있는 일이었다고 생각했다면, 그의 친구들이 자살론에 대해서 회의적인 반응을 보인다고 하더라도 그가 자살했을 가능성이 충분히 있었을 거라고 봐야 합니다.

그러므로 나는 이렇게 봅니다. 에이미어스 크레일이 자신의 성격이 빚어낸 무절제한 생활에 대해 마음속으로부터 깊이 뉘우치고 자책감과 절망감에 시달렸으며, 그의 아내만이 그런 사실을 알고 있었던 거라고 말입니다. 이것은 전혀 불가능한 가설만은 아니라고 생각합니다. 그는 자신의 다른 일면을 아내에게만은 보여 주었을 수도 있습니다.

비록 그것이 내가 그에 대해서 알고 있던 사실들과는 모순된다고 하더라도, 많은 사람이 뜻밖에는 그들과는 전혀 어울리지 않는 모순되는 기질을 보여 주는 경우가 종종 있다는 것은 사실입니다. 근엄하고 존경할 만한 사람이 그의 은폐된 생활 속에서 추악한 일면을 가지고 있었다는 사실이 발견될 수도 있습니다. 돈만 아는 천박한 수전노가 뜻밖에도 예술품에 대한 심미안을 가지고 있을 수도 있고요. 거칠고 무례한 사람이 실은 친절한 마음씨를 가진 사람으로 밝혀질 수도 있습니다. 관대하고 친절한 사람이 비열하고 저속한 일면을 보여 줄 수도 있습니다.

에이미어스 크레일에게도 그런 면이 있었다고 한다면, 그는 거의 병적인 자책감에 시달리며 자기 에고이즘만을 내세워 자기만족을 추구하면 할수록 그의 내부에서는 보이지 않는 양심이 더욱더 강하게 작용하게 되었던 것이라고 생각할 수 있습니다. 겉으로 보아서는 도저히 있을 수 없는 일 같지만, 그러나 지금은 그럴 수도 있다는 생각이 듭니다. 다시 한 번 말씀드리지만, 캐롤라인은 그 점에 대해 단호하게 주장했었습니다. 이것이 바로 중요한 점이라고 생각합니다!

이제 새로운 신념의 등불 아래에서 사실들, 아니 내가 기억하는 사실들을 하나씩 음미해볼까 합니다.

그 비극이 일어나기 몇 주일 전에 내가 캐롤라인과 나누었던 대화에 대해서도 거론할 필요가 있다고 생각합니다. 그건 엘사 그리어가 처음 올더버리를 방문했던 때의 일이었습니다.

캐롤라인은 이미 말씀드렸던 대로, 그녀에 대한 나의 깊은 애정과 관심을 잘 알고 있었습니다. 그러므로 나는 그녀가 가장 쉽게 자신의 고민을 털어놓을 수 있는 상대였습니다. 그녀는 별로 행복해 보이지가 않았습니다. 어느 날 갑자기 그녀는 나에게 에이미어스가 정말로 자신이 데리고 온 처녀에게 깊은 관심이 있다고 생각하는지를 물어서 나를 놀라게 했습니다.

내가 말했습니다. "그는 단지 모델로서 그녀에게 관심을 보이는 거요. 당신도 에이미어스가 어떤 사람인지 잘 알고 있잖아요."

그녀는 고개를 저으며 말했습니다. "그게 아니에요. 그이는 그녀를 사랑하고 있어요."

"글쎄, 조금은 그럴 수도 있겠지."

"난 아주 많이……, 라고 생각해요."

내가 다시 말했습니다. "그녀가 몹시 매력적이라는 건 나도 인정해요. 그리고 우린 둘 다 에이미어스가 여자들에게 약하다는 것도 알고 있어요. 하지만 당신은 이걸 알아야 해요. 에이미어스는 사실 오직 한 사람에게만 관심이 있고, 그건 바로 당신이라는 것을 말이오. 그가 그녀에게 홀린 것도 그리 오래가지 않을걸. 당신만이 그에게 있어 유일한 사람이고, 비록 그가 방탕하게 군다고 해도 당신에 대한 그의 애정에는 아무런 변함이 없을 겁니다."

그러자 그녀가 말했습니다. "하지만, 메리, 이번에는 정말 걱정이 돼요. 그녀는 너무, 너무 진지하거든요. 지나치게 젊고 매력적이어서 이번에는 그게 심상치 않다고 느껴지고 있어요."

내가 말했습니다. "하지만 당신 말대로 그녀가 너무 젊고 진지하다는 사실이 오히려 그녀에게는 다행일 거요. 대개 여자들은 에이미어스에게 좋은 사냥감이었지만, 이런 어린 아가씨의 경우에는 문제가 좀 다를 거예요."

"그래요, 바로 그것이 내가 걱정하는 이유예요. 예전과는 같지 않을 거라는 것이." 하고 그녀가 말했습니다.

그래서 내가 다시 말했지요. "하지만, 캐롤라인, 당신도 에이미어스가 진정으로 당신을 아끼고 있다는 사실을 잘 알고 있잖아요?"

"남자들 속을 어떻게 그렇게 잘 알 수가 있겠어요?" 하고 말하고는 다소 애처롭게 웃어 보이고 나서 그녀는 이렇게 말했습니다.

"난 아주 구식 여자예요, 메리. 그 계집에게 도끼를 들이대고 싶어요."

제8장

나는 캐롤라인에게 아마도 그 아가씨는 자신이 무엇을 하는지 전혀 알지 못하는 것 같다고 말했습니다. 그녀는 다만 에이미어스를 위대한 화가로 무척 존경하고 있을 뿐이지 에이미어스가 자기를 사랑하는지는 전혀 깨닫지 못하고 있을지도 모른다고 했습니다.

그러자 캐롤라인은 나에게 단지 이렇게 말했을 뿐입니다. "아, 메리!" 그러고는 정원에 대해서 이야기하기 시작했지요. 나는 그녀가 더 이상 그 문제에 대해서 걱정하지 않기를 바랐습니다.

얼마 뒤 엘사는 런던으로 올라갔지요. 에이미어스 역시 몇 주일간 올더버리를 떠났습니다. 나는 사실, 그 일에 대해서 완전히 잊고 있었습니다. 그런데 에이미어스가 그림을 끝내기 위해 엘사와 다시 올더버리로 내려왔다는 말을 듣게 되었던 겁니다.

나는 그 소식을 듣고 약간 마음이 심란해졌습니다. 하지만 캐롤라인을 만나보니 그녀는 아무렇지도 않은 듯했습니다. 그녀는 평상시와 조금도 다를 바가 없는 듯 보였는데—아무튼, 걱정하거나 마음이 혼란스러운 것 같지는 않았습니다. 나는 모든 게 잘되었나 보다고 생각하게 되었지요.

그래서 그 일이 어떻게 진행되었는지를 듣고서 나는 무척 놀랐던 겁니다.

이미 내가 크레일과 그리고 엘사와 나누었던 대화에 대해서는 말씀드렸습니다만, 캐롤라인에 대해서는 이야기를 나눌 기회가 전혀 없었습니다. 단어만 몇 개 바뀌었을 뿐이지 거의 정확할 겁니다.

나는 지금 그녀의 얼굴을—커다랗고 검은 눈동자와 격한 감정을 억누르는 듯한 표정을 생생하게 떠올릴 수 있습니다. 아직도 그녀의 목소리가 귀에 쟁쟁합니다. "모든 게 끝났어요."라고 하던 그 말이.

그 말을 했을 때 그녀의 표정이 그렇게 처량해 보였다고는 할 수 없습니다. 그건 말 그대로 진실을 털어놓은 것이었지요. 에이미어스가 죽음으로 해서 그녀에게는 모든 것이 끝났던 겁니다. 그것이 바로 그녀가 코닌을 가져갔던 이유라고 나는 확신합니다. 자살하려고 했던 것이죠. 그약에 대한 나의 어리석기 짝이 없는 이야기가 그녀에게 암시를 주었던 겁니다. 게다가 나는 죽음에 대해서 우아하게 묘사한 파에도의 문장을 읽어 주기까지 했었습니다.

내가 생각하는 것은 바로 이러합니다. 그녀가 코닌을 가져간 이유는 에이미어스가 자기 곁을 떠나게 되면 스스로 목숨을 끊으려고 결심했던 거라고. 그녀가 그 약을 가져가는 것을 그가 보았거나, 아니면 그녀가 그것을 가진 것을 나중에 발견했거나 했을 수도 있습니다.

그런 발견이 그로 하여금 어떤 행동을 취하도록 몰고 갔던 거죠. 그는 자기 처신이 그녀가 자살을 결심하게 하였다는 사실에 대해 끔찍한 자책감을 느끼게 했을 겁니다. 하지만 그토록 후회와 자책감을 느꼈음에도 여전히 엘사를 포기하고 싶지가 않았던 거지요. 나는 그것을 이해할 수 있습니다. 누구든 일단 사랑에 빠지게 되면 스스로 헤어 나오기란 거의 불가능한 일일 테니까요.

그는 엘사가 없는 인생은 상상할 수도 없었을 겁니다. 역시 그는 캐롤라인도 자기가 없이는 살 수 없다는 것을 깨달았습니다. 유일한 해결 방법은, 자신이 그 코닌을 마시는 거라고 생각했을 겁니다.

아, 물론 이런 이야기들이 당신이 내게 요청했던, 그 사건에 대해서 내가 기억하는 것을 적어 달라고 했던 것이 아니라는 것을 나도 잘 알고 있습니다. 이제 옆길로 벗어났던 이야기를 본론으로 다시 되돌리도록 하겠습니다. 에이미어스가 죽기 전날에 일어났던 일들에 대해서는 이미 말씀드렸습니다. 이제 바로 비극의 그날에 대해 이야기를 하겠습니다.

나는 잠을 이룰 수가 없었습니다. 내 친구들이 불행에 빠져들고 있다는 걱정으로 인해서 말입니다. 불행을 어떻게 막아 볼 도리는 없을까 헛된

궁리를 하는 동안 거의 날이 새게 되었고, 새벽 6시경이 되어서야 깊은 잠에 빠지게 되었습니다. 그러고는 9시 30분경에 머리가 무겁고 찌뿌드드한 기분으로 잠에서 깨어났습니다. 아래층의 내가 실험실로 쓰던 방에서 무슨 소리가 난 것 같다고 생각한 것은 그로부터 조금 지나서였습니다.

사실, 그 소리는 고양이가 돌아다니며 낸 소리였을지도 모른다고 생각합니다. 나는 창틀이 조금 올라가 있는 것을 보았는데, 전날 그 방에서 나올 때 문단속을 소홀히 했던 모양이었습니다. 그 틈새는 고양이가 드나들 정도였습니다. 이상은 어떻게 내가 실험실에 들어가게 되었나를 설명하려고 드린 말씀입니다.

나는 옷을 입자마자 실험실로 들어가서 선반을 살펴보았는데, 코닌 용액이 들어 있는 병이 제자리에서 약간 벗어나 있다는 것을 알게 되었습니다. 자연히 내 눈은 그쪽으로 가게 되었고, 내용물의 상당한 양이 없어졌다는 것을 알고는 깜짝 놀랐습니다. 그 병은 전날만 해도 거의 가득 차 있었는데, 거의 바닥이 보일 정도로 비어 있었던 겁니다.

나는 창문을 내리고 밖으로 나와 문을 잠갔습니다. 나는 몹시 딩황하고 혼란스러웠습니다. 너무 놀란 나머지 나는 내 사고력이 다소 둔하다는 것이 걱정스러웠습니다.

우선 혼란스러웠다가, 다음에는 왠지 염려가 되었고, 그러고는 또다시 놀라게 되었던 거죠. 나는 하인들을 추궁해 보았지만, 그들은 모두 실험실에는 들어간 적이 없었다고 했습니다. 좀더 생각해 본 다음에 동생에게 전화를 걸어 그의 조언을 듣기로 했지요.

필립은 나보다 머리가 빨리 돌아갔습니다. 그는 사태의 심각성을 인식하고는 즉시 나에게 그쪽으로 건너 와서 함께 의논하자고 했습니다.

밖으로 나온 나는 도망친 학생을 찾아다니고 있던 윌리엄스 양과 마주치게 되었습니다. 나는 그녀에게 안젤라를 보지 못했고, 집에 찾아오지도 않았다고 거듭 다짐해 주었지요.

나는 윌리엄스 양이 뭔가 심상치 않아 보였다고 생각합니다. 그녀의 태도가 상당히 이상하게 보였기 때문이었습니다. 하지만 그녀에게 무슨 일이 있었는지 묻고 싶은 생각은 없었습니다. 나는 그녀에게 정원에 가보라고 말하고는(거기에는 안젤라가 좋아하는 사과나무가 있었기 때문이었죠), 서둘러 해변으로 내려가 올더버리 쪽으로 배를 저어갔습니다.

그쪽에는 벌써 동생이 나를 기다리고 있었습니다.

우리는 함께 저번에 당신과 내가 갔던 그 길을 따라서 집으로 올라갔습니다. 그곳의 지세를 봤다면, 당신도 배터리 가든의 담장 바로 밑을 지나게 될 때 그 안에서 나누는 대화를 어쩔 수 없이 엿듣게 된다는 것을 이해할 수 있을 겁니다.

캐롤라인과 에이미어스가 무슨 일인가로 언쟁을 벌이고 있다는 사실 이외에는 무슨 이야기를 하고 있었는지 잘 알 수가 없었습니다.

물론, 캐롤라인의 말투에서는 위협적인 분위기가 전혀 없었습니다. 언쟁의 주제는 안젤라에 대한 문제로, 아마 캐롤라인이 안젤라를 학교에 보내는 것을 취소해 달라고 간청하고 있었던 모양입니다. 하지만 에이미어스는 단호했고, 그 일은 이미 결정된 일이니 더 이상 귀찮게 하지 말라고 소리를 지르며, 그녀가 짐을 꾸리는 것을 봐야겠다고 했습니다.

우리가 배터리 가든의 입구에 다다랐을 때 문이 열리며 캐롤라인이 나왔습니다. 그녀는 걱정스러워 보이기는 했지만 그렇게 심하다고 할 정도는 아니었습니다. 나를 보자 다소 방심한 듯 미소를 지으며 자기들은 안젤라 문제로 의논하고 있었다고 말했습니다. 그때 엘사가 내려오자, 에이미어스는 분명히 우리가 자리를 비켜 주기를 바라는 것 같았고, 그래서 우리는 길을 따라 올라갔습니다.

필립은 나중에 우리가 즉각적인 행동을 취하지 않았던 사실에 대해 자신을 심하게 나무랐습니다. 하지만 나는 그렇게 생각할 수 없습니다. 그런 사실만 가지고 살인 음모가 계획되고 있다고 가정하는 것은 도무지 이치에 맞지 않는 일이었기 때문이죠(더군다나, 나는 이제 그런 일은 결코 기도된 적이 없었다고 믿고 있습니다).

우리가 어떤 식으로든 행동을 취했어야 했던 것은 분명했지만, 여전히 나는 그 문제를 좀더 신중하게 검토해 보는 것이 옳았다고 생각합니다. 적절한 수단을 생각해 내는 것이 필요했고, 또한 내가 잘못 확인한 것은 아니었는지 한 번 더 생각해 볼 필요가 있었던 겁니다. 과연 내가 생각했던 대로 그 병이 전날에는 가득 차 있었는가?

나는 내 동생 필립처럼 모든 일에 자신을 가질 수 있는 사람이 못됩니다. 사람의 기억력은 착각을 일으키기 쉽습니다. 예를 들자면, 자기는 분명히 어떤 물건을 제자리에 두었다고 생각했는데 나중에 보니까 전혀 엉뚱한 곳에 두었다는 사실을 발견하게 되는 경우가 종종 있거든요.

그 병의 상태가 전날 오후에는 어떠했는지를 생각해 내려고 하면 할수록 더욱더 모호하고 확신할 수 없게 되었던 겁니다. 이것은 필립을 화나게 했고, 결국엔 나에 대해서 가만히 참고 있을 수 없게 되었습니다.

우리는 더 이상 그 문제에 대해서 얘기할 수 없게 되자 점심식사 뒤에 다시 의논하기로 해두었습니다(나만 좋다면 언제든지 올더버리의 점심식사에 낄 수가 있었다는 것을 말씀드려야겠군요).

나중에, 안젤라와 캐롤라인이 우리에게 맥주를 갖다 주었습니다. 나는 안젤라에게 공부를 빼먹고 어디에 갔었느냐고 묻고는 윌리엄스 양이 무척 화가 나 있다고 했더니, 그녀는 수영하러 갔었다고 말하고 나서 자기가 학교에 가게 되면 전부 새것들을 가지고 가게 될 텐데, 어째서 낡아빠진 헌 스커트를 수선해야 하는 건지 알 수가 없다고 덧붙였습니다.

이제 더 이상 필립과 단둘이서 이야기를 나눌 기회가 없을 것 같아, 나는 혼자서 그 문제를 생각해 보려고 배터리 가든으로 이르는 길을 천천히 걸어 내려갔습니다. 배터리 가든 바로 위에 있는 빈터에는 낡은 벤치가 하나 있었지요. 나는 그곳에 앉아 담배를 피우며 생각에 잠긴 채 에이미어스를 위해 포즈를 취하는 엘사를 바라보고 있었습니다.

그날 그녀의 모습을 나는 언제라도 떠올릴 수 있을 것 같습니다. 노란 셔츠와 짙은 푸른색 바지를 입고 어깨에는 빨간 스웨터를 걸친 그녀의 단아한 모습을.

그녀의 얼굴은 발랄한 생기로 건강미가 흘러넘쳤습니다. 그리고 희망에 찬 미래를 설계하는 그녀의 밝은 목소리도 들렸습니다.

이 말은 마치 내가 남의 말이나 엿듣는 사람처럼 들릴지도 모르겠지만, 그러나 그런 건 결코 아닙니다. 엘사에게는 내가 잘 보였을 겁니다. 그리고 엘사와 에이미어스 둘 다 내가 거기에 있는 것을 알고 있었지요. 그녀는 나에게 손을 흔들어 보이면서 에이미어스가 그날 아침에는 정말 지독하게 몰아세운다고 했답니다. 잠시도 자기를 쉬게 내버려두지 않는다면서요. 그녀는 온몸이 쑤시고 결린다고 투덜거렸지요.

에이미어스는 그녀가 자기만큼은 결리지 않을 거라고 하며, 자기는 온몸이 근육마비 증세로 견딜 수 없을 정도로 고통스럽다고 불평을 했답니다. 그러자 엘사는 앵무새처럼 조잘거렸지요. "오! 가엾은 노인네!" 에이미어스는 그녀가 골병든 병자를 떠맡게 될 거라고 말했습니다.

그토록 커다란 고통을 수반하는 그들의 장래를 기꺼운 마음으로 받아들인다는 것은 나에겐 충격적이었습니다. 하지만 그녀가 그런 고통을 감내할 수 있으리라고 생각할 수 없었습니다.

그녀는 젊고 확신으로 가득 찼으며, 깊은 사랑에 빠져 있었기 때문이었죠. 사실, 그녀는 자신이 무엇을 하는지도 몰랐던 겁니다. 고통을 겪는다는 것을 이해하지 못했던 거죠. 그녀는 캐롤라인이 괜찮아질 거라는 것을, 캐롤라인이 그것을 곧 극복하게 될 거라는 것을 아무런 의심도 없이 순수하게 받아들였던 겁니다. 그녀는 아무것도 모르고 자기와 에이미어스가, 둘이서 행복한 삶을 누리게 될 거라고만 상상하고 있었던 거죠. 그녀는 이미 내 사고방식이 낡은 것이라고 말했던 적이 있었습니다. 그녀는 불안감이라든가 양심의 가책, 또는 연민의 정 따위는 전혀 느끼지 못했던 거죠. 그토록 어리고 발랄한 아가씨에게서 어떻게 연민의 정 같은 것을 기대할 수 있었겠습니까? 그런 것은 더욱더 성숙하고, 좀더 분별력이 필요한 감정이죠.

물론, 그들은 많은 이야기를 나누지 않았습니다. 화가란 작업 중에 쓸데없이 지껄이는 것을 좋아하지 않는 법입니다. 엘사가 말을 걸 때마다 에이미어스는 퉁명스레 대꾸해 주는 것으로 그쳤을 겁니다.

한번은 그녀가 이렇게 말했습니다. "당신이 스페인에 대해서 말한 것은 옳다고 생각해요. 다른 곳보다 우선 그곳을 제일 먼저 가기로 해요. 그리고 저에게 꼭 투우 경기를 구경시켜 주셔야 해요. 그건 정말 멋질 거예요! 황소가 사람을 죽이는 것을 보고 싶어요—사람이 황소를 죽이는 게 아니고요. 로마 여인들이 경기장에서 사람들이 죽어가는 것을 보고 어떤 기분을 맛보았을지 이해할 수 있을 것 같아요. 사람들이야 볼 게 없지만, 그러나 짐승들은 정말 멋지거든요."

나는 그녀야말로 젊고 원초적인, 인간의 슬픈 경험이나 불안 따위는 전혀 겪어 보지 못한 동물에 가까운 존재였다고 생각합니다. 엘사에게 깊은 사고력이 있었다고는 생각되지 않습니다. 그녀는 다만 느낄 뿐이었죠. 그렇지만 그녀에게는 넘치는 생명력이 있었습니다. 내가 지금까지 보아 온 어떤 사람들보다도 싱싱한 활력이 있었던 겁니다.

그때가 자신감과 발랄한 생기로 가득 찬 그녀의 모습을 볼 수 있었던 마지막 순간이었습니다. 마치 스러져기는 촛불이 마지막 순간에 가장 밝은 빛을 발하는 것과도 같았다고나 할까요?

점심식사를 알리는 종이 울려, 나는 자리에서 일어나 길을 내려가서 배터리 가든으로 들어갔습니다. 마침 엘사가 내 쪽으로 다가오고 있었지요. 어두운 숲을 벗어나 갑자기 밝은 곳으로 나오자, 나는 눈이 부셔서 잠시 아무것도 볼 수가 없었습니다. 에이미어스는 벤치에 누워 팔을 축 늘어뜨리고 있었죠. 그는 그림을 뚫어지게 노려보고 있었습니다.

나는 그와 같은 모습을 전에도 종종 보았습니다. 이미 독이 온몸에 퍼져 앉아 있기조차도 힘에 겨울 정도로 사지가 마비되어 있었던 것이라는 사실을 내가 어떻게 짐작할 수 있었겠습니까?

그는 자신의 몸을 끔찍이도 생각했답니다. 자기는 결코 병에 걸리지 않을 거라고 여겼을 겁니다. 그는 자기가 아마도 일시적인 일사병에 걸렸나 보다고 생각했을 게 틀림없습니다(그 증세가 매우 흡사하거든요). 그런데도 그는 결코 자신의 고통을 호소하지 않았던 거죠.

엘사가 말했습니다. "저이는 점심식사를 하러 올라가지 않겠다나 봐요.”

개인적으로 나는 그가 잘 생각했다고 여겼지요. 내가 말했습니다. “그렇다면 나중에 보세.”

그는 그림에서 눈을 돌려 나를 쳐다보았습니다. 그의 눈빛에는, 글쎄, 뭐랄까요? 무슨 원망 같은 것이 담긴 듯했습니다. 분노의 시선 같은 것이었죠.

그때는 그런 시선이 무엇을 의미하는 것인지 알지 못했습니다. 그림이 마음먹은 대로 그려지지 않을 때에도 그는 종종 험악한 표정을 짓곤 했는데, 나는 그때도 바로 그런 것이라고 생각했던 거죠. 그는 신음을 냈습니다.

엘사와 나는 그에게서 아무런 이상도 발견하지 못하고―다만 일종의 예술가적인 기질 때문에 그런 것일 거라고 생각했지요.

그래서 그를 남겨 두고 우리는 웃고 떠들며 집으로 올라갔습니다. 만일에 그녀가 알았다면―다시는 그의 생전 모습을 볼 수 없을 거라는 사실을―오, 아무튼 그녀는 그런 사실을 전혀 몰랐고, 그래서 잠시나마 행복한 순간을 좀더 오래 누릴 수 있었던 거죠.

점심식사 때 캐롤라인의 태도는 무슨 일인가에 다소 정신이 팔려 있는 것 같기는 했지만, 그러나 평상시와 거의 다를 바가 없었습니다. 그런 태도가 바로 그녀는 그 일과 아무런 관계도 없었다는 것을 단적으로 보여 주는 것이 아닐까요? 그녀는 그렇게 태연한 척 연기할 만한 성격이 못되었습니다.

잠시 뒤 그녀와 가정교사가 배터리 가든으로 내려갔고, 거기서 그를 발견했지요. 나는 다시 올라오는 윌리엄스 양과 마주쳤습니다. 그녀는 나에게 의사를 불러 달라고는 캐롤라인에게로 돌아갔지요.

가엾게도! 내 말은 엘사를 말하는 겁니다. 그녀는 마치 어린아이처럼 슬픔으로 펄펄 뛰며 어찌할 줄 몰라 했지요. 인생이 그토록 허망하다는 것을 그네들은 깨닫지 못하고 있었던 겁니다.

캐롤라인은 아주 침착했습니다. 물론, 그녀는 엘사보다는 자기 자신을 잘 자제할 수 있었던 거죠. 양심의 가책을 느끼는 것 같지는 않았습니다. 다만 그가 스스로 목숨을 끊은 것 같다고 말했지요. 엘사는 그녀에게 대놓고 그녀가 한 짓이라고 소리치며 막무가내로 몰아세웠습니다.

캐롤라인 자신도 자기가 의심받고 있다는 것을 이미 깨닫고 있었을지도 모르죠. 그렇습니다. 그녀의 태도가 그것을 대변해 주는 것이라고 볼 수도 있었을 겁니다.

필립은 그녀가 한 짓이라고 아주 확신하고 있었지요.

가정교사는 정말 커다란 도움이 되었습니다. 그녀는 엘사를 자리에 눕히고 그녀에게 진정제를 먹이고는 경찰이 도착하자, 안젤라를 그들의 손이 미치지 못하도록 조치했지요. 그녀는 참으로 강한 정신력의 소유자였습니다.

모든 일이 마치 악몽과도 같았습니다. 경찰은 집 안 구석구석을 조사하며 사람들을 심문했고, 기자들이 우르르 몰려와서 쉴 새 없이 플래시를 티뜨리며 가족들에게 인디뷰를 청했지요.

그건 정말 악몽이었습니다.

그 악몽은 많은 세월이 지난 지금까지도 끊임없이 이어지고 있습니다. 부디, 가엾은 칼라에게 진정으로 어떤 일이 일어난 것인지를 분명하게 밝혀 주어, 우리가 그 끔찍한 악몽에서 벗어나 다시는 끔찍한 과거를 되살리지 않게 해주십시오.

에이미어스가 자살한 것은 틀림없습니다─그것이 도무지 사실 같아 보이지는 않지만서도.

디티샴 부인의 이야기

나는 여기에다 내가 에이미어스 크레일을 제일 처음 만났을 때부터, 그가 비극적인 최후를 마쳤을 때까지의 모든 이야기들을 숨김없이 털어놓고자 합니다.

내가 그를 처음 본 것은 어떤 화실 모임에서였지요. 내가 기억하기로는 그때 그는 창가에 서 있었고, 내가 문으로 들어섰을 때 그를 발견했습니다. 그가 누구냐고 묻자 누군가가 말했어요. "저 사람이 화가 크레일이랍니다."라고요. 나는 즉시 그와 이야기를 하고 싶다고 말했죠.

그때 우린 한 10분가량 이야기를 나누었을 거예요. 에이미어스 크레일이 나에게 어떤 인상을 주었는지 그걸 정확하게 표현하기란 정말 난감한 일이군요. 다만 내가 에이미어스 크레일을 보자, 그 밖에 다른 사람들은 아예 눈에도 차지 않게 되었다는 표현이 그런대로 어울릴 거예요.

그와 만남이 있은 이후로 나는 자주 그의 작품들을 감상하러 다녔지요. 그 당시 그는 본드 가(街)에서 개인전을 열고 있었고, 맨체스터에도 그의 작품이 하나 있었으며, 리츠에도 한 작품이 있었고, 런던의 퍼블릭 갤러리에는 둘이나 전시되고 있었지요.

나는 그것들을 전부 보았어요. 그러다가 그를 다시 만나게 되자 내가 말했지요. "저는 선생님 그림을 모두 보았답니다. 정말 훌륭한 작품들이라고 생각해요."

그는 즐거워하는 것 같았습니다. 그가 말했지요. "당신에게도 그림을 볼 줄 아는 안목이 있는 줄은 미처 몰랐는데요? 믿기지 않는 일이로군요."

내가 말했습니다. "그럴지도 모르죠. 하지만 놀라운 작품들임은 틀림없어요."

그러자 그는 싱긋이 웃으며 말했지요. "너무 추켜세우지 마십시오."

"그렇지 않아요. 저는 당신의 모델이 되고 싶답니다."라고 내가 말했습니다.

"내가 예쁜 여인의 초상화는 그리지 않는다는 것을 알지 모르겠군요."

내가 다시 말했습니다. "초상화를 그려 달라는 게 아니에요. 그리고 난 예쁜 여자도 아니거든요."

그러자 그는 마치 나를 관찰이라도 하듯이 찬찬히 들여다보았습니다. "천만에, 그렇지 않습니다." 하고 그가 말했습니다.

"그렇다면 저를 그려 주시겠어요?"

그는 잠깐 고개를 갸웃한 채 나를 주시했습니다. "참으로 당돌한 아가씨로군."

"아시겠지만 저는 상당히 부자예요. 보수는 충분히 드릴 수 있어요."

그가 말했습니다. "어째서 그토록 내 그림의 모델이 되려는 거요?"

그래서 내가 말했습니다. "왜냐하면 제가 원하기 때문이죠!"

그가 말했습니다. "그것이 이유요?"

그래서 내가 다시 말했습니다. "그래요. 난 언제나 내가 원하는 것을 갖고 말아요."

그러자 그는 이렇게 말했습니다. "오, 이봐요, 아가씨, 당신은 너무 어려!"

내가 말했습니다. "저를 그려 주시겠어요?"

그는 내 어깨를 붙잡고는 나를 불빛 쪽으로 향하게 돌려놓고 지그시 살펴보더군요. 그러고는 내게서 약간 떨어져서 아무 말도 하지 않고 가만히 지켜보기만 했습니다.

그리곤 이렇게 말했지요. "나는 가끔 믿을 수 없을 정도로 화려한 오스트레일리아산 앵무새들이 성 바오로 성당에 내려앉는 모습을 그려 보고 싶는 충농을 느끼곤 했소. 멋진 풍경을 배경으로 해서 당신의 모습을 화폭에 담게 되면 마찬가지 결과를 얻게 될 거라고 생각하오."

내가 말했습니다. "그렇다면 저를 그리실 건가요?"

"당신은 이제껏 내가 보아 온 중에서 가장 사랑스럽고, 때 묻지 않은 이국적인 용모를 한 눈부시게 아름다운 아가씨요. 당신을 그리겠소!" 하고 그가 말했답니다.

그래서 난 이렇게 말했지요. "그렇다면 그건 이제 결정이 된 거예요."

그러자 그가 계속해서 말했습니다. "하지만, 엘사 그리어, 아가씨에게 미리 경고할 것이 있소. 당신을 그린다면 나는 당신을 사랑하게 될지도 모른다는 거요."

내가 말했습니다. "저도 당신이 그렇게 되길 바라요." 나는 단호하고 침착하게 말했습니다. 그가 숨을 들이켜는 소리를 듣고, 나는 그의 눈

속에 떠오르는 어떤 표정을 읽을 수가 있었어요.

그건 그렇게 갑작스러운 것이었지요.

하루인가 이틀 뒤에 우리는 다시 만났습니다. 그는 나에게 데번셔로 내려가지 않겠느냐고 물었죠. 거기에는 마음에 드는 멋진 풍경이 있다는 것이었어요. 그러고는 이렇게 말했습니다. "당신도 알겠지만, 나는 결혼한 사람이고 또한 내 아내를 무척 사랑하고 있소."

아내를 그토록 사랑한다니 그녀는 매우 훌륭한 여인인 모양이라고 내가 말했더니, 그는 그녀가 정말로 훌륭한 여인이라고 했어요. "사실 그녀는 존경받을 만하고, 나 또한 그녀를 존경하고 있소. 그러니 잘 생각해 보도록 해요, 엘사."

나는 잘 알았다고 말했습니다.

1주일 뒤에 그는 그림을 시작했어요. 캐롤라인 크레일은 나를 아주 기쁘게 맞이했지만, 실상 나를 그리 좋아하지는 않았죠. 하지만 그렇다고 해도 그녀가 어쩌겠어요? 에이미어스는 아주 조심스럽게 처신했답니다. 그는 내게 자기 아내가 오해할 만한 말은 한마디도 하지 않았고, 나 또한 정숙하고 기품 있게 그를 대했어요. 물론, 그 속에 감추어진 진실한 감정은 우리 둘 다 잘 알고 있었지만요.

열흘 뒤에 그는 나더러 런던으로 돌아가라고 했습니다.

내가 말했죠. "아직 그림이 완성되지 않았잖아요?"

그가 말했습니다. "이제 겨우 손을 대기 시작했을 뿐이지. 하지만 정말 문제가 되는 것은 내가 당신을 그릴 수가 없다는 것이오, 엘사."

"왜죠?"

"그 이유는 당신도 잘 알 텐데, 엘사. 그것이 당신보고 떠나라고 한 이유라오. 나는 더 이상 그림에 대해서 생각할 수가 없어요—당신밖에는 아무것도 생각할 수 없단 말이오."

나는 내가 런던으로 돌아가 봐야 아무런 소용도 없으리란 것을 잘 알고 있었습니다. 그렇지만 이렇게 말했답니다. "좋아요, 그렇다면 올라갈게요."

에이미어스가 말했습니다. "착한 아가씨로군."

그래서 난 런던으로 올라왔죠. 나는 그에게 편지를 쓰지 않았어요. 그로부터 열흘 뒤에 그가 나타났지요. 여위고 지친 아주 가련한 모습을 하고서 말이에요. 그것이 나에겐 얼마나 가슴 아픈 일이었는지 몰라요.

그가 말했습니다. "내가 당신에게 이미 말했던 적이 있지, 엘사. 내가 미리 경고하지 않았다고는 하지 마오."

내가 말했습니다. "당신을 기다리고 있었어요. 오실 줄 알고 있었어요."

그러자 그는 신음을 내며 말했죠. "정말 견딜 수가 없었소. 잘 수도, 먹을 수도, 당신 없이는 살 수가 없었소."

나도 그걸 잘 알고, 또한 나 역시 그를 처음 본 순간부터 한시도 그를 잊을 수가 없었다고 말했답니다.

우린 서로에게 없어서는 안 될 존재였고, 또한 서로 그것을 확인했으며 —그리고 우리는 한시도 떨어져 지낼 수 없는 사이라는 것을 둘 다 잘 알고 있었던 거예요.

하지만 그것 말고도 또 다른 문제가 있었죠. 끝내지 못한 그림이 에이미어스를 괴롭히기 시작했던 거예요. 그가 나에게 이렇게 말했습니다. "당신 스스로 원했을 때는 당신을 그릴 수가 없었는데, 이젠 내가 당신을 그리고 싶소, 엘사. 내가 당신을 그리고자 한다면, 그 그림은 내 생애에 있어서 최고의 걸작이 될 거요. 나는 이제 붓을 잡고 싶어서 견딜 수가 없고, 또한 짙푸른 바다와 단아한 숲에 둘러싸인 배터리 가든의 고색창연한 밤나무 위에 앉아 있는 그 조용한 분위기와는 전혀 어울리지 않는 마치 승리의 함성과도 같은 모습일 거요.

나는 바로 그런 식으로 당신 모습을 그려야 하오. 그리고 그림을 그리는 동안 나를 귀찮게 하거나 말썽을 일으켜서는 안 돼요. 그림을 완성하게 되면 나는 캐롤라인에게 사실을 털어놓을 것이고, 그렇게 되면 우리는 잡다한 문제들을 깨끗이 청산할 수 있게 될 거요."

내가 말했습니다. "캐롤라인이 이혼에 대해 소동을 일으키면 어쩌시려고요?"

그는 그렇게 생각하지 않는다고 했지만, 그는 여자에 대해 전혀 몰랐던 거죠.

나는 그녀가 이성을 잃고 행동하게 되면 정말 유감일 거라고 말했습니다. 아무튼, 그런 사태가 일어날 게 분명하다고 했죠.

그가 말했습니다. "당신은 정말 사리에 밝은 여자야, 엘사. 하지만 캐롤라인에게는 그러한 분별이 없고, 그러한 사실을 결코 이해하려고 들지도 않을 거요. 그녀는 나를 사랑하거든."

나도 그건 충분히 이해하지만, 그러나 그녀가 그를 사랑한다면 무엇보다도 그의 행복을 먼저 생각해야 하고, 또한 그가 자유롭게 되기를 바란다면 굳이 그를 붙잡으려고 하지 말아야 할 거라고 그에게 말했습니다.

그러자 그가 말했지요. "인생이란 그 어떤 훌륭한 금언으로도 설명할 수가 없는 거요! 인간의 본바탕 속에는 사악한 이빨과 발톱이 숨어 있다는 것을 잊지 말아요."

내가 말했습니다. "하지만 우린 모두 교육을 받은 현대인이에요!"

그러자 에이미어스는 웃음을 터뜨리며 말했죠. "문명인이라! 캐롤라인은 아마 당신에게 도끼를 들이대고 싶어 할지도 모르지. 그녀는 충분히 그럴 수 있어요."

내가 말했습니다. "그렇다면 그녀에게 말하지 마세요."

"아니오. 이미 엎질러진 물이오. 나는 당신을 완전히 소유하고 싶소. 그리고 온 세상에 알려야 하오. 숨김없이 당신이 내 것이라는 사실을."

"그녀가 이혼해 주지 않으면요?"

"그건 걱정할 게 못 돼요."

"그렇다면, 당신은 무엇을 걱정하시는 거죠?"

그러자 그는 천천히 말했습니다. "모르겠소." 그는 캐롤라인을 잘 알고 있었어요. 하지만 난 그렇지 못했죠. 만일에 내가 알고 있었다면…….

우리는 다시 올더버리로 내려갔습니다. 이번에는 모든 게 어려웠지요. 캐롤라인이 눈치 채고 있었던 거예요. 나는 그게 싫었어요. 정말 싫었어요. 나는 남을 속이거나 무엇을 감추는 것은 딱 질색이었거든요. 그녀에게 말해야 한다고 생각했지요. 하지만 에이미어스는 그 말을 듣지 않았습니다.

우스운 것은 그가 그 문제에 대해서는 진지하게 생각해 본 적이 전혀 없었다는 것이었어요. 캐롤라인을 사랑하고 그녀에게 상처를 주고 싶지 않았음에도 불구하고, 그 일을 솔직하게 밝혀야 할지 어떨지는 전혀 생각해 보지 않았던 거지요. 그는 일종의 광기에 사로잡혀 그림을 그리고 있었고, 그 밖의 다른 문제들은 전혀 안중에도 없었던 거죠. 전에는 그가 그토록 작업에 몰두하는 모습을 본 적이 없었어요. 그제야 나는 그가 정말로 위대한 천재라는 것을 깨닫게 되었죠. 그가 그토록 심혈을 기울이는 것은 지극히 당연한 일이었고, 따라서 그밖에 사소한 일상적인 체면 따위들은 문제가 되지 않았던 겁니다.

하지만 나에게 있어서는 문제가 달랐어요. 정말 견디기 어려운 입장에 처해 있었던 거지요. 캐롤라인은 나를 몹시 불쾌하게 여겼고, 그것은 지극히 당연한 일이었지요. 그런 입장을 모면하는 길은 솔직하게 사실을 그녀에게 밝히는 것뿐이었습니다.

하지만 에이미어스의 말은 그림을 끝낼 때까지는 괜한 소동이나 말썽으로 시달릴 겨를이 없다는 거였습니다. 나는 그런 소동은 아마 없을 거라고 했지요. 캐롤라인은 지나치게 점잖을 떨었고, 또한 그것을 자랑으로 여기는 것 같았습니다.

내가 말했죠. "난 그 일에 대해서 솔직하게 밝히고 싶어요. 우린 솔직해져야 해요!"

에이미어스는 이렇게 말했습니다. "솔직이라니, 그런 건 다 지옥에나 던져 버리라고! 난 지금 그림을 그리는 중이야!"

난 그의 입장을 이해할 수 있었지만 그는 내 입장은 전혀 아랑곳하지 않는 것 같았습니다.

결국 내가 산통을 깨고 말았죠. 캐롤라인이 자기하고 에이미어스가 다음 가을에 가기로 한 여행 계획에 대해서 이야기를 꺼내더군요. 그녀는 그 이야기를 아주 자신있게 말하는 거였어요. 그래서 나는 갑자기 우리가 하는 행동이 잔혹하리만큼 위선적이라는 생각이 들었던 겁니다. 그녀를 계속해서 그대로 내버려둔다는 것에 사실 몹시 화가 치밀었어요—그녀가 그 어떤 방법보다도 더욱 교묘한 방법으로 나를 견딜 수 없도록 불쾌하게 만드는 것이 아닌가 하는 생각이 들었기 때문이었지요.

그래서 나는 사실을 꺼내게 되었던 겁니다. 아직도 난 내가 옳았다고 생각해요. 물론, 그 결과가 어떤 사태를 가져올지 조금만 짐작이라도 할 수 있었다면 그런 행동을 하지 않았을지도 모르지만요.

당장에 커다란 소동이 벌어졌지요. 에이미어스는 캐롤라인을 달래느라고 나에게 몹시 화를 냈지만, 그러나 그도 내가 한 말이 옳다는 것을 인정해야 했습니다.

난 캐롤라인을 도무지 이해할 수 없었습니다. 우리는 모두 메러디스 블레이크 씨 집으로 차를 마시러 갔었는데, 캐롤라인은 정말 놀라울 정도로 잘 처신했답니다—즐겁게 어울리며 웃고 이야기를 했어요. 어리석게도 나는 그녀가 그 일을 잘 견뎌내고 있다고 생각했던 거지요. 내가 그 집을 떠나지 않고 버틴다는 것은 꼴사나운 일이었지만, 내가 그 집을 떠났다면 에이미어스는 완전히 무너졌을 거예요. 내 생각에는 캐롤라인이 물러나지 않을까 싶었어요. 그렇게 했다면 우리들의 입장은 훨씬 나아졌을 겁니다.

나는 그녀가 코닌을 가져간 것을 알지 못했어요. 나는 솔직해지고 싶어요. 그래서 그녀가 코닌을 가져간 것은 그녀의 말대로, 자신의 목숨을 끊을 생각에서였을 수도 있다고 봐요.

하지만 그건 있을 수 없는 일입니다. 나는 그녀가 아주 질투심이 강하고, 무엇이든 한번 손에 쥔 것은 절대로 놓으려 하지 않는 소유욕이 강한 여인이었다고 생각해요. 에이미어스는 바로 그녀의 소유물이었던 거죠. 그를 놓아 주어, 결국 다른 여인에게 가도록 하느니보다는 차라리 그를 살해할 각오가 되어 있었던 겁니다. 그녀는 곧 그를 죽이려고 마음먹었던 것 같아요. 그리고 메러디스가 아무 거리낌 없이 코닌에 대한 이야기를 들려주게 된 것이 이미 살인을 결행하기로 마음을 굳히고 있던 그녀에게 좋은 수단을 제공하게 되었던 거라고 생각합니다. 그녀는 아주 냉혹하고 복수심이 강한, 앙심이 깊은 여자였지요. 에이미어스는 그녀가 위험한 여자라는 것을 잘 알고 있었지요. 하지만 나는 몰랐습니다.

다음 날 아침, 그녀는 에이미어스에게 최후 통첩을 보냈습니다. 나는 테라스에서 그들의 이야기를 대부분 엿들었죠. 그는 놀라울 정도로 침착하게 그녀의 이야기를 참고 들어주더군요. 제발 분별 있게 처신하라고 그녀에게 애원했지요. 그는 그녀와 아이를 몹시 사랑하고, 그건 앞으로도 마찬가지일 거라고 했죠. 그들의 장래를 보장하기 위해서 할 수 있는 모든 것을 해주겠다고 했습니다. 그러고는 강경한 어조로 이렇게 말했답니다. "하지만 이것만은 이해해 주구려. 나는 기필코 엘사와 결혼할 작정이고, 무엇으로도 나를 막지 못할 거란 사실을 말이오. 당신과 나는 언제든지 상대방이 원하면 서로 자유롭게 헤어지자고 했지 않았소? 지금이 바로 그때가 된 거요."

캐롤라인이 그에게 말했습니다. "당신 좋을 대로 하세요. 하지만 난 이미 경고했어요." 그녀의 목소리는 아주 침착했지만, 거기에는 뭔가 심상치 않은 기운이 감돌고 있었죠.

에이비어스가 말했습니다. "그게 대체 무슨 말이오, 캐롤라인?"

그러자 그녀가 대답했습니다. "당신은 내 사람이고, 내게는 당신을 보내줄 생각이 정말 털끝만큼도 없어요. 당신을 그 계집에게 빼앗기느니 차라리 당신을 죽여 버리고 말겠어요……."

그때 필립 블레이크가 테라스로 나왔습니다. 나는 자리에서 일어나 그에게로 다가갔지요. 그가 엿듣게 되는 것을 원치 않았기 때문이었습니다.

이윽고 에이미어스가 밖으로 나와 그림을 그릴 시간이 되었다고 했지요. 우리는 함께 배터리 가든으로 내려갔습니다. 그는 별로 말이 없었어요. 다만 캐롤라인이 너무 심하게 굴어서, 그 문제에 대해 더 이상 이야기할 수 없었다고 했지요. 그림을 그리는 일에 전념하고 싶어 했습니다. 그는 하루만 더 있으면 그림을 대충 마무리 지을 수 있을 거라고 했습니다.

그리곤 이렇게 말했습니다. "이건 내 생애 최고의 걸작이 될 거요, 엘사. 비록 그 대가로 피와 눈물을 바쳐야 했다고 하더라도 말이오."

잠시 뒤 나는 스웨터를 가지러 집으로 올라왔습니다. 바람이 제법 차가웠기 때문이었죠. 다시 그곳으로 돌아왔을 때 캐롤라인이 와 있더군요. 나는 그녀가 마지막으로 에이미어스에게 애원하려고 내려간 거라고 생각해요. 그리고 필립과 메러디스 형제도 그곳에 있었지요.

에이미어스가 목이 마르다고 하며 뭔가 마시고 싶다고 한 것은 바로 그때였어요. 그곳에 있는 맥주는 시원하지가 않다고 했습니다.

캐롤라인이 그에게 시원한 맥주를 갖다 주겠다고 했지요. 그녀는 아주 평온하고, 무척 상냥한 어조로 말했습니다. 정말 뛰어난 연기였죠. 그때는 이미 어떻게 해야겠다는 계획이 세워져 있었던 것이 분명해요.

그녀는 한 10분 정도 지나서 맥주와 잔을 가지고 내려왔습니다. 에이미어스는 여전히 그림을 그리고 있었죠. 그녀는 맥주를 따라서 그의 옆에 놓았습니다. 우린 아무도 그녀를 주의해 보지 않았죠. 에이미어스는 작업에 열중하고 있었고, 나는 포즈를 취하고 있었기 때문이었습니다.

에이미어스는 버릇대로, 그것을 단숨에 들이켰죠. 그러고는 얼굴을 약간 찌푸리면서 뒷맛이 좀 쓰기는 하지만 아무튼 시원은 하다고 말했습니다.

그가 그렇게 말했지만, 난 아무런 의심도 하지 않았죠. 다만 웃으면서 이렇게 말했을 뿐이었습니다. "굉장한 미식가로군요."

그가 맥주를 마시는 것을 보고 캐롤라인은 돌아갔습니다.

에이미어스가 팔다리가 뻣뻣하다고 불평을 한 것은 그로부터 한 40분 정도 지난 뒤였을 거예요. 그는 근육통이 일어난 것 같다고 했습니다. 에이미어스는 조금만 몸이 불편해도 늘 신경을 곤두세우곤 했죠. 하지만 아픈 것을 가지고 크게 떠들어대지는 않았답니다. 그는 그렇게 말하고 나서 가벼운 농담으로 그런 사실을 일축해 버렸지요. "나도 이제 늙었는가 보군. 당신은 골병든 노인네를 떠맡게 된 거야, 엘사."

나는 조심스럽게 그의 기분을 달래 주었습니다. 하지만 그의 다리가 어색하고 뻣뻣하게 움직이는 것과 한두 번 그의 얼굴이 일그러지는 것을 보았습니다. 그것이 류머티즘 때문에 그런 것이 아닐 거라고는 꿈에도 생각지 못했던 일이었죠. 이윽고 그는 의자를 끌어당겨 털썩 주저앉아서는 이따금 손을 뻗어 캔버스 여기저기에 붓을 대곤 했죠. 그는 전에도 그런 적이 가끔 있었습니다. 그냥 가만히 앉아서는 나를 쳐다보다가 다시 캔버스를 들여다보곤 했습니다. 때론 그런 상태가 30분이 넘게 계속되는 때도 있었지요. 그래서 난 그것이 전혀 이상하다고 생각하지 않던 겁니다.

점심식사를 알리는 종이 울리자, 그는 올라가지 않겠다고 했어요. 점심도 귀찮고, 그냥 거기 남아 있겠다는 거였죠. 그것도 그리 특이한 일은 아니었고, 또한 그렇게 하는 것이 식탁에서 캐롤라인의 얼굴을 대하는 것보다는 그의 입장에서 보면 훨씬 마음이 편했을 거예요.

그의 말투는 어쩐지 이상했는데—마치 으르렁거리듯이 말했습니다. 하지만 그림이 마음에 들지 않을 때도 가끔 그런 식으로 말하곤 했답니다. 메러디스 블레이크가 나와 함께 집 안으로 들어가려고 내려왔습니다. 그가 에이미어스에게 말을 걸었지만, 에이미어스는 단지 뭐라고 투덜거리기만 했죠. 우리는 에이미어스를 그곳에 남겨 두고 함께 집으로 올라갔습니다. 우린 그를 그곳에 남겨 두어, 혼자 외로이 죽음을 맞이하도록 했던 거예요. 나는 그가 그토록 고통받고 있었고, 죽음의 그림자가 그를 덮고 있을 줄은 정말 꿈에도 생각지 못했습니다. 다만 단순히 에이미어스가 화가의 변덕스러운 감상에 젖어 있는 거라고만 생각했던 거지요. 내가 알고 있었다면, 그의 고통을 알아볼 수 있었다면, 의사는 그의 목숨을 구해 낼 수 있었을 거예요. 오, 어째서 나는 그러질 못했을까. 하지만 이제 와서 그런 말을 해봤자 무슨 소용이 있겠어요! 나는 눈뜬장님이었고, 어리석기 짝이 없는 바보였습니다.

이제는 더 이상 말할 것이 없군요. 캐롤라인과 가정교사가 점심 뒤에 그곳으로 내려갔어요. 이어서 메러디스도 그들을 따라갔지요. 잠시 뒤 그가 다시 뛰어 올라왔습니다. 그러고는 우리에게 에이미어스가 죽었다고 말했던 겁니다.

그때 난 깨달았지요! 내 말은, 범인이 캐롤라인이라는 걸 즉시 알아차렸다는 겁니다. 하지만 독살이었다는 것은 아직 몰랐죠. 나는 그녀가 에이미어스를 총으로 쏘았거나, 아니면 단검으로 찔렀을 거라고 생각했어요.

정말 그녀를—그녀를 죽이고 싶었습니다.

어떻게 그녀가 그런 짓을 할 수 있죠? 그녀가 어떻게? 그는 그토록 원기 왕성하고 활기찬 생명력으로 가득 차 있었는데 말이에요. 그 모든 것을 빼앗고, 그를 무기력하고 싸늘한 존재로 만들어 버리다니……. 그렇게 함으로써 내가 그를 소유하지 못하게 되었단 말입니다!

끔찍한 여인이었어요! 그렇게 사악하고 악랄한 여인은 처음 봤어요. 난 그녀를 증오해요! 난 아직도 그녀를 증오합니다!

그녀는 교수당하지 않았어요. 하지만 그녀는 교수당했어야 했어요. 아니, 교수형도 그녀에게는 과분한 거였죠! 난 그녀를 증오해요! 그녀를 증오해요! 난 그녀를 증오해요!

세실리아 윌리엄스의 이야기

친애하는 포와로 씨.

내가 직접 목격했던 19XX년 9월에 일어났던 사건을 여기에 적어 보냅니다.

내가 알고 있는 모든 사실을 하나도 숨김없이 적어 놓았습니다. 이 글을 칼라 크레일에게 보여 주셔도 무방합니다. 물론 그녀에게는 고통스러운 일이 될지도 모르겠지만 그러나 나는 언제나 진실을 신봉해 왔습니다. 진실을 은폐한다는 것은 더 큰 고통을 가져올 뿐입니다. 인간에게는 현실과 직면할 용기가 필요합니다. 그런 용기가 없는 인생은 아무런 의미도 없지요. 우리를 가장 해롭게 하는 사람들은 바로 우리를 현실로부터 격리시키는 자들입니다.

내 이름은 세실리아 윌리엄스입니다. 나는 크레일 부인의 이복 여동생인 안젤라 워렌의 가정교사로 고용되었었습니다. 내가 마흔여덟 살 때 일이었지요.

그곳은 크레일 가문이 여러 세대를 살아온 남부 데번 지방에 있는 올더버리라고 불리는 매우 아름다운 장원이었습니다. 크레일 씨가 상당히 유명한 화가였다는 것은 알고 있었지만, 내가 올더버리에서 지내게 되기 전까지는 그를 만나본 적이 없었습니다.

그 집 식구들은 크레일 부부와 안젤라 워렌(그 당시 열세 살 소녀였지요), 그리고 오랫동안 그 집에서 일해 왔던 하인 세 명이 전부였습니다.

나는 안젤라가 재능이 있고, 상당히 장래가 촉망된다는 것을 알았습니다. 그녀는 뛰어난 재능을 가지고 있었고, 그녀를 가르친다는 것은 하나의 기쁨이었습니다. 다소 거칠고 제멋대로이기는 했지만, 그런 결점들은 뛰어난 기질의 소산이라 볼 수 있는 것으로, 나는 내가 가르치는 아이들이 그런 기질을 보여 주는 것을 오히려 좋아하는 편이었죠. 자신도 주체할 수 없는 넘치는 활력이란 얼마든지 교육에 의해 다스려질 수가 있는 것이며, 또한 진실로 가치 있는 삶을 성취할 수 있는 안내자가 될 수도 있는 것입니다.

대체로, 나는 안젤라가 규칙에 따른다는 것을 알았습니다. 그녀는 상당히 응석받이였는데, 그것은 주로 크레일 부인이 그녀에 대해서 너무 지나칠 정도로 관대하게 대해 주었기 때문이었죠. 크레일 씨는 그녀에게 거의 영향력을 발휘하지 못했던 것 같았습니다. 그는 도에 지나칠 정도로 그녀를 관대하게 다루는가 하면, 어떤 때는 정말 필요 이상으로 엄하게 굴기도 했지요. 그는 예술가들이 흔히 보이는 도무지 종잡을 수 없는 성격을 가진 사람이었습니다.

나 개인적으로는 예술적인 능력을 지녔다고 해서 자신의 행동에 스스로 책임을 지지 않아도 무방하다는 식의 논리는 도무지 이해할 수 없었

습니다. 그리고 크레일 씨의 그림도 마음에 들지 않았지요. 묘사도 잘못
된 것 같았고, 색조도 지나치게 과장된 것 같았지만, 물론 그런 문제에
대해 내 의견을 말할 필요는 없었죠.

나는 곧 크레일 부인에게 깊은 정을 느끼게 되었습니다. 견디기 어려운
생활 속에서도 꿋꿋하게 자신을 지켜나가는 그녀의 의연한 자세에 찬사
를 보내지 않을 수가 없었던 거죠. 크레일 씨는 성실한 남편이 못되었
고, 그런 사실은 그녀에게 많은 고통을 주는 원인이 되었던 겁니다. 보
다 마음이 모진 여자였다면 벌써 그를 떠났을 테지만, 그러나 크레일 부
인은 한 번도 그런 생각을 품어 본 적이 없었던 것 같았어요. 그녀는 그
의 부정한 행동들을 참아 내며 용서해 주곤 했지만, 그렇다고 해서 그냥
못 본 체하고 눈감아 주지는 않았었죠. 타일러 보기도 했고, 심하게 다
그치기도 했던 겁니다!

그래서 법정에서 그들이 고양이와 개처럼 서로 으르렁거리며 지냈다고
했던 겁니다. 실상은 그 정도까지 심하지는 않았습니다(그런 표현을 쓰
기에는 크레일 부인이 지나치게 기품이 있었다고나 할까요). 하지만 그
들이 자주 다투었던 것만은 사실이지요. 그런 상황에서는 그건 당연하다
고 생각합니다.

나는 엘사 그리어가 그곳에 나타나기까지 족히 2년이 넘게 크레일 부
인과 함께 지내고 있었습니다. 그녀는 그해 여름 올더버리에 내려왔지
요. 크레일 부인은 그녀와 전혀 모르는 사이였습니다. 그녀는 크레일 씨
의 친구로서, 그녀의 초상화를 그릴 목적으로 그곳에서 지내게 된 거라
고 했습니다.

크레일 씨가 그 여자에게 빠져 있었다는 것은 분명한 사실이었는데도,
그녀는 전혀 경계하지 않고 그가 하는 대로 따라갔던 거예요. 그녀의 행
동은 정말 무례하기 짝이 없었고, 크레일 부인에게 오만불손하게 굴며,
노골적으로 크레일 씨와 시시덕거렸지요.

물론, 크레일 부인은 나에게 아무런 말도 하지 않았지만, 나는 그녀가
깊은 시름에 빠져 있다는 것을 알 수 있었고, 그래서 그녀의 기분을 전

환하고 시름을 덜어 주도록 나는 모든 노력을 다 기울였습니다. 그리어 양은 매일 크레일 씨를 위해 포즈를 취하고 앉아 있었지만, 나는 그림이 그다지 빠른 속도로 진척되고 있지는 않다는 사실을 눈치 챘습니다. 말할 것도 없이 그들은 다른 짓거리들을 하고 지냈던 거죠.

어떤 상황이 벌어지고 있었는지 안젤라가 별 관심을 두지 않았던 것은 퍽 다행한 일이었습니다. 안젤라의 생활은 그 나이 또래의 다른 소녀들과 별반 다를 것이 없었죠. 비록 그녀의 지능이 상당히 뛰어나기는 했지만, 그렇다고 해서 나이에 비해 조숙했다고 말할 수는 없었습니다. 그녀는 그 나이 또래의 소녀들이 종종 보여 주는 어떤 병적인 호기심이라든가 바람직하지 못한 책을 읽고 싶어 한다든가 하는 것이 전혀 없는 것 같았지요.

그래서 그녀는 크레일 씨와 그리어 양 사이의 바람직하지 못한 관계에 대해서는 아무것도 몰랐던 거죠. 그런데도 안젤라는 그리어 양을 싫어했고, 그녀가 어리석다고 생각했답니다. 이 점에 대해서는 안젤라가 옳았지요. 그리어 양은 상당한 교육을 받았을 텐데도 책을 들춰보는 일이 거의 없었고, 무슨 문학적인 비유 등에 대해서도 전혀 생소하게 여기는 것 같았거든요. 더군다니 뭔가 학술적인 문제에 대해서 토론할 때는 한마디도 끼어들지 못했습니다.

그녀는 오로지 자신의 용모와 옷차림, 그리고 사내들에 대해서만 관심이 있었던 거죠.

안젤라는 자기 언니가 불행하다는 것을 깨닫지 못했던 것 같습니다. 당시만 해도 그녀는 그다지 지각이 뛰어난 아이라고는 할 수 없었죠. 말괄량이처럼 나무에 기어오르거나 위험한 자전거 묘기를 부린다거나 하며 많은 시간을 허비했습니다. 그렇지만 책읽기를 무척 좋아했고 은연중 뛰어난 자질을 보여 주기도 했지요.

크레일 부인은 항상 안젤라에게 될 수 있으면 불행한 기색을 보여 주지 않으려고 조심했고, 안젤라가 있을 때는 자신을 밝고 명랑하게 보이도록 무척 애썼답니다.

그리어 양이 런던으로 돌아가자, 우리는 정말 그렇게도 기쁠 수가 없었습니다. 하인들도 나만큼이나 그녀를 싫어했지요. 그녀는 쓸데없는 말썽이나 일으키고 사람들을 불편하게 만드는 그런 여인이었으니까요.

얼마 안 있어 크레일 씨도 떠났고, 나는 그가 그녀를 따라간 것이라는 것을 알 수 있었습니다. 나는 크레일 부인에게 정말 깊은 동정심을 느꼈지요. 그녀는 이런 사실들을 뼈저리게 느꼈던 거예요. 나는 크레일 씨에 대해 정말 극도의 분노를 느끼지 않을 수가 없었습니다. 매력적이고 우아하며 현숙한 아내를 둔 남자가 자기 아내가 그토록 부당한 대접을 받는 것에는 전혀 관심이 없다니……

하지만 그녀와 나는 둘 다 그 일이 곧 끝나게 될 거라는 희망을 품고 있었지요. 서로 그 문제에 대해서는 한마디도 거론하지 않았지만—그러나 그녀는 그 일에 대해서 내가 어떻게 느끼고 있는지 아주 잘 알고 있었지요.

그러나 불행하게도 몇 주일이 지나자 그들이 다시 나타났던 겁니다. 그림을 다시 시작한답시고.

이번에는 크레일 씨도 완전히 신들린 듯이 그림에 열중했습니다. 그녀 자체보다 그녀를 그리는 일에 몰두하는 것 같았지요. 그렇지만 이번 일은 전에 겪어 보았던 그런 사건들과는 전혀 다르다는 것을 나는 알 수 있었습니다. 그녀는 그를 완전히 움켜쥐고 있었고, 그는 그녀의 손에서 꼭두각시처럼 놀아났던 거죠.

드디어 일이 터진 것은 그가 죽기 하루 전인 9월 17일의 일이었습니다. 그리어 양의 태도는 그 마지막 며칠 동안 참을 수 없을 정도로 무례했습니다. 그녀는 자신에 대해서 확신을 품고 있었고, 자신을 과시하고 싶었던 거죠. 크레일 부인은 점잖게 행동했습니다. 그녀의 태도는 비할 데 없이 품위가 있었지만, 그리어 양에 대해서 품은 자신의 생각을 아주 분명하게 보여 주었던 겁니다.

9월 17일 오후 우리는 점심식사 뒤에 거실에 앉아 있었습니다. 그때 그리어 양이 자기가 올더버리에서 살게 되면 그 방을 어떻게 다시 꾸밀 거라는 정말 충격적인 말을 꺼냈던 거죠.

 당연히 크레일 부인은 그 말을 그냥 흘려버릴 수가 없었던 겁니다. 그녀가 그리어 양에게 그 말에 대해서 따지자, 그리어 양은 정말 뻔뻔스럽게도 우리 모두에게 자기는 크레일 씨와 결혼할 거라고 말하더군요. 유부남과 결혼하겠다는 말을—그것도 그 남자의 아내 앞에서 떠벌였던 겁니다!

제9장

나는 크레일 씨에 대해서 정말 참을 수 없는 분노를 느꼈습니다. 어떻게 자기 아내가 아내의 거실에서 그 여자에게 그렇게 모욕을 당하도록 내버려둘 수 있단 말입니까? 그 계집과 함께 살고 싶었다면 그녀를 데리고 떠났어야 옳았지, 그녀를 집 안에 끌어들여 자기 아내가 그녀에게 모욕을 당하도록 할 수는 없는 일 아니겠습까!

그런 모욕감을 느꼈음에도 불구하고, 크레일 부인은 품위를 잃지 않았지요. 바로 그때 남편이 들어오자 그녀는 그에게 확답을 요구했습니다.

당연히 그는 그런 사태를 일으키게 된 경솔함에 대해서 그리어 양을 나무랐지요. 다른 건 다 제쳐놓고라도, 그는 뜻밖의 봉변을 당한 것 같았습니다. 남자들은 뜻밖의 봉변을 당한 것 같은 모습을 남에게 보여 주지 않으려고 하는 법인데, 그것은 그네들의 자존심이 손상되기 때문이지요.

그는 마치 못된 장난을 치다 들킨 학생처럼 얼굴을 붉힌 채 멍청하게 서 있었습니다. 그의 아내는 그래도 그런 사태를 명예롭게 대처해 나갔지요. 그는 바보처럼 우물쭈물하며 그건 사실이라고 했지만, 실은 그런 식으로 아내에게 그 사실을 알릴 생각은 없었던 거죠.

그녀가 그를 대하는 태도에는 경멸하는 것 같은 기색은 전혀 찾아볼 수 없었습니다. 그녀는 고개를 높이 치켜들고 그 방을 나갔습니다. 그녀는 아름다운 여인이었습니다. 그 화려한 처녀보다 훨씬 아름다운 여인이었죠. 마치 왕후처럼 당당한 모습으로 걸어나갔던 겁니다.

나는 진심으로 에이미어스 크레일이 그 착하고 고귀한 여성을 괴롭혔던 잔인하고 모욕적인 행위에 대해 응분의 대가를 치르게 되기를 빌었습니다.

처음으로 나는 크레일 부인에게 내가 느낀 것을 털어놓으려고 했지만, 그녀가 나를 말렸답니다.

그녀가 말했습니다. "우린 평소처럼 행동하도록 노력해야 해요. 그게 제일 좋은 방법이에요. 우린 모두 메러디스 블레이크 씨 댁으로 차를 마시러 건너갈 거예요."

그래서 내가 그녀에게 말했지요. "당신은 정말 놀라운 분인 것 같아요, 크레일 부인."

그녀가 말했습니다. "당신은 잘 모르고 있어요."

그러고는 그 방에서 나가려다 말고는 다시 돌아와서 나에게 키스를 하며 말했습니다. "당신은 정말 나에게는 커다란 위안이에요."

그러고 나서 그녀는 자기 방으로 돌아갔는데, 그땐 울고 있었던 것 같았습니다. 그들이 출발할 때 나는 그녀를 보았지요. 그녀는 평소에는 거의 쓰지 않는, 얼굴을 많이 가리는 커다란 테가 달린 모자를 쓰고 있었습니다.

그레일 씨는 어색해 보이기는 했지만, 짐짓 아무렇지도 않은 체하려고 애쓰고 있었습니다. 필립 블레이크 씨는 평소처럼 행동하려고 했고, 그리어 양은 미치 크림 단시에 코를 처박고는, 아주 만족에 겨워서 가르랑거리는 고양이처럼 보였지요!

그들은 6시경에 돌아왔습니다. 그날 저녁에는 다시 그녀와 둘이서만 시간을 낼 수 없었습니다. 저녁식사 때 그녀의 태도는 침착한 모습이었고, 일찍 잠자리에 들었습니다.

그날 저녁 크레일 씨와 안젤라 사이에는 말다툼이 있었지요. 다시 학교 문제를 끄집어냈던 겁니다. 그는 몹시 짜증을 냈고, 안젤라도 이상하게 고집을 부렸습니다. 그 문제는 이미 결정이 나 있었던 것이고, 그녀의 여장도 다 준비가 끝나 있었던 것이라 다시 그 문제를 가지고 왈가왈부해봤자 소용이 없었는데도, 그녀는 갑자기 그 일에 대해서 불평을 터뜨렸던 겁니다. 그녀도 긴장된 분위기를 느꼈던 것이고, 그것이 그녀에게 영향을 미쳤던 것이 틀림없어요. 그 소동은 그녀가 크레일 씨에게 문진을 집어던지고 밖으로 뛰쳐나가는 것으로 일단락되었지요.

나는 그녀를 쫓아가서 그녀의 어린애 같은 행동 때문에 내가 수치심을 느낀다고 따끔하게 타일렀지만, 그녀가 여전히 자신을 억제치 못하는 것 같아 그녀를 혼자 내버려두는 것이 제일 좋겠다고 생각했습니다.

나는 크레일 부인에게 가봐야 할지 어떨지 망설이다가, 결국 그건 그녀를 귀찮게 할 거라고 생각해 버렸습니다. 내가 주저하지 않고 그녀더러 나에게 고민을 털어놓으라고 했었다면······, 그렇게 했다면 아마도 문제가 달라졌을 겁니다. 그녀에게는 고민을 털어놓을 상대가 없었던 거예요. 비록, 나 스스로 자제심을 가져야 한다고 주장하지만, 그러나 때로는 정말 견딜 수 없을 때가 있다는 것을 누구보다도 잘 알고 있습니다. 쌓인 감정들은 자연스럽게 배출하는 것이 좋지요.

내 방으로 가던 중 나는 크레일 씨와 마주쳤습니다. 그는 잘 자라고 말했지만 나는 아무런 대꾸도 하지 않았습니다.

다음 날 아침은 아주 화창한 날씨였던 것으로 기억하고 있습니다. 누구든 평화로운 감상에 젖어 산책을 즐길 그런 날씨였지요.

나는 아침식사를 하러 내려가기 전에 안젤라의 방에 들러 보았지만, 그녀는 벌써 일어나서 나가고 없었습니다. 그녀가 바닥에 팽개친 찢어진 스커트를 집어들고, 아침식사 뒤에 기워 주어야겠다고 생각하며 그것을 들고 내려왔지요.

하지만 그녀는 부엌에서 빵과 잼을 꺼내 가지고 나갔다는 것이었습니다. 아침식사를 마친 다음, 나는 그녀를 찾아 나섰지요. 내가 이런 이야기를 언급하는 것은 보통 때와는 달리 그날 아침에는 유난히도 크레일 부인과 함께 지낼 시간이 적었다는 것을 말하기 위해서입니다. 그렇지만, 그때는 안젤라를 돌보는 것이 내 임무라고 생각했기 때문이었죠. 그녀는 자기 옷을 수선하는 것을 몹시 싫어했고, 나는 그 문제로 그녀가 나에게 맞서도록 그냥 내버려두지 않았지요.

그녀의 수영복이 없어져서 나는 해변으로 내려갔습니다. 그곳에서도 그녀의 모습을 볼 수 없자, 나는 그녀가 메러디스 블레이크 씨 댁에 건너

간 것이 틀림없을 거라고 생각했습니다. 그래서 나는 보트를 저어 그쪽으로 건너가서 계속 찾아보았지요. 하지만 그녀를 찾지 못하고 결국 다시 돌아오고 말았습니다. 테라스에는 크레일 부인과 블레이크 씨 형제들이 나와 있었죠.

바람만 불지 않았으면 무척 더운 날씨였고, 그 집과 테라스는 바람이 통하지 않았습니다. 크레일 부인은 그들 형제에게 시원한 맥주를 들지 않겠느냐고 하더군요.

빅토리아 시대의 저택에는 앞쪽에 작은 온실이 딸려 있었습니다. 크레일 부인은 그런 것을 좋아하지 않았고, 또한 화초를 가꾸지도 않아서 그곳은 일종의 바 같은 곳으로 개조되어 진, 베르무스 주(약초나 강장제로 맛을 낸 흰 포도주), 레모네이드, 진저비어(생강으로 맛을 들인 비등성 음료) 등이 진열되어 있었고, 매일 아침 얼음을 채워 넣어 맥주와 진저비어를 보관하는 작은 냉장고가 있었죠.

크레일 부인이 맥주를 가지러 가기에 나도 그녀를 따라갔습니다. 마침 안젤라가 냉장고에서 막 맥주를 끼내 들고 있는 것이 보였죠.

크레일 부인이 나에게 말을 걸었습니다. "에이미어스에게 맥주를 갖다주려고 해요."

그때 그녀의 태도에서 뭔가 수상한 점을 느낄 수 있었는지는 지금도 분명치가 않아요. 그녀의 목소리는 지극히 정상적이었던 것 같습니다. 당시 내가 주의를 기울였던 것은 그녀가 아니라 안젤라였지요. 안젤라는 냉장고 옆에 있었는데, 뭔가 죄를 지은 사람처럼 얼굴을 붉히고 있어서 나는 마음이 다소 풀렸답니다.

그녀를 좀 심하게 나무랐는데도 아주 고분고분한 것이 나에게는 정말 뜻밖이었지요. 내가 어디에 있었느냐고 묻자, 그녀는 수영했다고 하더군요. 그래서 내가 말했습니다. "해변에서는 너를 보지 못했는데?" 그러자 그녀는 웃음을 터뜨렸어요. 다시 내가 스웨터는 어디에 벗어 놓았느냐고 묻자 그녀는 해변에 놔두고 온 것 같다고 하더군요.

내가 이렇게 자세히 말하는 것은, 어째서 크레일 부인이 직접 배터리 가든으로 맥주를 들고 내려가도록 했는지를 설명하기 위해서입니다.

그다음에는 그날 오전을 어떻게 보냈는지 잘 생각이 나지 않습니다. 안젤라는 더 이상 말썽을 부리지 않고 바느질 책을 가져와서 자기 스커트를 수선했지요. 나는 시트 따위를 기웠던 것 같아요. 크레일 씨는 점심을 먹으러 올라오지 않았습니다. 나는 그가 양심은 있는 모양이라고 생각했죠.

점심식사 뒤에, 크레일 부인은 배터리 가든에 내려가 봐야겠다고 해서 나도 해변에 내려가서 안젤라의 스웨터를 가져와야겠다고 했습니다. 우리는 같이 내려갔지요. 그녀는 배터리 가든으로 들어갔고, 이어서 그녀의 비명이 들려 나는 급히 그녀에게 가보았습니다. 저번에도 말씀드린 바와 같이 그녀는 나더러 올라가서 전화를 걸어 달라고 했습니다. 도중에 나는 메러디스 블레이크 씨를 만나 다시 크레일 부인한테 돌아갔지요.

이상은 내가 심리와 나중에 재판이 열렸을 때 증언했던 내용과 같은 이야기입니다.

이제 내가 쓰려고 하는 이야기는 아무에게도 하지 않았던 내용입니다. 나는 불성실한 답변을 했다고 해서 무슨 추궁을 받지는 않았습니다. 그런데도 나는 어떤 사실을 감추고 있다는 죄를 범했던 겁니다. 그 일에 대해서 뉘우치는 것은 아닙니다. 다시 그럴 수도 있지요. 이렇게 사실을 털어놓음으로써 나 자신이 비난을 받을지도 모른다는 것을 잘 알고 있지만, 그러나 이제 와서, 그것도 캐롤라인 크레일이 구태여 내 증언이 없이도 유죄 선고를 받았던 이상, 어느 누군가가 그 문제를 정말로 진지하게 고려할 것이라고는 생각지 않습니다.

그 일은 다음과 같은 것입니다.

말씀드린 바와 같이 메러디스 블레이크 씨를 만나자 곧 다시 최대한 빨리 뛰어 내려갔습니다. 언제나처럼 나는 발을 가볍게 하려고 샌드 슈즈(모래땅에서 신는 신으로 고무바닥을 댄 운동화)를 신고 있었죠. 배터리 가든의 열린 문으로 들어섰을 때 나는 다음과 같은 것을 보았습니다.

크레일 부인은 손수건으로 테이블 위에 있는 맥주병을 성급히 닦고 있었습니다. 그러면서 대신 죽은 남편의 손을 잡고 병 위에 그의 지문을 찍고 있었던 겁니다. 그리고 누가 볼까 해서 몹시 경계하고 있었죠. 나에게 진실을 말해 준 것은 바로 그녀의 얼굴에 떠올라 있던 공포의 표정이었습니다.

그것을 보고 나는 캐롤라인 크레일이 남편을 독살했다는 것이 의심할 나위 없는 사실이라는 것을 알 수 있었습니다. 그렇지만 개인적으로는 그녀를 비난하고 싶지 않습니다. 그가 그녀를 인내의 한계를 벗어나도록 몰아붙였던 것이고, 스스로 자멸을 가져왔던 것이죠.

나는 그 일에 대해서 크레일 부인에게 절대 언급하지 않았고, 또한 그녀도 내가 그것을 보았으리라는 것을 전혀 몰랐을 거예요. 나는 아무에게도 그 사실을 말하지 않을 수 있었지만, 한 사람만은 그것을 알 권리가 있다고 생각합니다.

캐롤라인 크레일의 딸은 거짓말로 자신의 인생을 꾸며서는 안 됩니다. 진실을 안다는 것이 그녀에게는 커다란 고통이 될지도 모르지만, 그러나 진실이야말로 중요한 것이죠.

내가 그녀에게 하고 싶은 말은, 자기 어머니에게 함부로 유죄 판결을 내리지 말라는 거예요. 크레일 부인은 사랑하는 여인으로서는 도저히 견딜 수 없을 지경까지 몰리게 되었던 겁니다. 그것을 그녀의 딸은 이해하고 용서해줘야 해요.

안젤라 워렌의 이야기

포와로 씨

약속드린 대로 16년 전의 그 끔찍했던 사건에 대해서 내가 기억할 수 있는 모든 것을 적어 보냅니다. 하지만 막상 이야기를 시작하려 하자, 내가 기억하고 있는 것이 얼마나 적은가를 비로소 깨닫게 되었답니다. 심지어는 실제로 무슨 일이 있었는지조차도 제대로 생각나는 것이 없군요.

우선 제일 먼저 생각나는 것은 어느 날인가 점심식사 뒤에 밖으로 나가던 길에 테라스에서 엿들었던 이야깁니다. 엘사가 자기는 에이미어스하고 결혼할 거라고 하더군요. 그 말은 나에게는 단지 어리석은 소리로밖에는 들리지 않았죠. 그 문제로 내가 에이미어스를 골려 주던 것이 생각나는군요. 그건 핸드크로스에 있는 정원에서 있었던 일이었어요. "어째서 엘사가 형부하고 결혼할 거라고 말하죠? 그럴 수는 없을 거예요. 사람은 아내를 두 명 가질 수 없어요. 그건 중혼죄로 감옥에 가거든요."

에이미어스 형부는 몹시 화를 내며 말했습니다. "제기랄, 어디서 그런 말을 들었지?"

나는 서재 창문으로 엿들었다고 했지요.

형부는 전보다 더욱 화를 내며 이제 내가 학교에 가게 되면, 그따위 엿듣는 버릇을 버리게 될 거라고 말했습니다.

형부가 그런 말을 했을 때 내가 느꼈던 분개를 아직도 잊을 수가 없어요. 왜냐하면 그것은 정말 온당한 처사가 아니었거든요. 정말 너무도 부당한 처사였어요.

나는 너무도 화가 치밀어서 말도 제대로 나오지 않았어요. 그래서 나는 이렇게 말했습니다. 어째서 엘사가 그런 어리석은 말을 했느냐고요. 형부는 그건 순전히 농담이었다고 하더군요.

그 말은 내겐 만족스러운 대답이었을 거예요. 그런데, 그렇지가 않았어요. 돌아오는 길에 나는 엘사에게 말했죠. "당신이 형부하고 결혼하겠다고 한 말이 무슨 뜻이냐고 형부에게 물었더니 형부는 그건 농담이었다고 하더군요."

나는 그녀를 무시해 버려야 할 것 같은 느낌이 들었습니다. 하지만 그녀는 그냥 미소만 짓더군요. 난 그녀의 그런 미소가 마음에 들지 않았어요. 그래서 나는 캐롤라인 언니의 방으로 올라갔죠. 언니는 저녁 옷으로 갈아입고 있었어요. 난 단도직입적으로 에이미어스 형부가 엘사와 결혼하는 것이 가능하냐고 언니에게 물었죠.

그때 언니가 대답하던 말이 지금도 귀에 생생해요. 언니는 아주 강한 어조로 이렇게 말했거든요. "에이미어스는 내가 죽은 다음에야 엘사와 결혼할 수 있을 거야." 그 말은 나를 완전히 안심시켜 주었습니다. 우리는 모두 아직 죽음과는 거리가 먼 나이인 듯싶었거든요.

메러디스 블레이크 씨 댁에서 보낸 그날 오후 일에 대해서는 별로 생각나는 것이 없지만, 그가 소크라테스의 죽음을 묘사한 파에도의 문장을 큰 소리로 읽어 주던 것이 생각나요. 그건 처음 듣는 이야기였거든요. 그때까지 들어본 것 중에서 가장 멋지고 아름다운 구절이라고 생각했어요.

그리고 다음 날 아침에 있었던 일을 아무리 생각해 봐도 별로 생각나는 것이 없어요. 다만 수영했던 것 같은 생각도 나고, 그리고 뭔가를 기웠던 것 같아요.

메러디스가 납덩이 같은 얼굴을 하고 숨을 헐떡거리며 다시 테라스에 나타나기까지 그전의 일들은 모두가 희미하기만 해요. 그때 내가 커피잔을 떨어뜨려 그것이 깨졌던 일이 생각나는데, 그건 엘사도 마찬가지였어요. 그리고 그녀가 뛰어가던 것이, 갑자기 있는 힘을 다해 그 길을 뛰어 내려가던 것이, 그리고 그녀의 얼굴에 떠올라 있던 그 끔찍스런 표정이 생각나는군요.

나는 혼자서 중얼거리고 있었어요. "에이미어스 형부가 죽었어." 하지만 그것은 사실 같지가 않았습니다. 포세 박사가 왔던 것과 그의 엄숙한 얼굴도 생각이 나요. 윌리엄스 양은 캐롤 언니를 돌보느라고 바빴어요. 나는 상당히 외로움을 느끼며, 내가 사람들에게 방해가 되는 건 아닌가 싶었지요. 구역질이 나고 금방이라도 토할 것만 같았습니다.

나중에 윌리엄스 양이 나를 언니 방으로 데려갔지요. 캐롤라인 언니는 소파에 누워 있었습니다. 언니의 얼굴은 몹시 창백하고 병이 난 것 같았지요. 언니는 나에게 입을 맞추며 자기는, 내가 될 수 있는 한 빨리 그곳을 떠나기를 바라고, 모든 게 끔찍한 일이기는 하지만 괜히 걱정하거나 고민하지 말라고 하더군요. 그 집을 비워야 했기 때문에 나와 칼라는 트레실리언 부인에게 맡기게 되었지요.

나는 캐롤라인 언니에게 매달려서 떠나고 싶지 않다고 했습니다. 언니와 함께 있고 싶다고 했죠. 언니는 내 뜻을 잘 알고 있지만, 그러나 떠나는 것이 나를 위해서도 좋고, 또한 그렇게 하는 것이 자기 마음의 짐을 덜어 주는 거라고 했습니다. 그리고 윌리엄스 양도 끼어들면서 말했지요. "네가 언니를 도와줄 수 있는 가장 좋은 방법은, 안젤라, 언니가 바라는 대로 더 이상 고집을 피우지 말고 따르는 것이란다."

그래서 나는 언니가 바라는 것이라면 무엇이든지 하겠다고 대답했습니다. 그러자 캐롤라인 언니는 이렇게 말했죠. "그래야 착한 내 동생이지, 안젤라." 그러고는 나를 꼭 껴안으면서 더 이상 아무런 걱정도 하지 말라고 했어요.

나는 내려가서 경찰 총경과 이야기해야 했지요. 그는 아주 친절했고, 나에게 에이미어스를 마지막으로 본 것이 언제였는지 묻고는, 그 당시에는 전혀 관계가 없어 보이는 많은 질문을 했죠. 물론, 지금은 그 취지를 알 수 있지만요. 다른 사람에게서는 듣지 못했던 이야기라고는 전혀 없다는 것을 알자 그도 만족해했어요. 그래서 그는 윌리엄스 양에게 내가 트레실리언 부인이 있는 페릴비 농장으로 가는 문제에 대해서 아무런 이의도 없다고 했죠.

내가 그곳에 가자 트레실리언 부인은 나를 무척 친절하게 보살펴 주셨습니다. 하지만 나는 곧 진실을 알게 되었죠. 캐롤라인 언니는 곧바로 체포되었던 거예요. 나는 끔찍한 사실에 너무도 놀라서 그만 앓아눕게 되었죠.

나는 나중에야 캐롤라인 언니가 나 때문에 무척 걱정했다는 것을 듣게 되었습니다. 언니는 재판이 열리기 전에 나를 영국 밖으로 내보내려고 애썼지요. 하지만 그 일에 대해서는 이미 당신에게 말씀드린 적이 있어요.

아시다시피 내 이야기는 너무도 빈약해요. 당신을 뵌 이후로 나는 내 기억력을 총동원해서 그 당시 사람들의 표정이나 반응 등을 되살려 보았답니다. 하지만 의심이 갈 만한 일들은 전혀 기억해 낼 수가 없군요. 엘사의 광분한 태도, 메러디스의 창백하게 질린 걱정스러운 얼굴, 필립의 슬픔과 분노에 찬 표정—모두 자연스런 반응들인 것 같아요. 그렇다고 해도 누군가가 연극을 하고 있었을 수도 있다고 생각해요.

내가 알 수 있는 것은, 캐롤라인 언니는 결코 죄를 짓지 않았다는 거예요. 이 점에 대해서는 지금까지도 그랬지만 앞으로도 계속 확신할 수 있어요.

하지만 언니의 성격에 대한 나의 깊은 이해 말고는 제시할 아무런 증거가 없군요.

이윽고 칼라 레마천트가 고개를 들어 포와로를 쳐다보았다. 그녀의 눈에는 피로한 기색과 고통스러운 빛이 가득 담겨 있었다.

그녀는 지친 모습으로 머리를 쓸어 넘겼다.

"정말 머리가 혼란스럽군요." 그녀는 편지 뭉치를 가리켰다.

"보는 각도가 모두 다르기 때문이에요! 모든 사람이 어머니를 서로 다르게 보고 있어요. 하지만 실제로는 다 같아요. 모두 그 사실에 대해선 동의하고 있어요."

"이것을 읽고 실망했겠군요?"

"그래요. 선생님은 실망하지 않으셨나요?"

"아니오. 나는 아주 가치 있는, 유익한 기록을 발견했습니다."

그는 천천히 생각에 잠긴 목소리로 말했다.

"다시는 읽고 싶지 않아요!" 칼라가 말했다.

포와로가 그녀를 건너다보았다.

"아, 그렇게 느꼈습니까?"

칼라가 비통한 어조로 말했다.

"그들은 모두 어머니가 한 짓이라고 생각하고 있어요—안젤라 이모를 빼고는 모두. 그리고 이모도 별로 다를 게 없어요. 이모의 생각은 아무런 근거도 없는 거예요. 무슨 일이 있어도 자신의 신념을 굽히지 않는 그런 충실한 사람 중 하나예요. 이모는 다만 이렇게 말하고 있을 뿐이죠 '캐롤라인 언니는 그런 짓을 했을 리가 없어.'"

"그런 생각이 들었습니까?"

"그 밖에 달리 무슨 생각이 들겠어요? 만일 제 어머니가 한 짓이 아니었다면, 이들 다섯 명 중 누군가가 한 짓임이 틀림없을 거라고 저는 알고 있어요. 그 점에 대해서는 여러 가지 가설을 생각해 보았죠."

"그래요? 그것참 흥미있는 얘기로군요. 어디 한번 들어봅시다."

"오, 그건 단지 가정에 지나지 않아요. 예를 들자면 필립 블레이크에 대한 것인데, 그는 주식 중개인이고 아버지의 절친한 친구였어요—아마도 아버지는 그를 무척 신뢰했을 거예요. 그리고 예술가들은 대개 돈 문제에 대해서는 별로 신경 쓰지 않죠. 필립 블레이크는 아버지의 재산을 자기 마음대로 이용했을 수도 있어요. 그러다가 아버지에게 뭔가 꼬리를 잡혀 자신의 부정이 들통나기에 이르렀고, 결국 아버지의 죽음만이 자기를 구제할 수 있었는지도 모르죠. 이건 제가 생각해 낸 가정 중 하나예요."

"전혀 근거가 없는 이론은 아니로군요. 그 밖에 또 다른 것은?"

"글쎄요, 이건 엘사에 대한 거예요. 필립 블레이크는 그녀가 독약으로 일을 저지르기에는 지나칠 정도로 냉철했다고 하지만, 그건 절대 사실이 아니라고 생각해요. 제 어머니가 그녀에게 가서 자기는 이혼하지 않을 거라고, 무슨 짓을 해도 자기는 남편과 이혼하지 않을 거라고 말했다고 생각해 보세요. 선생님은 어떻게 생각하실지 모르겠지만, 저는 그녀가 부르주아적인 기질을 가지고 있어서 남부럽지 않은 결혼을 하고 싶어 했을 거라고 생각해요. 그리고 엘사는 그 독약을 훔쳐낼 만한 배짱도 있었고(그날 오후에 적당한 기회를 잡을 수 있었던 것이며), 그 독약으로 제 어머니를 제거시키려고 한 것일지도 몰라요. 이건 엘사의 성격과도 잘 들어맞는 것 같아요. 그런데 아마도 일이 끔찍하게 잘못되어 아버지가 어머니 대신 그 독약을 마시게 된 거라고 생각할 수도 있죠."

"그것 역시 그리 나쁜 생각은 아니로군. 그리고 또?"

칼라는 천천히 말했다.

"글쎄요, 저는……, 그러니까, 메러디스도 가능성이 있다고 생각했어요."

"아! 메러디스 블레이크?"

"그래요. 어쩐지 그는 살인을 저지를 수도 있는 그런 사람인 것처럼 여겨져요. 제 말은, 그는 다른 사람들의 조롱거리가 되는 둔하고 소심한 사람으로, 마음속으로는 그 점에 대해서 분개하고 있었을지도 모른다는 거예요. 그런데다가 제 아버지는 그가 결혼하고 싶어 하던 여인과 결혼했어요. 그리고 아버지는 유명한 사람인데다가 부자이기까지 했죠. 더구나 메러디스는 온갖 종류의 독약을 다 제조했어요! 실제로 그가 독약을 만든 것은 어느 날인가 누군가를 살해하려는 생각을 품고 있었기 때문이었을지도 몰라요. 독약이 없어졌다고 말한 것은 자신을 혐의 대상에서 제외하려는 목적에서였을 수도 있죠. 게다가 독약을 가져갔을 가능성이 가장 큰 사람은 바로 그 자신이었어요. 또한 그는 캐롤라인—제 어머니가 교수형을 당하기를 원했을지도 모르죠. 왜냐하면 어머니는 오래전에 그의 청혼을 거절했으니까요. 게다가 그의 진술은 어딘지 수상쩍다는 생각이 들어요. 사람들이 자신의 성격과는 전혀 다른 행동을 할 수도 있다고 한 것 말이에요. 그 말은 바로 자기 자신을 두고 하는 말이 아닐까요?"

에르큘 포와로가 밀했다.

"적어도 이 점, 즉, 그들이 반드시 진실만을 말하고 있다고 보아서는 안 된다는 전에 대해서는 딩신이 옳게 본 섭니다. 그들의 이야기가 의도적으로 진실을 왜곡하도록 쓰였을 수도 있지요."

"오, 물론이에요. 저도 그런 생각을 품고 있었어요."

"그 밖에 또 다른 이론은?"

칼라는 천천히 말했다.

"저는, 이것을 읽어 보기 전에는, 윌리엄스 양이 아닐까 하고도 생각했었어요. 그녀는 안젤라 이모가 학교에 들어가게 되면 일자리를 잃게 되어 있었죠. 그런데 에이미어스—제 아버지가 갑자기 돌아가시게 되면, 안젤라 이모는 결국 떠나지 않게 될 수도 있었을 거예요. 제 말은, 그것이 자연사로 여겨진다면 —그건 얼마든지 가능한 일이었어요. 그리고 또 메러디스가 코닌을 분실하지 않았다면 그럴 수도 있었다는 거예요. 저는 코닌에 대해서 조사해 보고, 그것이 검시를 해보아도 거의 흔적이 남지 않는다는 것을 알았어요. 그렇게 되면 일사병 때문에 사망했다고 여길 수도 있었을 거예요.

하지만 단지 일자리를 잃게 되었다고 해서 그것이 살인의 동기가 되기에는 그다지 적합지 않다는 것을 잘 알아요. 그러나 살인자들은 아주 사소하고 불합리하게 여겨지는 동기를 가지고도 거듭 살인을 저지르는 경우를 흔히 볼 수 있거든요. 때로는 단 몇 푼의 돈이 그 동기가 될 수도 있죠. 그리고 중년의, 어딘가 다소 무기력한 가정교사가 갑자기 자신의 미래에 아무런 희망도 없다는 것을 깨닫고……. 이미 말씀드렸듯이, 이건 제가 이 편지들을 읽기 전에 생각했던 거예요. 하지만 이제는 윌리엄스 양은 전혀 그럴 사람 같지 않군요. 적어도 그녀는 무기력하지는 않았던 것 같아요."

"물론입니다. 그녀는 아직도 아주 원기 왕성하고 이성적인 여인이랍니다."

"저도 알아요. 그 점에 대해선 누구나 동감일 거예요. 그리고 그녀는 완전히 신뢰할 수 있는 분인 것 같아요. 그것이 저를 정말 당혹스럽게 만들었던 점이랍니다. 오, 아실 테죠, 선생님은 제 말을 이해하실 거예요. 너무 심려치 마세요. 처음부터 선생님은 그것을 분명히 밝히려 하셨고, 선생님이 원하던 대로 그것은 사실이었어요. 전 이제 우리가 진실을 알게 된 것이 아닌가 싶어요!

윌리엄스 양의 생각이 정말 옳아요! 누구든 진실을 받아들여야 해요. 자기가 그렇게 믿고 싶다고 해서 자신의 인생을 거짓으로 치장한다는 것은 옳지 못해요. 좋아요. 그게 사실이라면……, 저는 그것을 받아들일 수 있어요!

제 어머니는 결백하지 않았어요! 어머니가 저에게 그런 편지를 남긴 것은 불행하고 나약한 심경에서 제가 조금이라도 마음의 위안을 받기 원하셨기 때문이었을 거예요. 저는 어머니를 정죄치 않겠어요. 아니, 그렇게 생각해야 할 거예요. 감옥이란 곳이 어떤 의미를 주는 것인지 저는 모르겠어요.

어머니를 비난하지도 않아요. 어머니가 아버지에 대해서 그토록 절망감을 느끼셨다면, 그분 자신도 어쩔 수 없는 일이었을 거예요. 그렇다고 해서 아버지를 비난하는 것도 아니에요. 전 이해할 것 같아요—조금은—그분이 느꼈던 심경을. 그토록 삶을 사랑했고 욕망으로 가득 찬—그분도 어쩔 수가 없었던 것이고—결국은 그렇게 되신 거죠. 그분은 위대한 화가이셨어요. 그걸로 어느 정도는 그분의 행동을 설명할 수 있을 것 같아요."

그녀는 턱을 들고는 상기된 얼굴로 포와로를 보았다.

"그렇다면, 이제 만족하신다는 건가요?" 포와로가 물었다.

"만족하냐고요?"

칼라 레마천트가 되물었다. 그녀의 목소리는 약간 떨리고 있었다.

포와로는 손을 내밀고는 마치 아버지처럼 그녀의 어깨를 토닥거려 주었다.

"자, 들어 봐요." 그가 말했다.

"당신은 정말 이제야말로 싸워 볼만한 순간인데, 왜 그 싸움을 포기하려는 겁니까? 나, 에르퀼 포와로가 실제로 무슨 일이 일어났는지에 대해서 아주 중요한 사실을 발견한 순간에 말입니다."

칼라는 한동안 그를 쏘아보았다. 그러고는 말했다.

"윌리엄스 양은 제 어머니를 사랑했어요. 그녀는 알아차렸어요—어머니의 눈을 보고, 어머니가 그것을 자살로 꾸미려고 한다는 것을 말이에요. 그녀의 말대로라면……."

에르퀼 포와로가 자리에서 일어났다.

"마드모아젤—." 그가 말했다.

"세실리아 윌리엄스가, 당신 어머니가 에이미어스 크레일의 지문을 맥주병—바로 그 맥주병에 찍는 것을 보았다고 말했기 때문에, 당신에게 분명히 말할 수가 있는 것은, 당신 어머니는 결코 당신 부친을 살해하지 않았다는 겁니다."

그는 거듭 고개를 끄덕이며 그 방을 나갔다. 멍하니 그의 뒷모습을 쳐다보고 있는 칼라를 남겨 둔 채…….

"무슨 일이신가요, 포와로 씨?"

필립의 어조에는 짜증스러워하는 기색이 담겨 있었다.

포와로가 말했다.

"크레일 씨의 비극에 대한 명확하고도 놀라울 정도로 자세한 진술에 대해 먼저 감사를 드립니다."

필립 블레이크는 다소 멋쩍어하는 것 같았다.

"과찬의 말씀을." 그가 중얼거리듯 말했다.

"사실이지 막상 그것을 써 내려가자 내가 얼마나 많은 것을 기억하는지 나 자신도 놀랐답니다."

포와로가 말했다.

"놀랄 만큼 명확한 이야기였지요. 하지만 거기엔 뭔가 생략된 부분이 있는 것 같지 않습니까?"

"생략이라고요?" 필립 블레이크는 이맛살을 찌푸렸다.

에르퀼 포와로가 말했다.

"당신의 진술은, 쉽게 말해서 완전히 진실한 것은 아니었습니다."

그의 말투가 딱딱해졌다.

"나는 이런 이야기를 들었답니다. 블레이크 씨, 어느 여름날 밤 누군가가 크레일 부인이 당신 방에서, 그것도 의심을 살 만한 시간에 나오는 것을 보았다는 겁니다."

필립 블레이크의 무거운 숨소리만이 들리는 침묵이 흘렀다. 이윽고 그가 말했다.

"누가 그런 말을 했습니까?"

에르퀼 포와로는 고개를 저었다.

"누가 말했건 그건 중요치 않습니다. 내가 알고 있는 것은, 그런 사실이 바로 문제가 된다는 겁니다."

다시 침묵이 흐르고 나서, 필립 블레이크가 마음을 결정한 듯 입을 열었다.

"우연히도 당신은 남의 사적인 문제를 알게 되신 것 같군요. 나도 그것이 내 진술에서 빠졌다는 것을 인정합니다. 그렇다고 하더라도 내 진술은 당신이 생각하는 것 이상으로 사실과 들어맞는 것입니다. 이제 어쩔 수 없이 당신에게 진실을 털어놓아야겠군요.

나는 캐롤라인 크레일에게 증오심을 품고 있었습니다. 그러면서도 동시에 그녀에게 강한 애정을 느끼고 있었던 거지요. 아마도 애정 속에 증오심이 포함되어 있었다고 해야 옳겠죠. 나는 그녀에게 매여 있는 것이 싫었고, 그녀의 가장 취약한 곳을 계속 들추어냄으로써 나를 사로잡은 그녀의 마력으로부터 빠져나오려고 했던 겁니다. 나는 결코 그녀를 좋아하지 않았습니다. 하지만 한 때는 그녀를 사랑했었다고 할 수 있지요. 나는 소년 시절에 그녀를 사랑했지만, 그녀는 나를 제대로 한 번 거들떠보지도 않았어요. 나는 그것을 쉽게 잊을 수가 없었습니다.

에이미어스가 그리어란 아가씨에게 완전히 정신이 팔리자 나에게도 기회가 왔던 겁니다. 어쩌다 보니 나는 캐롤라인에게 사랑한다고 말하게 되었던 거죠. 그러자 그녀는 아주 냉정하게 '예, 나도 그걸 알고 있었어요.'라고 말하는 것 이었습니다. 정말 오만한 여자였지요!

물론 나는 그녀가 나를 사랑하지 않는다는 것을 알고 있었지만, 에이미어스 가 다른 여자에게 정신이 팔린 것으로 인해서 그녀가 환멸과 슬픔에 젖어 있 다는 것을 알 수 있었습니다. 그런 순간이야말로 여인을 쉽게 굴복시킬 기회 인 것이지요. 그녀는 그날 밤 내 방에 오겠다고 승낙했고, 밤이 되자 그녀가 찾아왔던 겁니다."

블레이크는 잠시 숨을 돌렸다. 말을 꺼내기가 무척 어려운 모양이었다.

"그녀가 내 방으로 찾아왔지요. 내가 그녀를 껴안자, 그녀는 아주 냉정한 목 소리로 소용없는 짓이라고 말하더군요! 결국 자기는 한 사람만의 여인이라고 하더군요. 좋으나 싫으나 에이미어스의 여인이라는 것이었죠. 자기가 나를 너 무 가혹하게 대했던 것도 물론 알고 있지만, 그러나 자기로서도 어쩔 수 없었 노라고 했습니다. 그녀는 나에게 자기를 용서해 달라고 하더군요.

그러고는 내 방을 떠났어요. 나를 남겨 두고 떠났단 말입니다! 생각해 보십 시오, 포와로 씨, 그녀에 대한 나의 증오가 얼마나 심화하였겠습니까? 내가 어 떻게 그녀를 용서할 수 있었겠습니까? 그녀는 나를 모욕했을 뿐만 아니라, 세 상에서 둘도 없는 내 사랑하는 친구를 살해했던 겁니다!"

필립 블레이크는 떨리는 목소리로 격렬하게 소리쳤다.

"더 이상 그 문제에 대해서 말하고 싶지 않습니다. 당신은 충분한 대답을 들었을 거요. 이제 가보시오! 그리고 다시는 그 문제에 대해서 거론하지 마시 오!"

"블레이크 씨, 나는 그날 손님들이 실험실에서 나간 순서를 알고 싶군요."

메러디스 블레이크가 말했다.

"하지만 이보시오, 포와로 씨, 그건 16년이나 지난 일이오! 어떻게 내가 그걸 기억할 수 있겠습니까? 캐롤라인이 맨 마지막으로 나왔다는 것은 이미 말씀드렸지 않습니까?"

"그건 정말 확실합니까?"

"그렇습니다. 적어도 나는 그렇게 알고 있습니다."

"지금 그곳에 가봅시다. 모든 걸 확실히 해두어야 하거든요."

여전히 내키지 않는 표정으로 메러디스 블레이크는 앞장을 섰다. 그는 자물쇠를 열고 덧문을 뒤로 젖혔다.

포와로가 그에게 강압적으로 말했다.

"자, 지금부터 당신은 손님들에게 당신의 소중한 연구 결과들과 비장의 약초들을 보여 주는 겁니다. 눈을 감고 생각해 보십시오."

메러디스 블레이크는 순순히 말에 따랐다. 포와로는 주머니에서 손수건을 꺼내어 부드럽게 흔들었다.

블레이크는 뭐라고 중얼거리며 약간 코를 실룩거렸다.

"그래요, 정말 신기하게도 그때의 광경이 떠오르는군요. 캐롤라인은 흐린 커피색 드레스를 입고 있었지요. 필은 따분한 표정을 짓고 있었고 그 애는 언제나 내 취미가 어리석기 짝이 없는 것이라고 생각했죠."

"자, 생각해 보세요." 포와로가 말했다.

"당신은 이제 이 방을 떠나는 겁니다. 서재로 가서 소크라테스의 죽음에 대한 구절을 들려주려는 것이지요. 누가 제일 먼저 이 방을 나섰습니까, 당신이었나요?"

"엘사와 나였지요─맞습니다. 그녀가 제일 먼저 문을 나섰고, 나는 그녀의 뒤를 바짝 따르고 있었죠. 우리는 이야기를 나누고 있었습니다. 나는 다른 사람들이 모두 나오기를 기다리며 서 있었는데, 그건 문을 다시 잠그려는 것이었죠. 필립─맞아요, 필립이 그다음에 나왔습니다. 그리고 안젤라가─그녀는 필립에게 황소와 곰에 대해서 묻고 있었죠. 그들이 홀을 지날 때쯤에 에이미어스가 그들을 따라갔습니다. 나는 여전히 기다리며 서 있었는데, 물론 그건 캐롤라인을 기다린 거죠."

"그렇다면 캐롤라인이 뒤에 남아 있었던 것이 틀림없겠군요. 혹, 그녀가 무엇을 하고 있었는지 보았습니까?"

블레이크는 고개를 저었다.

"아니오, 나는 등을 지고 서 있었습니다. 엘사와 이야기를 하고 있었는데— 그녀는 지루했을 거요. 나는 그녀에게 어떤 약초들은, 옛날 미신에 따르면 보름달이 떴을 때 채집해야 한다는 말을 하고 있었거든요. 그때 캐롤라인이, 약간 서두르며 밖으로 나왔고, 나는 문을 잠갔습니다."

그는 말을 멈추고는, 다시 손수건을 주머니에 집어넣는 포와로를 쳐다보았다. 메러디스 블레이크는 속으로 질색을 하며 생각했다.

'쳇, 이 친구는 정말 향수를 쓰는가 보군!'

큰 소리로 그가 말했다.

"이제 확실히 생각이 나는군요. 그 순서는 이러했습니다. 엘사, 나, 필립, 안젤라, 그리고 캐롤라인 순이었죠. 그런 순서 따위가 무슨 도움이 됩니까?"

포와로가 말했다.

"모든 것이 잘 들어맞는군요. 그런데 나는 이곳에서 모임을 하려고 합니다만, 그리 어려운 일은 아니겠지요?"

"그래요?"

엘사 디티샴은 너무 열중해서, 마치 어린아이처럼 진지하게 말했다.

포와로가 말했다.

"한 가지 묻고 싶은 것이 있습니다, 부인."

"그게 뭔가요?"

"그러니까 모든 일이 끝난 다음에, 내 말은 재판을 말하는 거지요, 메러디스 블레이크가 당신에게 청혼했지요?"

엘사가 그를 쏘아보았다. 그녀의 표정은 경멸로 가득 찬, 거의 짜증을 내는 듯한 표정이었다.

"그래요, 그랬어요. 그런데 그게 뭐 어쨌다는 거죠?"

"그의 청혼을 받고 놀라지 않았나요?"

"내가요? 전혀 생각이 나지 않는군요."

"뭐라고 말씀하셨죠?"

엘사는 웃음을 터뜨렸다. 그리고 말했다.

"내가 뭐라고 말했을 것 같아요? 에이미어스가 죽었으니까, 메러디스하고? 정말 웃기는 일이에요! 그는 어리석었어요. 언제나 그는 어딘가 좀 모자라는 듯했죠."

그녀는 갑자기 미소를 지었다.

"그는 나를 보호해 주고 싶었던 거예요. '나를 지켜 주겠다.'라는 것이 바로 그가 한 말이었죠! 다른 사람들처럼 그도 그 재판이 나에게는 끔찍한 시련이었을 거라고 생각했던 거예요. 그리고 그 기자들도! 사람들의 빗발치는 비난! 그런 것이 모두 나에게는 헤어 나올 수 없는 수렁 같은 것이라고 생각했던 거죠."

그녀는 잠시 골똘히 생각에 잠겼다. 그러고는 말했다.

"가엾은 메러디스! 그렇게 어리석다니!" 그러고는 다시 웃음을 터뜨렸다.

다시 포와로는 윌리엄스 양의 그 예리한 시선을 받고는 다시 한 번 자신의 나이를 망각하고 마치 자기가 온순하고 얌전한 소년이라도 된 것 같은 기분을 느꼈다.

그는 한 가지 물어보고 싶은 것이 있다고 했다. 윌리엄스 양은 무슨 문제인지 서슴지 말고 물어보라고 했다.

포와로는 천천히, 조심스럽게 단어들을 골라가며 말했다.

"안젤라 워렌은 아주 어렸을 때 심한 상처를 입었습니다. 크레일 부인이 그녀에게 문진을 던졌던 것이지요. 그렇지 않습니까?"

윌리엄스 양이 대답했다.

"맞습니다."

"누구한테서 그런 말을 들었죠?"

"안젤라한테서였지요. 그녀가 자진해서 일찌감치 그 사실을 말해 주었지요."

"그녀가 뭐라고 하던가요?"

"자기 뺨을 가리키면서 이렇게 말했어요. '내가 어렸을 때 캐롤라인 언니가 이렇게 했어요. 나한테 문진을 집어던졌던 거예요. 이건 절대로 말하지 마세요. 아시겠죠? 왜냐하면 언니를 너무나도 가슴 아프게 만드는 슬픈 추억이기 때문이에요.'"

"크레일 부인이 직접 그 문제에 대해서 당신에게 언급했던 적이 있었습니까?"

"넌지시 비쳤던 적은 있어요. 그녀는 내가 그 이야기를 알고 있다고 생각했던 것 같아요. 언젠가 한번 그녀가 이렇게 말하던 것이 생각나는군요. '내가 너무 안젤라의 응석을 받아 준다고 생각하는 줄 나도 잘 알아요. 하지만 내가 그 애에게 했던 짓에 비하면 그 애를 위해 내가 해줄 수 있는 것은 아무것도 없는 것 같답니다.' 그리고 한번은 이렇게 말했지요. '누군가가 다른 사람에게 영원히 치유될 수 없는 상처를 입혔다면, 그건 평생을 두고도 다 갚지 못할 가장 무거운 빚을 지는 것과 마찬가지라는 것을 당신은 잘 알 거예요.'"

"고맙습니다, 윌리엄스 양. 그것이 바로 내가 알고 싶어 하는 것이었습니다."

리젠트 파크가 내려다보이는 커다란 건물이 보이자 포와로는 약간 걸음을 늦추었다. 사실 그런 생각이 들게 되자, 그는 안젤라 워렌에게는 아무런 질문도 하고 싶지 않았다. 그녀에게 묻고 싶은 것은 좀더 뒤로 미룰 수도 있었다.

아니 그가 이곳까지 오게 된 것도 실은, 균형에 대한 그의 어찌할 수 없는 열망 때문이었다. 다섯 명이니까, 다섯 가지 질문을 해야 한다는 식의! 그래야만 좀더 마음이 편해지고 일이 좀더 잘 마무리되는 듯싶었던 것이다.

안젤라 워렌은 뭔가 잔뜩 기대를 품고 그에게 인사를 했다.

"뭔가 알아내신 거라도 있나요? 얼마나 진척이 되셨어요?"

천천히 포와로는 마치 중국 인형처럼 고개를 끄덕였다.

"조금." 그가 말했다.

"필립 블레이크인가요?"

그 말은 묻는 것 같기도 했고, 자신의 생각을 말하는 것 같기도 했다.

"마드모아젤, 지금은 아직 아무 말도 하고 싶지 않군요. 아직 때가 되지 않은 것 같습니다. 다만 부탁드리고 싶은 것은 핸드크로스 장원으로 와주셨으면 고맙겠다는 것입니다. 다른 분들은 다 동의하셨답니다."

그녀는 약간 이마를 찡그리며 말했다.

"대체 무얼 하시려는 거죠? 16년 전에 일어났던 일을 재현해 보려는 건가요?"

"좀더 분명한 각도에서 볼 수가 있을 테죠. 오시겠습니까?"

"오, 물론이죠, 저도 참석하겠어요." 안젤라 워렌은 천천히 말했다.

"그 사람들을 전부 다시 만난다는 것은 정말 흥미 있는 일일 거예요. 저도 그전보다는 훨씬 분명한 각도(당신 말씀대로)에서 그들을 볼 수 있겠죠."

"그런데 나에게 보여 주셨던 그 편지도 함께 가지고 오시지 않겠습니까?"

안젤라 워렌은 이마를 찌푸렸다.

"그 편지는 제 사적인 거예요. 당신에게 그것을 보여 준 것은 그럴 만한 충분한 이유가 있었지만, 그 편지가 아무런 이해관계도 없는 사람들에게 읽히도록 하고 싶은 생각은 전혀 없어요."

"하지만 그 문제에 대해서는 내 의견을 따라 주시는 것이 어떻겠습니까?"

"아니에요. 편지를 가져가기는 하겠지만, 그러나 제 자신의 판단에 따를 것이고, 제 생각이 당신 생각과 얼마나 같을지 한번 모험해볼 작정이에요."

포와로는 체념한다는 듯이 두 손을 펼쳐 보였다. 그는 자리에서 일어나며 말했다.

"한 가지 물어봐도 괜찮겠습니까?"

"뭔데요?"

"그 비극이 일어났을 당시, 워렌 양, 그러니까……, 화가 고갱의 전기를 읽은 적이 있었지요?"

안젤라는 멍하니 그를 쳐다보았다. 그러고 나서 말했다.

"그럴 거예요……. 어쩜, 맞아요, 정말 그랬어요."

그녀는 솔직한 호기심을 담은 시선으로 그를 바라보았다.

"그런데 그걸 어떻게 아셨어요?"

"마드모아젤, 사소한 문제를 가지고 마치 내가 무슨 마술사라도 되는 것처럼 보이는 모양이군요. 나에게는 듣지 않아도 알아내는 방법이 있답니다."

오후 햇살이 핸드크로스 장원의 실험실 안으로 비춰들었다. 안락의자 몇 개와 등이 있는 긴 의자 한 개를 그 방으로 옮겨 왔지만, 그것은 옮겨져 오기 전보다도 그 방의 분위기를 더욱 쓸쓸하게 만들 뿐이었다.

약간 당혹스런 표정을 지은 채, 콧수염을 잡아당기며 메러디스 블레이크가 칼라에게 되는 대로 말을 걸고 있었다. 그러다가 갑자기 이런 말을 꺼냈다.

"얘야, 너는 네 어머니를 아주 많이 닮았으면서도, 어떻게 보면 전혀 닮지 않은 것 같기도 하구나."

칼라가 물었다.

"제가 어머니를 얼마나 많이 닮았나요? 아니면 전혀 닮지 않았나요?"

"얼굴이나 거동하는 모양은 네 어머니를 많이 닮았는데—글쎄 뭐라고 할까—네 어머니보다 훨씬 적극적인 성격인 것 같다고나 할까?"

필립 블레이크는 이마를 잔뜩 찌푸린 채 창 밖을 내다보며 짜증스럽다는 듯이 유리창을 두드리고 있었다. 그가 말했다.

"대체 이게 무슨 꼴이지? 이렇게 화창한 토요일 오후에……."

에르퀼 포와로가 마치 불난 집에 부채질이라도 하듯이 허둥거리며 말했다.

"아, 정말 죄송합니다. 골프 게임을 망쳐 놓은 일은 정말 뭐라고 사과드려야 할지. 하지만, 블레이크 씨, 이쪽은 당신의 절친한 친구의 따님입니다. 그녀를 위해서 잠시 시간을 내주실 수는 있겠지요?"

그때 집사가 알렸다.

"워렌 양이 오셨습니다."

메러디스가 그녀를 맞아들였다.

"이렇게 시간을 내주어서 고맙구나, 안젤라. 그렇지 않아도 바쁠 텐데."

그는 그녀를 창 쪽으로 안내했다.

"안녕하셨어요, 안젤라 이모! 오늘 아침 타임스지(紙)에 난 기사를 읽었어요. 유명한 친척이 있다는 건 멋진 일이에요."

그녀는 침착해 보이는 회색 눈동자에 키가 크고 턱이 네모진 젊은이를 가리켰다.

"이쪽은 존 래터리라고 해요. 이 사람과 나는, 희망 사항이지만 결혼할 거랍니다."

안젤라 워렌이 말했다.

"오! 이거 뜻밖인데……."

그때 메러디스가 또 다른 손님을 맞이했다.

"이거, 윌리엄스 양, 이게 얼마 만입니까?"

마르긴 했지만, 그러나 여전히 꼿꼿한 기색의 노 가정교사가 방 안으로 들어왔다. 그녀의 눈은 잠시 포와로의 얼굴에 조심스럽게 머물렀다가 깔끔한 트위드 차림의 키가 크고 어깨가 넓은 여인에게로 옮겨갔다.

안젤라 워렌이 그녀에게로 다가가서는 미소를 지으며 말했다.

"저는 다시 여학생이 된 기분이에요."

"나는 네가 정말 자랑스럽단다, 안젤라." 윌리엄스 양이 말했다.

"너는 내 신뢰를 저버리지 않았거든. 이 아가씨가 칼라지? 나를 기억하지 못할 거야. 그때는 너무 어렸으니까."

필립 블레이크가 화를 내며 말했다.

"대체 어찌된 일이지? 아무도 나를 아는 체하지 않으니……."

에르큘 포와로가 말했다.

"이번 모임을 나는, 과거로의 여행이라고 하고 싶군요. 모두 자리에 앉으시죠. 이제 마지막 손님이 도착하면 시작하도록 합시다. 그녀가 이곳에 있어야 유령 좇는 일을 시작할 수 있거든요."

필립 블레이크가 소리쳤다.

"이게 대체 무슨 어릿광대 놀음이오? 무슨 강령술 모임이라도 열리는 거요?"

"아니, 그렇지 않습니다. 다만, 오래전에 일어났던 어떤 사건에 대해서 토론하려는 겁니다. 그 사건에 대해서 의견을 나누고, 글쎄요, 좀더 분명하게 그 사건의 경과를 알아보려는 것이지요. 유령에 대해서는, 그들이 모습을 나타내지는 않을 테지만, 우리가 그들을 볼 수 없다고 해서 누가 그들이 여기, 이 방 안에 없다고 말할 수 있겠습니까? 에이미어스와 캐롤라인 부부가 여기에서, 우리의 이야기를 듣고 있지 않다고 누가 말할 수 있겠습니까?"

필립 블레이크가 말했다.

"정말 말도 안 되는……."

그때 갑자기 문이 열리며 집사가 디티샴 부인이 왔다고 알렸다.

결론

엘사 디티샴은, 그녀 특유의 조금 건방져 보이는 태도로 방 안으로 들어섰다. 그녀는 메러디스에게 살짝 미소를 지어 보이고는, 안젤라와 필립을 차갑게 노려본 다음에 그들과는 약간 떨어진 창가 의자 쪽으로 걸어갔다. 그러고는 목에 두르고 있던 값비싼 모피 숄을 벗어서 뒤에 내려놓았다. 그녀가 잠시 방 안을 둘러보다가 칼라에게 시선을 보내자, 칼라도 그녀를 마주 보며 자기 부모의 인생을 파멸로 이끌었던 여인을 감정(鑑定)이라도 하듯이 조심스럽게 살펴보았다. 칼라의 젊고 진지한 얼굴에는 적개심이라고는 전혀 찾아볼 수 없었고, 다만 호기심으로 가득 차 있을 뿐이었다.

엘사가 말했다.

"내가 조금 늦었나 보군요, 포와로 씨."

"마침 적당한 시간에 오셨습니다, 부인."

세실리아 윌리엄스가 아주 희미하게 코웃음을 쳤다.

엘사는 그녀의 눈 속에 호의라고는 전혀 없고, 오직 적개심만이 가득 차 있는 것을 보았다. 그녀가 다시 말했다.

"하마터면 알아보지 못할 뻔했어요, 안젤라. 얼마 만이죠? 16년 전인가?"

에르퀼 포와로가 재빨리 끼어들었다.

"그렇습니다. 우리가 이야기하고자 하는 것은 지금으로부터 16년 전 사건이지만, 먼저 어째서 우리가 여기에 모이게 되었는지에 대해서 말씀드리겠습니다."

그러고는 칼라가 자기에게 부탁했던 일과 자기가 그 일을 맡기로 한 경과 등에 대해서 간단하게 설명했다.

그는 필립의 얼굴에 노골적으로 떠오르는 격분과 갑자기 충격을 받은 듯한 메러디스의 혐오의 표정을 무시한 채 재빨리 말을 이었다.

"나는 그 부탁을 받아들였습니다. 나는 진실을 밝혀내기 위해 본격적으로 작업에 착수했던 것이죠"

커다란 노인용 안락의자에 앉아 있는 칼라 레마천트에게는 포와로의 이야기가 멀리서 들려오듯 아련하게 느껴졌다. 그녀는 손으로 얼굴을 가리고는 은밀하게 다섯 사람의 표정을 살펴보았다. 이들 중에서 누가 살인을 저질렀는지 그녀가 과연 알아낼 수가 있을까?

좀더 곰곰이 생각해 본다면―이들 중 누가 사람을 죽이는 광경을 머릿속에 그려볼 수라도 있을까? 그래, 아마도. 하지만 살인 수법이 다를 것 같았다. 그녀는 필립 블레이크가 분노를 못 이겨 어떤 여인을 목 졸라 죽이는 광경을 상상할 수 있었다―그렇다. 그녀는 그런 광경을 그려볼 수 있었다. 그리고 메러디스 블레이크가 권총으로 강도를 위협하다가 실수로 그것이 발사되는 장면도 연상할 수 있었다. 안젤라 워렌이 권총을 쏘는 광경도 떠올릴 수 있었지만―그건 실수로 발사되는 것은 아니었다. 개인적인 감정에서가 아니라 순전히 탐험대의 안전을 위해서 말이다. 그리고 엘사가 어떤 환상적인 성에서 그녀의 호화로운 동양산 비단으로 꾸며진 소파에 누워, "저 보기 싫은 자를 흉벽 너머로 집어던져!"라고 말하는 장면도 상상할 수 있었다.

모두가 터무니없는 공상이었다―그리고 이런 지나치게 비약적인 공상이 아니라고 하더라도 그녀는 윌리엄스 양이 누군가를 살해한다는 것은 거의 상상할 수 없었다.

에르퀼 포와로는 계속 말하고 있었다.

"그것이 나의 임무였습니다. 시간의 톱니바퀴를 뒤로 돌려, 그 옛날로 다시 돌아가 그때 실제로 무슨 일이 일어났는가를 밝혀내는 것이지요"

필립 블레이크가 말했다.

"무슨 일이 있었는지는 우리 모두 잘 알고 있습니다. 그 밖에 달리 무슨 일이 있었다고 하는 것은 일종의 사기요―그건 그것이 무엇이든 간에 속이 뻔히 들여다보이는 사기란 말이오. 당신은 엉터리 구실로 이 아가씨한테서 돈을 뜯어내려는 거요."

포와로는 화를 내지 않았다. 대신 그가 말했다.

"당신은 '무슨 일이 있었는지 우리 모두 알고 있다'라고 말씀하시지만 그건 전혀 생각해 보지도 않고 하시는 얘기입니다. 어떤 사실이 받아들여졌다고 해서 그것이 꼭 진실이라고는 할 수 없는 법이지요. 이를테면 표면적으로 당신, 블레이크 씨는 캐롤라인 크레일을 싫어했습니다. 그것은 당신에 의해서 각색된 채 받아들여진 사실이지요. 하지만 심리학에 대해서 최소한의 지식이라도 있는 사람이라면 사실은 그 정반대였다는 것을 쉽게 알아볼 수 있습니다. 당신은 언제나 캐롤라인 크레일에게 격렬한 애정을 품고 있었던 거지요. 당신은 그런 사실이 더없이 불쾌했고, 그래서 끊임없이 그녀의 결점을 들추어내고 그녀를 싫어한다는 말을 되풀이함으로써 그런 감정을 은폐시키려고 애썼던 것입니다.

마찬가지로, 메러디스 블레이크 씨는 오랫동안 캐롤라인 크레일에게 헌신적인 애정을 기울여 왔었지요. 그 비극에 대한 그의 진술에 따르면, 그는 그녀를 대신해서 에이미어스의 처사에 대해 분개했다고 자신의 심정을 토로하고 있지만, 그러나 그 행간을 좀더 주의 깊게 읽어 보면 그의 일생을 통한 헌신도 이미 시들어 버렸고, 그 대신 그의 마음속에 자리를 잡게 된 여인은, 바로 그 젊고 아름다운 엘사 그리어였다는 것을 알 수 있을 겁니다."

메러디스의 입에서 격한 신음이 새어나오자, 디티샴 부인이 미소를 지어 보였다.

포와로가 계속했다.

"무슨 일이 있었든 간에 다들 자기 나름대로의 입장을 가지고 있었다는 것을 보여 주기 위해 이런 문제들을 언급했던 겁니다. 그리고 나는 이런 사실도 알고 있습니다. '캐롤라인 크레일은 한 번도 자신의 결백을 주장하지 않았다(그녀의 딸에게 남긴 편지를 제외하고는).'는 사실을 말입니다.

캐롤라인 크레일은 법정에서 전혀 공포의 빛을 보이지 않았습니다. 실로, 어떤 관심조차 거의 보이지 않았던 겁니다. 완전히 체념한 패배주의자 같은 태도를 줄곧 견지했지요. 감옥에서도 그녀의 태도는 조용하고 평화스러운 것이었습니다. 배심의 평결이 끝나자 그녀는 즉시 자기 여동생에게 편지를 보내어, 마치 자신에게 닥칠 운명을 기꺼이 받아들이겠다는 듯한 내용의 말을 남겼습니다. 모든 사람들(주목할 만한 단 한 사람을 제외하고는)의 의견에 따르자면 캐롤라인 크레일은 유죄였습니다."

필립 블레이크가 고개를 끄덕였다.

"두말할 것도 없이 그녀는 유죄였습니다!"

에르퀼 포와로가 말했다.

"하지만 다른 사람들의 평결을 그대로 받아들이는 것은 나의 본분이 아니죠. 내 자신이 스스로 이해할 만한 증거를 찾아야 했던 겁니다. 사실을 검토해서 그것들이 심리학적인 측면에서도 일치되는지 알아봐야 했습니다. 이를 위해서 나는 경찰 자료를 주의 깊게 검토했고, 이어서 사건 당시 그곳에 있었던 다섯 분으로부터 그 비극에 대한 그들 나름대로의 입장에서 작성한 진술서를 입수하게 되었습니다. 이것은 경찰 자료에서는 얻을 수 없는 중요한 내용을 담은 매우 가치가 있는 것이었지요.

말하자면, 첫째, 경찰의 입장에서 보면 사건과 아무런 관계도 없는 것 같던 대화와 사건들이 담겨 있었고, 둘째, 캐롤라인 크레일의 생각과 감정에 대한 그들 나름대로 의견(법률적으로는 증거로서 채택될 수 없는)과 셋째, 경찰에게는 의도적으로 숨기고 있던 사실들이 담겨 있었던 것입니다.

비로소 나는 내 스스로 그 사건을 판단할 수 있는 위치에 서게 된 것이었죠. 캐롤라인 크레일에게 충분한 범행 동기가 있었던 것만은 틀림없는 것 같았습니다. 그녀는 남편을 사랑했는데, 그는 그녀를 버리고 다른 여인에게 가겠다는 것을 공언했으며, 또한 그녀 자신도 자기가 질투심이 많은 여자라는 것을 인정하고 있었지요.

다음은 범행 방법에 대해서 살펴보면, 코닌 용액이 들어 있던 빈 향수병이 그녀의 장롱 서랍에서 발견되었습니다. 거기에는 그녀의 지문밖에 없었죠. 경찰이 그 문제에 대해서 심문하자, 그녀는 그것을 지금 우리가 있는 바로 이 방에서 자기가 가져왔다는 것을 인정했습니다. 이곳에 있던 코닌 병에도 역시 그녀의 지문이 남아 있었지요. 나는 메러디스 블레이크 씨에게 물어보았습니다. 그날 사람들이 이 방을 나섰던 순서에 대해서 말입니다. 그것은 사람들이 방 안에 있는 동안에는 누군가가 그 독약을 손에 넣는다는 것이 사실상 불가능하게 여겨졌기 때문이었죠.

사람들이 이 방을 나선 순서는 이러했습니다. 엘사 그리어, 메러디스 블레이크, 안젤라 워렌과 필립 블레이크, 에이미어스 크레일, 마지막으로 캐롤라인 크레일의 순이었죠. 더구나 메러디스 블레이크 씨는 크레일 부인이 나오기를 기다리는 동안 이 방과는 등을 지고 서 있었기 때문에, 그녀가 무엇을 하고 있었는지 그로서는 사실상 볼 수가 없었던 겁니다. 말하자면, 그녀에게는 기회가 있었던 거죠. 그래서 나는 그녀가 코닌을 가져갔다는 사실을 확인할 수 있었습니다. 일종의 간접적인 확인인 셈이죠.

언젠가 메러디스 블레이크 씨가 나에게 이런 말을 했습니다. '내가 여기에서 있었고, 열린 창문을 통해 재스민 향기가 풍겨오던 것을 기억할 수 있습니다.'라고요. 하지만 그때는 9월이었고, 따라서 창 밖의 재스민은 이미 꽃이 전부 시든 상태였을 겁니다. 일반적으로 재스민은 6월에서 7월 사이에 꽃이 피는 법이지요. 그러나 그녀의 방에서 발견된 코닌 용액이 들어 있던 향수병은 원래는 재스민 향수가 들어 있었던 겁니다. 그래서 나는 이런 결론을 얻었습니다. 즉, 크레일 부인은 코닌을 훔치기로 작정하고는 백에서 향수병을 꺼내어 그 속에 들어 있던 향수를 몰래 쏟아 버렸던 거라고 말이지요.

언젠가 나는 메러디스 블레이크 씨에게 눈을 감고 사람들이 방을 떠난 순서를 상기해 보라고 하고는 잠시 실험을 해보았습니다. 은은한 재스민 향기가 즉시 그의 기억력에 자극을 주었던 거죠. 냄새의 효과는 우리가 아는 것보다 훨씬 큽니다.

그러면 운명의 그날 아침으로 돌아갑시다. 그 사실에 대해서는 의문의 여지가 없지요. 즉, 그리어 양이 갑자기 자기와 크레일 씨가 결혼할 거라는 사실을 폭로했고, 에이미어스 크레일이 그것을 확인했으며, 캐롤라인 크레일은 깊은 슬픔에 빠졌습니다. 이것은 여러 사람의 증언에 의해서 뒷받침되는 사실이지요.

그 다음 날 아침 남편과 아내가 서재에서 말다툼을 벌였습니다. 그때 캐롤라인 크레일이 이렇게 말하는 것이 들렸지요. '당신과 당신의 계집들!' 비통한 목소리였고 결국에 가서는 이런 말까지 했습니다. '언젠가는 당신을 죽여 버리고 말겠어요.' 필립 블레이크 씨가 이 말을 홀에서 엿들었고 그리어 양도 테라스에서 엿들었지요.

그다음에 그녀는 크레일 씨가 아내에게 분별 있게 행동하라고 하는 말을 들었습니다. 그리고 크레일 부인이, '당신을 그 계집에게 보내느니보다는 차라리, 당신을 죽여 버리겠어요.' 곧이어 에이미어스가 밖으로 나와 퉁명스런 말투로 엘사 그리어에게 내려가서 포즈를 취하라고 말했습니다. 그녀는 스웨터를 가지고 나와 그와 함께 배터리 가든으로 내려갔지요.

지금까지는 심리학적으로도 아무런 이상이 없는 것 같습니다. 모든 사람들이 당연히 예상할 수 있는 행동을 했던 거죠. 하지만 우리는 이제부터 뭔가 잘못된 것이 있다는 것을 알 수 있습니다.

코닌이 없어졌다는 것을 발견한 메러디스 블레이크는 동생에게 전화를 걸었습니다. 그들은 보트 선착장에서 만나, 캐롤라인 크레일이 안젤라를 학교에 보내는 문제로 남편과 의논하고 있던 배터리 가든을 지나서 집으로 올라왔지요. 그런데 바로 여기에서 나는 아주 이상하다고 생각했습니다. 그토록 심하게 부부싸움을 하고, 그것도 캐롤라인의 입장에서 보면 분명한 협박까지 했는데, 불과 20분도 안 되어 그녀는 사소한 가사 문제를 가지고 남편과 의논을 했다는 것이 말입니다."

포와로는 메러디스 블레이크를 돌아다보았다.

"당신은 이런 말을 했습니다. 크레일이, '그건 이미 결정이 된 거요. 나는 그녀가 짐을 꾸리는 것을 볼 거요.' 하고 말하는 것을 들었다고 하시지 않았습니까?"

메러디스 블레이크가 말했다.

"그랬던 것 같은데⋯⋯, 맞습니다."

다시 포와로는 필립 블레이크를 돌아다보았다.

"당신도 같은 생각입니까?"

필립이 이마를 찌푸렸다.

"당신이 그런 말을 할 때까지만 해도 몰랐는데, 이제 생각이 나는군요. 뭔가 짐을 꾸린다는 것에 대한 말이었습니다."

"크레일 씨가 말했습니까, 크레일 부인이 말한 것이 아니고요?"

"에이미어스가 한 말이었습니다. 캐롤라인은 그녀에게 정말로 견디기 어려운 일일 거라는 등의 말을 하고 있었지요. 그런데 그게 뭐가 어떻다는 겁니까? 며칠 내로 안젤라가 학교로 떠날 거라는 사실은 모두 알고 있던 일이었지요."

포와로가 말했다.

"내 말의 요점을 모르시는군요. 어째서 에이미어스 크레일이 안젤라의 짐을 꾸려 주려 했을까요? 그건 말도 안 되는 소리입니다! 크레일 부인도 있고, 윌리엄스 양도 있고, 그리고 하녀들도 있었어요. 짐을 꾸리는 것은 여자들이 할 일이지, 남자가 할 일이 아닙니다."

"그게 무슨 문제가 됩니까?" 필립 블레이크가 짜증스런 목소리로 말했다. "그건 범죄와는 아무런 상관도 없는 일이오."

"그렇게 생각하십니까? 나에게는 일종의 암시와도 같은 것이었습니다. 그리고 즉시 또 다른 사실과 연결이 되었던 것이지요. 조금 전에 남편을 협박하고 자살한다든가, 아니면 살인할 생각을 품고 있는, 깊은 절망감에 사로잡힌 크레일 부인이 이제는 아주 상냥한 태도로 남편에게 시원한 맥주를 갖다 주겠다고 한 것입니다."

메러디스 블레이크가 천천히 말했다.

"그녀가 살인할 생각을 품고 있었다면 전혀 이상할 것도 없지요. 그렇다면 그녀는 바로 위장을 했던 겁니다!"

"그렇게 생각하십니까? 그녀는 남편을 독살하려고 결심했고, 독약은 이미 준비가 되어 있었습니다. 그녀의 남편은 배터리 가든에 맥주를 갖다 놓고 있었지요. 그녀가 조금이라도 머리가 있었다면 주위에 아무도 없을 때를 노려서 거기에 있던 맥주병 속에 독약을 넣었을 겁니다."

메러디스 블레이크가 말을 가로막았다.

"그녀는 그렇게 하지 않았을 거요. 다른 사람이 그걸 마실 수도 있었기 때문이죠."

"그렇습니다. 엘사 그리어가 마실 수도 있었죠. 자기 남편을 살해하려고 결심한 캐롤라인 크레일이 그래, 그녀를 살해하는 것에 대해서 무슨 동정심이라도 느꼈을 거라고 생각하십니까?

하지만 그 점에 대해서는 더 이상 따지지 말기로 합시다. 사실에 대해서만 이야기하기로 합시다. 캐롤라인 크레일은 남편에게 시원한 맥주를 갖다 주겠다고 했지요. 그녀는 집으로 올라가서 온실에서 맥주를 꺼내어, 다시 그에게로 내려갔습니다. 그러고는 직접 잔에 따라서 그에게 주었지요. 에이미어스 크레일은 그걸 단숨에 마시고는 이렇게 말했습니다. '오늘은 모든 게 다 씁쓸한데.'

크레일 부인은 다시 집으로 올라왔습니다. 그러고는 평소와 다름없는 모습으로 점심을 먹었죠. 그녀의 태도가 어쩐지 불안하고 뭔가에 골똘하고 있는 것처럼 보이기도 했다고 들었습니다. 하지만 그건 전혀 도움이 되지 않습니다. 그것이 살인자를 판단하는 행동의 기준이 될 수는 없습니다. 침착한 살인자도 있고, 쉽게 흥분하는 살인자도 있는 법이거든요.

점심식사 뒤에 그녀는 다시 배터리 가든으로 내려갔습니다. 거기에서 남편의 시체를 발견했는데, 그것은 말하자면 분명히 예상된 일이었던 거죠. 그녀는 걱정을 보이며 의사를 부르라고 가정교사를 보냈습니다. 이제 우리는 이제까지는 알지 못했던 새로운 사실과 부딪치게 됩니다."

그는 윌리엄스 양을 쳐다보았다.

"반대하지 않으시겠죠?"

윌리엄스 양의 얼굴이 다소 창백해졌다. 그녀가 말했다.

"당신에게 비밀을 지켜야 한다고는 하지 않았어요."

나직하지만 힘 있는 목소리로 포와로는 윌리엄스 양이 목격했던 것을 들려주었다.

엘사 디티샴이 자세를 고쳐 앉았다. 그러고는 커다란 의자에 앉아 있는 침울한 안색의 조그만 여인을 쏘아보았다. 그녀는 믿을 수 없다는 듯이 말했다.

"당신은 정말로 그녀가 그렇게 하는 것을 보았나요?"

필립 블레이크가 벌떡 일어났다.

"하지만 그건 이미 끝난 일이오!" 그가 소리쳤다.

"아무리 그렇다고 하더라도 그건 일단 끝난 일입니다."

에르퀼 포와로는 부드러운 시선으로 그를 쳐다보았다. 그러고는 말했다.

"반드시 그런 것만은 아니지요."

안젤라 워렌이 날카로운 목소리로 말했다.

"나는 그것을 믿을 수 없어요."

그 작은 가정교사를 쏘아보는 그녀의 시선에는 적의가 담겨 있었다.

메러디스 블레이크는 못마땅한 표정을 지은 채 콧수염을 잡아당겼다. 윌리엄스 양만이 전혀 동요하는 기색이 없었다. 꼿꼿한 자세로 앉아 있는 그녀의 양쪽 뺨에는 약간의 홍조가 떠올라 있었다. 그녀가 말했다.

"그것이 바로 내가 보았던 거예요."

포와로가 천천히 말했다.

"물론, 그러한 사실을 뒷받침해 주는 것은 당신의 말밖에 없죠."

"그래요, 내 말을 달리 입증할 것은 전혀 없어요."

그녀의 불굴의 회색 눈동자가 그의 눈과 마주쳤다.

"내 말이 남에게 의심받는 일에는, 포와로 씨, 나는 그런 일에는 익숙지가 않아요."

에르큘 포와로는 고개를 숙여 보였다. 그러고는 말했다.

"나는 당신 말을 의심하지 않습니다, 윌리엄스 양. 당신 말대로 틀림없이 당신은 그런 장면을 목격했던 것이고, 그렇기 때문에 나는 캐롤라인 크레일에게 죄가 없었다는 것을, 그녀가 죄를 범했을 리가 없다는 것을 깨달았던 겁니다."

진지한 표정을 짓던 존 래터리라는 청년이 처음으로 입을 열었다.

"무슨 근거로 그런 말씀을 하시는 건지 궁금하군요, 포와로 씨."

포와로가 그에게 고개를 돌렸다.

"물론 말씀드리지요. 윌리엄스 양은 과연 무엇을 보았을까요? 그녀가 본 것은, 캐롤라인 크레일이 아주 조심스럽게 맥주병의 지문을 닦아 내고는 대신 죽은 남편의 지문을 남기는 광경이었습니다. 그것이 맥주병이었다는 것을 주목하십시오. 그러나 코닌은 잔 속에 있었지, 병 속에 들어 있지는 않았습니다. 경찰은 그 병에서는 코닌의 흔적을 전혀 발견하지 못했던 겁니다. 그 병 속에는 코닌이 들어 있지 않았기 때문이죠. 그런데 캐롤라인 크레일은 그런 사실을 전혀 몰랐던 겁니다.

그녀는 남편이 독살당했다는 것은 짐작이 갔지만, 그가 어떻게 독살당한 것인지는 몰랐던 겁니다. 그녀는 병 속에 독약이 들어 있었다고 생각했던 거죠."

메러디스가 반박했다.

"하지만 어째서……?"

포와로가 재빨리 그의 말을 가로챘다.

"그렇습니다, 어째서? 어째서 캐롤라인 크레일은 그토록 필사적으로 남편의 죽음을 자살로 보이게 하려고 애썼던 것이었을까요? 그 대답은, 이렇습니다. 아주 간단하지요. 왜냐하면 누가 그를 독살했는지 그녀는 알고 있다고 생각했고, 또한 그 사람이 의심받도록 내버려두느니보다는 차라리 자기가 대신, 어떤 어려움이라도 기꺼이 감당하겠다고 생각했기 때문이었던 겁니다.

그렇다면 그 사람은 누구였을까요? 그녀는 필립 블레이크를 감싸 주려고 했던 것일까요? 아니면 메러디스? 엘사 그리어? 세실리아 윌리엄스? 아니에요, 그녀가 모든 대가를 치르더라도 기꺼이 보호해 주려고 했던 사람은 오직 한 사람밖에 없습니다."

그는 잠시 멈추었다.

"워렌 양, 당신 언니가 보낸 그 최후의 편지를 가지고 오셨으면, 이 자리에서 큰 소리로 읽어 주었으면 합니다."

안젤라 워렌이 말했다.

"싫어요."

"하지만, 워렌 양—."

자리에서 일어난 안젤라의 목소리는 강철처럼 차갑게 울려 나왔다.

"무슨 말씀을 하시려는지 저도 잘 알고 있어요. 당신은 제가 에이미어스 크레일을 살해했고, 언니가 그것을 알고 있었다고 말씀하시려는 거죠? 그렇지 않은가요? 절대로 그렇지 않아요. 그건 사실이 아니에요."

포와로가 말했다.

"그 편지는……."

"그 편지는 저만이 보도록 쓰였던 거예요."

포와로는 칼라와 그녀의 약혼자가 서 있는 쪽을 쳐다보았다.

칼라 레마천트가 말했다.

"제발, 안젤라 이모, 포와로 씨의 부탁을 들어주세요, 예?"

안젤라 워렌이 통렬한 어조로 말했다.

"어쩜, 칼라! 너는 체면도 없니? 그분은 네 어머니였어. 너는—."

칼라의 목소리는 또렷하고도 격렬한 어조를 띠고 있었다.

"그래요, 그분은 제 어머니였어요. 그러니까, 나는 이모에게 요구할 권리가 있어요. 난 지금 어머니를 대신해서 말하는 거예요. 그 편지를 보고 싶어요."

천천히 안젤라 워렌은 그 편지를 핸드백에서 꺼내어 포와로에게 건네주었다. 그러고는 비통한 어조로 말했다.

"당신에게 이 편지를 보여 주지 말 것을 그랬어요."

에르퀼 포와로가 캐롤라인 크레일의 마지막 편지를 큰 소리로 읽어 내려가자, 침울한 그림자가 방 안 구석구석으로 깊게 배어드는 것 같았다. 칼라는 갑자기 그 방에서 누군가가 차츰 형상을 갖추고서 듣고, 숨 쉬며, 기다리는 것 같다는 기분을 느꼈다. 그녀는 생각했다.

'그분이—어머니가 여기 계셔. 캐롤라인—캐롤라인 크레일, 나의 어머니가 바로 이 방에 계셔!'

에르퀼 포와로의 낭송이 끝났다. 그리고 그가 말했다.

"아주 주목할 만한 편지라는 것에는 여러분도 동감하실 겁니다. 아름다운 편지이기도 하지만, 그러나 정말로 의미심장하게 주목할 만한 편지입니다. 여기에는 한 가지 중요한 사실이 빠져 있습니다. 자신의 결백을 나타내는 구절이 하나도 없다는 것입니다."

안젤라 워렌이 고개도 돌리지 않고 말했다.

"그럴 필요가 없었던 거예요."

"그렇습니다, 안젤라 양, 그럴 필요가 없었던 거지요. 캐롤라인 크레일에게는 자기가 결백하다는 것을 여동생에게 말할 필요가 없었던 겁니다. 왜냐하면, 그녀는 자기 여동생이 그 사실을 이미 알고 있을 거라고 생각했기 때문이죠. 오로지 캐롤라인 크레일이 염려했던 것은 안젤라가 혹시 자백하지나 않을까 해서 그녀를 안심시켜 주는 것뿐이었습니다. 그녀는 거듭해서 말하고 있지요

'괜찮아, 정말 괜찮단다. 애야, 모든 게, 모든 게 잘 될 거야.'"

안젤라 워렌이 말했다.

"모르시겠어요? 언니는 제가 행복해지기를 바랐던 거예요, 그게 전부예요."

"그렇습니다. 그녀는 당신의 행복만을 빌었지요. 그건 너무도 분명한 사실입니다. 그것만이 그녀의 유일한 관심사였지요. 그녀에게는 아이가 있었지만, 그녀가 염려하던 사람은 아이가 아니었습니다―아이는 나중 문제였던 겁니다. 그녀의 마음속에는 오로지 자기 여동생에 대한 생각밖에 없었던 거죠. 자기 여동생을 안심시켜 주고, 행복하고 성공적인 인생을 살아갈 수 있도록 용기를 북돋아 주어야 했던 겁니다. 그래서 그런 짐조차 그리 무겁게 느껴지지 않았던 것이고, 캐롤라인은 마지막으로 이런 아주 의미심장한 말을 덧붙였던 거죠. '누구나 자신의 빚을 갚아야 하는 거란다.' 하고

이 한마디가 모든 것을 설명해 줍니다. 이것은 틀림없이 캐롤라인이 그토록 오랫동안 지니어 왔던 짐을 말하는 거죠. 갑작스런 질투심의 폭발로 그녀는 어린 동생에게 문진을 집어던져 평생토록 회복할 수 없는 상처를 입혔던 일말입니다. 그런데 드디어 그녀는 자신의 빚을 갚을 기회를 얻게 된 거지요. 그런데 그게 무슨 위안이 되느냐고요? 그 부채를 갚음으로써 캐롤라인 크레일은 예전에는 몰랐던 커다란 평화와 안식을 얻게 되었던 것이 틀림없다고 말씀드릴 수 있습니다. 그 빚을 갚는 거라고 생각했기 때문에 재판의 시련과 유죄 판결도 그녀를 어찌할 수 없었던 거죠. 유죄 판결을 받은 살인범에게 이런 말을 한다는 것은 이상하지만―그러나 그녀에게는 모든 것이 그녀를 행복하게 만들어 주는 것이었습니다. 그렇습니다, 이제 내가 말씀드리려는 것은 여러분의 상상을 초월하고도 남을 겁니다.

이제 모든 사실들이 어떻게 캐롤라인의 반응과 연결이 되는지 보십시오. 그녀의 입장에서 일련의 사건을 보기로 합시다. 우선, 사건 전날 저녁에 있었던 일은 그녀로 하여금 어쩔 수 없이 자신의 거친 소녀 시절을 상기하게 하였지요. 안젤라가 에이미어스 크레일에게 문진을 집어던졌던 겁니다. 바로 그녀 자신이 옛날에 했던 것과 같은 행동이라는 걸 기억하십시오. 그리고 안젤라는 에이미어스가 죽어 버렸으면 좋겠다고 소리쳤습니다.

다음 날 아침 캐롤라인은 별채에 들어갔다가 안젤라가 맥주를 만지는 것을 보았습니다. 윌리엄스 양의 말을 들어 보면, '안젤라가 거기에 있었는데, 그녀는 뭔가 죄를 지은 듯한 표정을 짓고 있었어요.'라고 했습니다. 윌리엄스 양이 생각했던 것은 수업을 빼먹은 죄였지만, 그러나 캐롤라인에게는 안젤라의 죄를 지은 듯한 표정이 전혀 다른 의미로 받아들여졌을 겁니다. 언젠가 한번 안젤라가 에이미어스의 잔 속에 무엇인가를 집어넣었던 일을 생각해 보십시오. 그녀의 마음속에 떠올랐던 생각은 바로 그런 것이었을 겁니다.

　캐롤라인은 안젤라가 자기에게 준 맥주를 가지고 배터리 가든으로 내려갔지요. 그리고 그녀가 그것을 따라서 에이미어스에게 주었고, 그는 그것을 단숨에 마셔 버리고는 얼굴을 찡그리며 바로 그 문제의 말을 내뱉었던 것입니다— '오늘은 모든 게 다 씁쓸한데.'라고 말이죠.

　그때만 해도 캐롤라인은 전혀 눈치 채지 못했지만, 그러나 점심식사 뒤 배터리 가든으로 내려가 남편의 시체를 발견하자 그녀는 남편이 독살당했다는 것을 즉시 알아보았던 겁니다. 자기가 한 짓은 아니었죠. 그렇다면 누가 했을까? 그러자 모든 사실들이 갑자기 그녀의 머릿속에 떠오르게 되었습니다. 안젤라의 위협, 맥주를 들여다보고 있던 그녀의 얼굴에 갑자기 떠올랐던, 죄를 지은 듯한 표정.

　'어째서 그 아이가 그런 짓을 했을까? 에이미어스에 대한 복수심에서? 그렇지만 그를 죽일 생각은 없었고, 단지 그를 약간 고통스럽게 만들려고 했던 것이 아닐까? 아니면, 그 아이는 나를 위해서 그랬던 것일까? 에이미어스가 자기 언니를 버리려는 것을 알고 분노를 느꼈던 것은 아닐까?

　캐롤라인은 자기가 안젤라만할 때 가졌던 그 격렬한 감정 상태를 너무도 잘 기억하고 있었지요. 그러자 그녀의 마음속에는 단 한 가지 생각밖에는 떠오르지 않았던 겁니다. '어떻게 자기가 안젤라를 보호할 수 있을까?' 하는 생각이지요. 안젤라가 그 병을 만졌으니, 거기에는 안젤라의 지문이 있었을 테지요. 그녀는 그것을 재빨리 닦아냈습니다. 그가 자살한 것으로 여겨지도록 할 생각이었지요. 그 병에서 에이미어스의 지문만 발견된다면 말입니다. 그녀는 그 병에 죽은 남편의 지문을 남기려고 했습니다. 필사적으로, 혹시 누가 볼까 해서 잔뜩 경계하며 말이죠.

이상과 같은 가설을 사실로 받아들이게 되면 모든 사실들이 잘 맞아떨어집니다. 그녀의 안젤라에 대한 걱정, 그토록 안젤라를 사람들—경찰들의 손이 미치지 않는 곳으로 보내려고 애썼던 일 등이 말입니다. 그녀는 안젤라가 경찰의 과도한 질문에 시달림을 받을까 봐 몹시 염려했던 겁니다. 결국, 그녀는 재판이 열리기 전에 안젤라를 영국 밖으로 내보내려고 했지요. 왜냐하면 안젤라가 혹시 마음이 약해져 모든 것을 자백하지나 않을까 언제나 마음을 졸이고 있었기 때문입니다."

천천히 안젤라 워렌은 방 안을 둘러보았다. 자기를 쳐다보는 사람들을 향해 차갑고 경멸이 담긴 시선을 던졌다.

"당신은 눈먼 바보예요—당신들 모두. 만일에 제가 그런 짓을 했다면 틀림없이 자백했을 거라는 것을 모르시나요? 저는 결코 캐롤라인 언니가 제가 저지른 죄로 인해 고통받도록 내버려두진 않았을 거예요, 절대로!"

"하지만, 당신은 맥주병에 수작을 부렸습니다." 포와로가 말했다.

"제가요? 맥주병에 수작을 부렸다고요?"

포와로는 메러디스 블레이크를 쳐다보며 말했다.

"사건 당일 아침 침실에서 당신은 이 방에서 무슨 소리가 나는 것을 들었다고 하셨죠?"

블레이크는 고개를 끄덕였다.

"하지만 그것은 고양이였습니다."

"어떻게 해서 당신은 그것이 고양이였다는 것을 알았습니까?"

"나—나는 기억해 낼 수가 없군요. 하지만 그건 고양이였습니다. 그게 고양이였다는 것은 틀림없어요. 창문이 고양이가 드나들기에는 충분할 정도로 약간 열려 있었거든요."

"그러나 창문은 그 상태로 고정되어 있지 않았습니다. 창문을 더 열어젖히기만 한다면 누구라도 드나들 수 있었다는 말입니다."

"그렇기는 하지만, 나는 그것이 고양이였다고 알고 있습니다."

"그 고양이를 직접 보았습니까?"

블레이크는 당황하면서 천천히 말했다.

"아니, 보지는 못했지만……."

그는 말을 멈추고는 눈살을 찌푸렸다가 다시 말을 이었다.

"하지만 나는 알 수 있습니다."

"어째서 당신이 그렇게 알고 있는지 이제 말씀드리겠습니다. 그에 앞서 우선 이 점을 말씀드려야겠군요. 그날 아침 누군가가 당신 집으로 올라와서 실험실에 들어가 선반에서 무엇인가를 꺼내어 가지고, 당신이 보지 못하는 사이에 다시 빠져나갔던 겁니다. 자, 만일에 그 사람이 올더버리에서 건너왔던 거라면, 그 사람은 필립 블레이크나 엘사 그리어, 에이미어스 크레일이나 캐롤라인 크레일은 절대 아니었을 겁니다. 우리는 그들 네 사람이 무엇을 하고 있었는지에 대해서는 너무도 잘 알고 있었기 때문이죠. 그렇다면, 안젤라 워렌과 윌리엄스 양이 남습니다.

윌리엄스 양은 이곳에 왔었고—당신이 그녀를 직접 만나보았지요. 그때 그녀는 당신에게 안젤라를 찾는 중이라고 말했습니다. 안젤라는 아침 일찍 수영하러 나갔다고 했지만, 그러나 윌리엄스 양은 물에서나 바위에서도 그녀를 찾지 못했지요. 그녀는 이쪽 해안까지 쉽게 헤엄쳐 올 수 있었고—사실 나중에 필립 블레이크와 함께 수영할 때도 이쪽까지 건너왔던 적이 있었습니다. 내가 말씀드리건대, 그녀는 이쪽으로 헤엄을 쳐 건너 와서 이 집으로 올라간 다음에, 창문을 열고 실험실 안으로 들어가 선반에서 무엇인가를 꺼내어 간 겁니다."

안젤라 워렌이 말했다.

"저는 그런 짓을 하지 않았어요. 적어도 저는—."

"아!" 포와로는 의기양양해하며 소리를 질렀다.

"당신은 틀림없이 기억하고 있을 겁니다. 당신이 내게 말했지 않습니까, 그렇지 않은가요? 에이미어스 크레일에게 심술궂은 장난을 치려고 '고양이 미끼'인가 하는 것을 훔친 적이 있었다고—."

메러디스 블레이크가 날카로운 어조로 말했다.

"쥐오줌풀!"

"그렇습니다. 바로 그것이 당신으로 하여금 이 방에 고양이가 들어왔다고 생각하게 만들었던 거죠. 당신의 후각은 아주 예민합니다. 쥐오줌풀의 희미한 악취를 맡고는, 아마 자신도 모르게 당신의 잠재의식 속에 '고양이'라는 느낌이 새겨졌던 거죠. 고양이들은 쥐오줌풀을 좋아해서, 그것이 있는 곳에는 대개 고양이들이 모여들게 마련입니다. 쥐오줌풀은 아주 고약한 맛을 내는데, 전날 당신이 그것에 대해서 설명해 주었던 것이 안젤라 양에게 자기 형부가 마실 맥주 속에 그것을 타야겠다는 고약한 계획을 세우게 하였던 거죠. 그녀는 형부가 맥주를 단숨에 마신다는 것을 알고 있었거든요."

안젤라 워렌이 믿기지 않는다는 투로 말했다.

"그게 정말 그날의 일이었나요? 이제는 분명히 생각나는군요. 맞아요, 제가 그것을 맥주 속에 막 타려는 순간 캐롤라인 언니가 들어왔던 것도 생각이 나요. 맞아요, 그건 사실이에요. 하지만 그게 그 사건이 일어났던 날과 관계가 있을 줄은 정말 몰랐어요."

"물론 그랬을 겁니다. 그 두 사건은 당신에게 있어서는 완전히 별개의 사건으로 인식되었기 때문이지요. 하나는 순전히 심술궂은 장난에 불과했고, 다른 하나는 당신 마음속에서 다른 시시한 사건들은 모두 잊어버리도록 할 만큼 갑자기 들이닥친 엄청난 비극이기 때문입니다. 하지만 나는 당신이, '저는 그것을 에이미어스 형부의 잔 속에 타려고 몰래 훔쳐내었어요.'라고 말했을 때 그것을 주목했던 겁니다. 당신은 실제로 그렇게 했었다고는 말하지 않았죠."

"아니, 전 그렇게 할 수가 없었어요. 왜냐하면 제가 병마개를 따려고 했을 때 캐롤라인 언니가 막 들어왔기 때문이었죠. 오!"

그녀는 갑자기 비명을 질렀다.

"캐롤라인 언니는 범인이 저라고 생각한 것이었군요!"

그녀는 갑자기 말을 멈추었다. 그러고는 주위를 둘러보았다. 다시 그녀는 평소의 냉정한 어조로 말을 이었다.

"당신들도 모두 그렇게 생각할 거예요." 그러고는 다시 멈추었다가 말했다.

"저는 에이미어스 형부를 살해하지 않았어요. 그건 제가 저지른 고약한 장난이라든가 하는 것 때문에 일어난 일이 결코 아니에요. 만일에 제가 그런 짓을 했다면 절대로 시치미를 떼지 않았을 거예요."

윌리엄스 양이 날카로운 목소리로 말했다.

"물론, 네가 한 짓이 아닐 거야, 안젤라."

그녀는 에르퀼 포와로를 쏘아 보았다.

"그렇게 생각할 바보는 아마 없을 거야."

"나는 바보가 아니랍니다." 포와로가 부드러운 어조로 말했다.

"그리고 나는 그렇게 생각하지 않습니다. 나는 누가 에이미어스 크레일을 살해했는지 분명히 알고 있습니다."

그는 잠시 호흡을 가다듬었다.

"이미 입증된 것으로 받아들여진 사실들을 실제로는 전혀 그렇지 않다고 하는 데에는, 언제나 많은 어려움이 따르기 마련입니다. 그 당시 올더버리에서 벌어졌던 상황을 살펴보기로 합시다. 아주 오래전 일이기는 합니다만, 두 여인과 한 남자가 있었지요. 우리는 당연히 에이미어스 크레일이 자기 아내를 버리고 다른 여인에게 가려고 했었다고 생각해 왔습니다. 그러나 이제 나는 이렇게 말씀드릴까 합니다. 그에게는 그럴 생각이 추호도 없었다고 말입니다.

그는 그전에도 많은 여자에게 열중했던 적이 있었습니다. 영원히 그를 사로잡을 것 같았지만, 얼마 가지 않고 끝나 버리곤 했지요. 그가 사랑에 빠졌던 여인들은 그에게 있어서는 여인들에 대한 일종의 경험과도 같은 것으로, 그들도 그에게 많은 기대를 하지 않았습니다. 그러나 이 여인은 달랐지요. 그녀는 아직 앳된 아가씨였던 겁니다. 어린 처녀로, 캐롤라인 크레일의 말에 따르면 너무도 진지하게 행동했다는 거죠. 냉철한 머리에 경박한 말투를 썼을지는 몰라도, 사랑에 대해서만은 정말 뜻밖에도 순진하기 짝이 없었던 겁니다. 그녀는 자기가 에이미어스에게 그토록 깊이 빠져 있으므로 상대방 또한 자기에게 빠져 있을 거라고 생각했죠. 그들의 사랑이 영원히 지속할 거라는 것을 추호도 의심치 않았던 겁니다. 구태여 그에게 요구하지 않아도 그가 아내와 헤어질 거라고 생각했던 거죠.

그런데 어째서 에이미어스 크레일은 그녀에게 그런 사실을 깨우쳐 주지 않았던 것일까요? 그것은 바로, 그림 때문이었죠. 그는 그림을 완성하고 싶었던 겁니다.

그 말이 믿기지 않을지도 모르지만, 그러나 화가에 대해서 잘 알고 있는 사람들은 충분히 이해할 수 있는 일입니다. 그리고 우리는 그런 해석을 원칙적으로 받아들이고 있습니다. 그것은 크레일과 메러디스 블레이크 씨 사이에 있었던 대화를 보면 더욱 분명해지지요. 크레일은 당황한 표정으로, 블레이크 씨의 등을 가볍게 두드리며 모든 게 다 잘될 거라며 아주 낙천적으로 그를 안심시켜 주었습니다. 에이미어스 크레일에게는 모든 것이 단순한 문제로 보였던 거죠. 그는 그림을 그리고 있었고, 질투심 많은 여자 문제로 해서 자기 일생의 최고 걸작을 제작하는 일에 지장을 주고 싶지 않았던 겁니다.

만일에 엘사에게 진실을 말해 주었다면 그는 그림을 완성하지 못했을 겁니다. 엘사가 어떻게 생각하는지 상관하지 않았던 거죠. 그녀 좋을 대로 생각하도록 놔둔 겁니다. 하루나 이틀 정도 그녀를 더 붙잡아 두면 그만이었거든요.

그때 그가 그녀에게 사실을 말했다면, 그들 사이의 일은 끝났을 겁니다. 그는 그런 일로 해서 양심에 가책을 느낄 사람이 결코 아니었죠.

우선 그는 엘사가 소동을 부리지 못하게 하려고 애썼을 겁니다. 자기가 어떤 사람이란 것을 그녀에게 경고했지만 그녀는 그 경고를 받아들이지 않았을 테지요. 그녀는 자기 운명을 걸고 돌진했던 겁니다. 그런데 크레일 같은 남자에게 있어서 여자는 일종의 게임과도 같은 존재였죠. 누군가가 그에게 물어보았다면, 엘사는 젊기 때문에, 곧 그 일을 잊어버릴 거라고 말했을 겁니다. 에이미어스 크레일의 마음속에는 바로 그런 생각이 자리 잡고 있었던 거죠.

그가 진심으로 사랑했던 여인은 오직 그의 아내밖에 없었습니다. 아내에 대해서는 그리 걱정하지 않았습니다. 그녀는 단지 며칠만 더 참으면 되었거든요. 캐롤라인에게 그런 문제를 누설한 엘사에게 화가 났지만, 그러나 여전히 그는 잘될 거라고 낙천적으로 생각하고 있었습니다. 캐롤라인은 그전에도 그랬던 것처럼 역시 자신을 용서해줄 테고, 엘사—엘사는 그 일을 받아들일 수밖에 없을 거라고 말입니다. 에이미어스 크레일 같은 사람에게는 인생조차 그토록 간단하게 보였던 거죠.

그런데 그 전날 저녁 그는 정말로 걱정했던 것 같습니다. 엘사에 대해서가 아니라, 캐롤라인에 대해서 말이지요. 아마도 그녀의 방에 찾아가 보았을 테지만, 그녀는 그의 말을 들어주지 않았을 겁니다. 그래서 불안한 마음으로 밤을 지낸 그는 아침식사 뒤에 그녀를 한쪽으로 끌고 가서 진실을 털어놓았던 거죠. 엘사에게 빠졌던 것은 사실이지만, 그러나 이제는 모두 끝났다고 말입니다. 그림을 끝내게 되면 다시는 그녀를 만나지 않을 거라고 했겠죠.

그러자 캐롤라인 크레일은 화를 내며 이렇게 소리 질렀던 겁니다. '당신과 당신의 그 계집들!'이라고. 이 말은 엘사도 다른 여자들 속에 포함시켜서 표현한 것입니다. 그러고는 다시 화를 내며 이렇게 덧붙였지요. '언젠가는 당신을 죽여 버리고 말겠어요.'

그녀는 엘사란 아가씨에 대한 그의 무정하고 잔인한 태도에 분개하고 화를 냈던 겁니다. 필립 블레이크가 홀에서 그녀를 보았을 때 그녀가, '그건 너무 잔인해!' 하고 중얼거리는 것을 들었는데, 그것은 바로 엘사를 두고 한 말이었던 거죠.

한편, 크레일은 서재에서 나오자 엘사가 필립 블레이크와 같이 있는 것을 보고는 무뚝뚝한 어조로 그녀에게 내려가서 포즈를 취하라고 명령했습니다. 엘사가 서재 창문 밖에서 모든 이야기를 엿들었다는 것을 그는 몰랐던 거죠. 그리고 그녀가 대화의 뒷부분에 대해서 진술한 것은 사실이 아니었던 겁니다. 그녀 말고는 아무도 그것을 증명할 수 없다는 것을 기억하십시오. 진실을, 그 끔찍한 이야기를 들었을 때 그녀가 받았을 충격을 상상해 보십시오!

그 전날 오후 메러디스 블레이크가 이 방에서 캐롤라인이 나오기를 기다리며 서 있었을 때, 방 입구와는 등을 지고 있었다고 그가 말했습니다. 그는 엘사 그리어와 이야기하고 있었던 거죠. 이 말은 그녀가 그와 마주 보고 있었다면 그녀는 그의 어깨너머로 캐롤라인이 무엇을 하고 있었는지 똑똑히 볼 수 있었다는 것을 뜻하고, 또한 그렇게 할 수 있었던 유일한 사람이었다는 것을 의미합니다.

그녀는 캐롤라인이 그 독약을 몰래 집어넣는 것을 보았습니다. 아무런 말도 하지 않았지만, 서재 창문 바깥에 앉아 있었을 때, 그녀는 그것을 생각해 냈던 것이지요.

에이미어스 크레일이 밖으로 나왔을 때 그녀는 스웨터를 가져와야겠다는 핑계를 대고는 캐롤라인의 방으로 올라가 그 독약을 찾았던 겁니다. 여자들은 다른 여자들이 은밀한 것들을 어디에다 감춰 두는지 잘 아는 법이지요. 그녀는 그것을 찾아내어 지문이 지워지거나 자기 지문이 남지 않도록 조심스럽게 그 코닌 용액을 만년필에 집어넣었습니다.

그러고는 다시 밖으로 나와 크레일과 함께 배터리 가든으로 내려갔지요. 이윽고 그녀는 그에게 맥주를 따라 주었고, 그는 평소 버릇대로 그것을 단숨에 마셔 버렸던 것입니다.

한편, 캐롤라인 크레일은 정말로 마음이 심란했습니다. 엘사가 집으로 올라가는 것을 보자(이번에는 정말로 스웨터를 가지러 간 것이죠), 캐롤라인은 재빨리 배터리 가든으로 돌아가 남편에게 따졌던 겁니다. 그가 지금 하고 있는 짓은 정말 비열한 행동이라고 말이죠! 도저히 참을 수 없는 일이라고 말입니다. 그러자 에이미어스는 방해받는 것에 짜증을 내며 말했습니다. '그건 이미 결정된 거요. 나는 그녀의 짐을 꾸려서 보낼 거요!'

그리고 그때 블레이크 형제의 발소리가 들리자, 캐롤라인이 밖으로 나와 다소 당황한 표정을 지으며 안젤라를 학교에 보내는 문제에 대해 말하고 있었다고 얼버무렸고, 당연히 그들은 조금 전에 들었던 대화가 안젤라에 대한 것이었다고 판단하게 되었죠. 따라서 '나는 그녀의 짐을 꾸려서 보낼 거요'라는 말이 '나는 그녀가 짐을 꾸리는 것을 볼 거요'라는 말이었다고 생각하게 되었던 겁니다.

엘사는 스웨터를 가지고 다시 내려와서는 그들에게 싸늘한 미소를 지어 보이고서, 자리로 돌아가 다시 포즈를 취했지요.

엘사는 캐롤라인이 의심을 받고 그 코닌 병이 그녀의 방에서 발견될 거라는 것을 예상하기는 했지만, 이제는 정말로 캐롤라인이 완전히 자기 손에서 놀아나게 되었다는 사실을 알게 되었던 거죠. 캐롤라인이 맥주를 새로 가지고 내려와 그것을 남편에게 따라 주었던 겁니다.

에이미어스는 그것을 단숨에 마시고 얼굴을 찡그리며 말했습니다. '오늘은 모든 게 다 씁쓸한데.'

여러분은 그 말이 얼마나 의미심장한 말인지 잘 모르시겠습니까? '모든 게

다' 씁쓸하다니요? 그렇다면 그것은 그전에 마셨던 맥주의 무언가 씁쓸한 뒷맛이 그때까지도 그의 입 안에 남아 있었다는 것이 됩니다. 또 한 가지, 필립 블레이크는 크레일이 좀 비틀거리는 것 같아서 '혹시 술을 마신 게 아닐까' 하고 생각했다고 말했습니다. 그러나 그가 비틀거렸던 것은 코닌의 약기운이 작용하고 있었다는 최초의 징후였고, 따라서 그것은 캐롤라인이 그에게 찬 맥주를 갖다 주기 훨씬 전에 그가 독약을 마셨다는 말이 됩니다.

그래서 엘사 그리어는 그 차가운 벽 위에 앉아서 포즈를 취하고는, 혹시 그가 눈치를 채지 않을까 그를 지켜보며 짐짓 명랑하게 떠들었던 겁니다. 메러디스가 위쪽에 앉아 있는 것을 보자, 그녀는 그에게 손을 흔들어 보여 더욱 그가 자기를 믿도록 연기를 하기까지 했지요.

그리고 몸이 아픈 것을 극도로 싫어했던 에이미어스 크레일은 자기가 아프다는 사실을 숨기고는, 사지가 말을 안 듣고 입술이 마비될 때까지 미친 듯이 그림을 그리다가 더 이상 견디지 못하고 벤치에 드러눕게 되었던 겁니다. 그러나 여전히 의식은 뚜렷했지요.

종소리가 들리자, 메러디스 블레이크는 벤치에서 일어나 배터리 가든으로 내려갔습니다. 바로 그 순간 엘사는 자리를 떠나 테이블 옆을 지나면서 캐롤라인이 따라 주었던 깨끗한 맥주잔 속에 남아 있던 독약을 몇 방울 떨어뜨렸던 거라고 생각합니다(그녀는 독약이 들어 있던 만년필을 집으로 올라가는 길에다 버리고 박살을 냈습니다). 그때 그녀는 입구에서 메러디스와 마주쳤던 겁니다.

그늘 속에서 갑자기 밝은 데로 나오면 눈이 부신 법이죠. 눈이 부신 메러디스는 시야가 몹시 흐렸습니다. 단지 그의 친구가 눈에 익은 모습으로 누워 있었고, 그의 말을 빌리자면 그림에서 눈을 돌린 에이미어스의 악의에 찬 시선을 보았을 뿐이었죠.

에이미어스는 과연 사실을 얼마나 알고 있었을까?

그가 얼마나 진실을 알고 있었는지 비록 우리에게 말을 할 수는 없지만, 그러나 그의 손과 그의 눈은 그것을 충실히 대변해 주었던 것입니다."

에르퀼 포와로는 벽에 걸린 그림 쪽을 가리켰다.

"저 그림을 처음 보았을 때부터 나는 알고 있었습니다. 아주 주목할 만한 그림이지요. 그녀 자신의 희생자에 의해 그려진 살인자의 모습입니다. 자신이 사랑하는 사람이 죽어가는 것을 지켜보고 있는 여인의 초상화이지요."

침묵 속에서, 오싹하고, 전율케 하는 침묵 속에, 천천히 기울어가는 석양의 마지막 빛이 창문을 통해 들어와 창가에 앉아 있던 여인의 검은 머리와 흰 모피 숄에 머물러 있었다.

엘사 디티샴이 자세를 고치며 말했다.

"메러디스, 모두 데리고 나가 주세요. 나하고 포와로 씨만 남게 해줘요."

그들이 나가고 문이 닫힐 때까지 그녀는 꼼짝 않고 앉아 있었다. 이윽고 그녀가 말했다.

"정말 머리가 뛰어난 분이시군요, 당신은."

포와로는 대답하지 않았다.

다시 그녀가 말했다.

"당신은 내가 어떻게 하리라고 생각하시나요? 자백할 거라고 생각하세요?"

그는 고개를 저었다.

"아뇨. 난 그런 짓은 절대 하지 않을 거예요!" 엘사가 말했다.

"그리고 아무것도 인정하지 않을 거예요. 우리가 지금 무슨 이야기를 하든, 그건 문제가 안 돼요. 그건 단지 당신과 나의 개인적인 이야기에 지나지 않으니까요."

"물론입니다."

"나는 앞으로 당신이 어떻게 하실 것인지 알고 싶어요."

에르퀼 포와로가 말했다.

"캐롤라인 크레일에 대한 사후(死後) 사면을 얻어낼 수 있도록 최선을 다할 겁니다."

엘사는 웃음을 터뜨렸다.

"말도 안 되는 소리예요!" 그녀가 말했다.

"사면을 받아낼 만한 일을 당신은 하지 못했어요. 그런데 나는 어떻게 하실 작정인가요?"

"필요한 사람들에게 내가 얻어낸 결론을 제시할 겁니다. 만일 그들이 부인에게 혐의가 있을 가능성이 있다고 판단하게 되면, 그들이 행동을 취할 수도 있지요. 물론, 충분한 증거도 없고, 있는 거라곤 오직 추리뿐이라고 말할 수 있습니다. 더구나 부인을 고소할 만한 충분한 사유가 있지 않은 한, 부인의 지위로 봐서 쉽게 부인을 고소하려 들지는 않을 겁니다."

"그런 건 상관치 않아요." 엘사가 말했다.

"만일 내가 법정에 서서, 목숨을 걸고 싸운다면 거기에는 무엇인가가, 약동하는, 뭔가 자극적인 것이 있기 때문일 거예요. 나는, 그것을 즐길 거예요."

"하지만, 부인의 남편 되시는 분은 그렇지 않을 겁니다."

"내 남편이 어떻게 생각할지에 대해서 내가 조금이라도 상관할 거라고 생각하시나요?"

"아니, 그렇지 않습니다. 다른 사람들이 어떻게 생각할지에 대해서 지금까지 부인이 일말의 관심이라도 가져 봤으리라고는 나도 생각지 않습니다. 하지만, 만약 그랬다면, 부인은 좀더 행복했을 겁니다."

그녀가 날카로운 목소리로 말했다.

"어째서 당신은 나를 불쌍히 여기시는 거죠?"

"왜냐하면, 부인은 배울 것이 너무도 많기 때문입니다."

"내가 무엇을 배워야 한다는 거죠?"

"모든 성숙한 감정들—연민, 동정심, 이해심 등이지요. 부인이 알고 있었던 것은, 이제껏 알고 있는 것은, 사랑과 증오뿐입니다."

엘사가 말했다.

"나는 캐롤라인이 코닌을 훔치는 것을 보았어요. 그녀가 자살하려는가 보다고 생각했죠. 그랬다면 일이 간단해졌을 거예요. 그런데 다음 날 아침 나는 알았어요. 그는 그녀에게 말했어요. 자기는 나에게 전혀 관심이 없다고—관심이 있었지만, 그러나 이젠 다 끝났다고 말이에요. 그림이 완성되면 내 짐을 꾸려서 쫓아 보낼 거라고 했어요. 그녀는 걱정할 게 아무것도 없다고 그가 말했어요.

그리고 그녀는, 나를 불쌍히 여겼답니다…… 그 말이 나를 어떻게 했는지 당신은 아시나요? 나는 그 독약을 찾아내어 그에게 먹이고는 그가 죽어가는 것을 지켜보았지요. 그런데 승리감도, 넘치는 희열도 결코 느끼지 못했어요. 나는 그가 죽는 것을 지켜보았지요."

그녀는 갑자기 손을 내저었다.

"나는 몰랐어요. 내가 죽이는 것은 그가 아니고, 바로 나 자신이었다는 것을. 나중에 나는 그녀가 함정에 빠졌다는 것을 알았지만, 그것도 전혀 소용이 없었어요. 나는 그녀를 해칠 수가 없었던 거예요. 그녀는 상관치 않았죠. 그 모든 것으로부터 도망쳐, 그녀는 이미 그곳에 없었던 거예요. 그녀와 에이미어스는 함께 달아났어요. 내가 그들을 잡을 수 없는 어딘가로. 그들은 죽지 않았어요. 내가 죽었던 거죠."

엘사 디티샴은 자리에서 일어났다. 그녀는 문쪽으로 걸어가며 다시 말했다.

"내가 죽었던 거예요."

홀에서 그녀는 이제 막 함께 인생을 시작하려고 하는 두 젊은이 곁을 지나갔다. 그녀의 운전사가 자동차의 문을 열어 놓고 있었다. 디티샴 부인이 차에 올라타자 운전사가 그녀의 무릎에 모피를 덮어 주었다.

<끝>

■ 작품 해설 ■

《회상 속의 살인(Murder in Retrospect, 1943)》은 에르퀼 포와로가 등장하는 40년대 걸작 중 하나이다.

칼라 레마천트라는 젊은 여성이 에르퀼 포와로의 사무실에 나타났다. 의뢰 내용은 다음과 같다.

지금부터 16년 전 칼라가 어렸을 때, 어머니 캐롤라인 크레일은 남편인 저명한 화가 에이미어스 크레일을 독살한 혐의로 재판을 받고 복역 중에 죽었다. 이제 성인이 된 칼라는 재산과 함께 어머니의 유서를 받게 된다. 유서는 어머니가 자기의 무죄를 딸에게 호소하는 내용이다.

칼라는 현재 약혼 중인데, 자기 자신도 결혼하려면 살인자의 딸이라는 누명을 벗어야 한다. 그녀는 어머니가 유언에서 딸에게 거짓말을 할 사람이 아님을 믿고 있다. 그래서 칼라는 포와로에게 진범을 잡아달라고 온 것이다.

포와로는 다섯 사람을 차례로 찾아나서지만 의심할 여지가 없다는 담당판사의 확언을 깨고 과연 진범을 찾아낼는지, 독자도 포와로와 추리력을 겨누어볼만도 하지 않을까.